FROM WHISKERS TO TAILS

FROM WHISKERS
TO TAILS

Ulysses The Cat

MEOOW MEOOOW PUURRR

This novel is entirely a work of fiction. The names, characters and incidents portrayed in it are the product of the author's imagination. Any resemblance to actual persons, living or dead, or events or localities is entirely coincidental.

©2020 The Cat, Ulysses
Herstellung und Verlag: BoD – Books on Demand, Norderstedt
ISBN 9783752669602

Dedicated to all the mice i caught.

CONTENTS

01 Meow 1   1

02 Meow 2   21

03 Meow 3   41

04 Meow 4   61

05 Meow 5   81

06 Meow 6   101

07 Meow 7   121

08 Meow 8   141

09 Meow 9   161

10 Meow 10   181

11 Meow 11   201

12 Meow 12   221

01

Meow 1

Purr meow meooow meeoooow puurrrr meeeeoow.
Krp krp krp krp krp krp krp krp krp erraoorriier-
raoorriiroirr meeeow eeraorrieeraaoorrirrooiirr
yak yak yak yak yak yak yak yak yak yak yak yak yak
yak yak eeeaaaaarrrriiier purr meeow meeooow.
Eraaorriieraorirrooir meoooww schlrp schlrp schlrp
schlrp schlrp meeeoww meoww his meeeow kaahkk
meeeoww puurrrr! Meoooww meeow meoww
meow yak yak yak yak yak yak yak yak yak yak yak
yak yak yak meooooww meeeeooww meeeeooww
erraaorriieraaorriirooiirr eerraoorrieeraaoorir-
roiir. Meeeeoooow meeeooww meeeooww schlrp
schlrp schlrp meeeow meeooooww puuurrrrrr
schlrp schlrp schlrp!

Purr yak yak yak yak yak yak yak yak yak yak yak yak yak purr, purr meeeeoow earriiieerr, meeoooww meeeeooooww yak yak yak yak. Meeoooow meeeeooww krp krp krp krp krp krp krp krp krp krp krp krp krp krp.

Puuurrrrrr puurrrr meeooow, eerraorrieraaoorriirooirr kaaahhkk puurrrr krp krp krp krp krp krp krp krp krp krp krp krp krp krp krp krp krp krp krp krp meeeooooww his, earrieeerr. Meeeeoww meooow eeaaariiierrr meeoww meeow meeeoow, puurrrr meoow eraoorriieeraooriirrooiir eeeaarrrieerr meeeooww meeeoow meeeoow meeoow, krp krp krp krp krp krp krp meeooww krp krp krp krp krp krp eerraaorrieraorirroir!

Meoww meooww meoww puuurrrrrr. Meeeoooww puuurrrrrr yak yak yak yak yak yak yak yak yak yak yak yak yak yak meooow eerraoriieeraaooriroiir meeeoww meeeoow purr. Meeooow krp krp krp krp krp krp krp krp krp krp krp krp eaaarrieerr meeeoooww hiiss meeooow meeeoooww meow, meeooww eaarriieeer meeooow meoow meeooww meeeooow eerraaorriierraooriirrooir hiss schlrp schlrp schlrp! Eeraooriieraaooriirrooir meeoow meooow kaaahhkk meooow schlrp schlrp schlrp schlrp schlrp schlrp schlrp schlrp schlrp schlrp schlrp meeow krp krp krp krp krp krp krp. "Meeeooww meooow meeeooww! ".

"Meeeooww meeeoww meeeeoooww, hiiiis puuurrrrrr meoww, puuurrrrrr meeeoow krp krp krp krp krp krp krp krp krp krp krp krp krp krp krp! ".

Eeraoorriieeraorirroiir eeeaarriieerr puuurrrrrr meooww earriieeer.

Meeow kahkk meooow eaarriieerrrr meeooow? Meeeeoww his meooww meooow meeeooooww meoow eeraaoorriieerraooriirooir yak yak yak yak yak yak yak yak yak. Schlrp schlrp schlrp schlrp schlrp kaaahkkk kahkkk meeoow meeooww kaahhk meeeoww krp krp krp krp krp krp krp krp krp krp krp krp krp krp. Purr meeooooow yak yak yak yak yak yak yak yak yak yak eerraaoorrieerraorirooiir meoooww meooww, meeeooow erraorieeraoorirrooir meeooww puuurrrrrr meeooww yak yak yak yak yak yak, meeooow krp krp krp krp krp krp krp krp krp krp krp krp krp krp?

Meeeeooow meeow eeeaaarieer eeaarrierr meeeoow meeoww? Krp krp krp krp krp krp krp meeeoooow hiss puurrrr meoww hisss, meeoww meeeeoow krp krp krp krp kaahhhkk, meeeow meeeoooww! Meeeoooow meeeooww meooww hiiiisss. Purr meoow meeow meeeeow! Meeoww meeeeooww meeooww meeow yak yak yak yak yak yak yak yak yak yak yak eeaaaarrriieerr, krp krp krp krp krp krp krp krp krp krp krp krp krp meeeoooww meeeoww erraoorrieraoorriroiir meeeooow meeoww meeeoooww meeeeow? Eeaarriiieeerr meeeoooww meeeoww, erraaoorriieerraoriroroiirr schlrp schlrp schlrp schlrp kaahkk meeoww purr krp krp krp krp krp krp krp krp meeoow meoooow, puurrrr meeow?

Meeooww purr eaarrriieerr meeooow puuur-

rrrrr krp krp krp krp meeow eaarriieerrr erraoori-
ieraaorriiroiirr hisss? Eaaarrriierrrr meeooowww
meeooww meeooww meoow meow! Meeeoow er-
aaoriieerraaoorrirooirr purr erraaoorierraaoor-
rirooiir kaahhkkk krp krp krp krp krp hiiiis, meee-
ooww krp krp krp krp krp krp krp krp krp krp krp
krp krp krp krp meooww krp krp krp krp krp
krp meoww puurrrr puurrrr eeeaaaaarrrrriieeerr,
schlrp schlrp schlrp schlrp schlrp schlrp schlrp
schlrp hiiiiss! Meeeeoww meeeow meeeooww
eaarrrriiieer meeeeow, meeeeooooww meow meoow
eariieerr meeeooww erraaorieeraaorirroirr?

"Puuurrrrrr meeow eearrriieerr kahhhkk. ".
Eeaaaarrrrieerr meeeooww eariiieeerrr hiiis meeeoow
meeeeoooww purr meooww meeooww meeooww!
"Meeeooooow kaaahhhkk krp krp krp krp krp krp
krp krp krp krp krp krp krp krp meooww schlrp
schlrp schlrp schlrp schlrp meooww meoow meeoooww
krp krp krp krp krp krp krp krp krp krp? ".

Meeow meeeooww eearriierrrr schlrp schlrp
schlrp, puurrrr eeaaarrieerrr schlrp schlrp schlrp
schlrp schlrp schlrp schlrp, meeoooow.

"Meeow meeoow kaaahkkk meeow, puuur-
rrrrr meeooooww meeoooww meoww eeearrrriieeerr
eerraaoriieerraaorrirroir meeeooww. ". Hiiiiss
meeeeoow earrrier. Meeeeow meeooww eeaaar-
rieerrr, meeeeoooww meeooow purr meeeooooww
kahk purr meeeow meoooww?

Meeeeow meeeoowww meeeeow krp krp krp
krp krp krp krp krp krp krp krp krp meeeeow

meeeeooow krp krp krp. Meeeoooww meeooww meooww, erraaoorrieraoriirrooirr his meoow yak yak yak yak yak yak yak yak yak yak yak yak yak meow, hissss eaarrrieer. Eraaoorieeraaoorriirrooiir meooow meooww eeraaorieeraaoorirrooirr meoooww eeeaarrier, krp krp krp krp krp krp krp krp eearrierr puuurrrrrr meeooww schlrp schlrp schlrp schlrp schlrp schlrp, eeaarriieerrr meeeoww meeoooow?

"Meeoooww meooow hiiiissss meeooww eeaarrriieerrrr? ". Eeraorrierraaoriroiirr meeeeooww meeooww, krp krp krp krp krp krp krp krp krp meeeooooww meeooow meeooow! "Krp krp krp krp krp krp krp krp krp krp krp krp krp krp krp eeraaoorierraaoorrirroiir hiiiisss meooww meeooooow meeeow meeoww meeooow puurrrr hiisssss, hiisss meeeoow eeariierrr eaarierrr meoow puurrrr erraaoriieeraaooriroooir meeeooww? ". Meeeoww meeeow kaahhhkk meeeoow meeeow krp krp krp krp krp krp krp krp krp eeaarriieerrr meeeooww meeoooww, meeow puuurrrrrr eaaarrrrierrr. Puuurrrrrr meeeoooww meeoow meeeeoooww eraaoorriierraaoriirroirr. Yak yak yak yak yak yak yak yak yak yak yak yak yak yak meooww eraaorriieeraorriirrooiirr krp krp krp krp krp krp krp krp krp krp krp kaahhkk, krp krp krp krp krp krp krp krp krp krp krp krp krp krp krp eaarrriieerr eeraooriieerraoorriirrooiirr eeaarieeerrr meow meeeeoww puurrrr krp krp krp krp meeeooww! "Eaarrriieer meeeeoooww schlrp schlrp schlrp

schlrp schlrp meeooow yak yak yak meoow me-
oww puurrrr eerraaoorriieeraaooriirooirr meooww?
". Meeeeooww meeeoow meeooww, meeow mee-
oww meeeooww meoww eraoorrierraoorrirroir,
meoooww!

"Meeoww meooow meeeow. ". Eeeaaarrrii-
ieeer krp krp krp krp krp krp krp krp krp krp krp
krp krp krp krp eeeaarrriieerr meeeooww eeaar-
rriiier, schlrp schlrp schlrp schlrp schlrp schlrp
schlrp meeow erraaoorrieerraoorriirrooir eeraaoorieer-
aaorirrooir kahk hiisss meeeoow, eraoorierraaoor-
riroiirr! Meeooow yak yak yak yak yak yak schlrp
schlrp schlrp schlrp krp krp krp krp krp krp krp
krp krp krp krp krp? Purr eeaaaarieerr eaarrii-
ieerrr erraaoorriieerraoorrirroiirr krp krp krp krp
krp krp krp krp? "Meeeeow krp krp krp krp krp
krp krp krp meeeoow kahhk eeaaarrrriieerr purr
eearrriiierrrr erraaoorriierraorriiroiirr meeeoww
eeaarrierr! ".

Meeeoww meeeoow meeooooww, hiiisss meooww
meoow meeeow meeeow eaarrrrieerrrr, meooow?
Meeooww eeaaaarrriiierrr puurrrr, krp krp krp
krp krp krp krp krp puuurrrrrr meeeeoooww
meoow meeoow eeaariieer hiiisssss yak yak yak
yak yak yak yak yak yak yak yak yak. "Eraoorri-
erraorrirrooiir puuurrrrrr yak yak yak yak yak
yak yak yak yak krp krp krp krp krp krp krp. ".
Meeooww meoooww kaaahkkk meeooww purr?
Meeeeoooww meeeooow eeraoorriieerraaoorir-
rooiir, schlrp schlrp schlrp schlrp schlrp meooww

meeooww meeeeow meow meeooooww! Eeaaarrrieerr krp krp krp krp krp krp krp krp krp krp krp hiiiisss puuurrrrrr purr yak yak yak yak yak yak yak meoow meeooww, eearriiieer schlrp schlrp schlrp schlrp schlrp schlrp schlrp schlrp meeeow meeooow meeoww kaahhkkk, meeeoooow meeeeow?

"Yak yak yak kahhkk meeooww yak yak yak yak yak yak yak yak yak yak yak yak yak yak yak, meeeooww meeow krp krp krp krp krp krp krp krp krp krp krp krp schlrp schlrp schlrp schlrp schlrp meeoow! ". Eaariiieeerr meeoooww eeaaariieeer puuurrrrrr schlrp schlrp schlrp schlrp schlrp schlrp schlrp puurrrr eaarrrriieeerrrrr krp krp krp krp krp krp krp krp krp.

Purr puuurrrrrr eraaooriieerraaorriirooir meeeooww. Krp krp krp krp krp puuurrrrrr purr eeeaarrriierrr puuurrrrrr eeaarrriieeerrr. Yak yak yak yak yak yak yak yak yak yak purr eraaoriierraorrirrooiir schlrp schlrp schlrp schlrp schlrp schlrp schlrp schlrp schlrp earrrrrier purr meeooww.

Earrriiierr hiiss meooow, puurrrr eeraaooriieeraoriroiirr meoow meeooww, meeoww meeooooow puurrrr krp krp krp meeooow?

Eeeaaaarriiier eeaaarrrier eaaaarrriierrr eearrriiieer meoow meeeooow meoww meeow meeeoooww! Meeooow meeooow eeaariiieeerrr, meeoooww meoww yak yak yak yak yak hiss meeooww hiss kaahhhkk purr schlrp schlrp schlrp schlrp schlrp schlrp. Meeooww meeooww purr. Meeoooow krp krp krp krp krp meeeoww meoww kaahhhk

erraorrierraaorriirroiirr meeoww? Meeeooww
meeeow yak yak yak yak, yak yak yak yak yak purr
kahhk eeeaaarrrriieeerr eaaarrriierrr kaaahhhkk
meeoow meeeoooow meeeoooww, eearrriieerr me-
oww! Eeaaarrieeerrrrr krp krp krp krp krp krp
krp krp krp krp krp krp krp krp krp krp krp krp
krp krp krp krp krp krp krp krp krp krp krp meeooooww,
schlrp schlrp schlrp schlrp schlrp schlrp schlrp
schlrp schlrp meeeooww meeooww? "Eeraoriieer-
raaoorrirroirr meeow purr meow meoow eeaar-
rrriiieeerr, earrrieeerrrrr eeearrrieerr krp krp
krp krp krp purr, meeoow eeeaaaaarrrrieer meeeeooww.
".

Eeaarrrieerrrr krp krp krp krp eeraorriier-
aaorirrooiir meeoow, meeeeoww meeoow kaaahhk
meooooww, meeeooww? Meeeoooow meow meeeoooow
schlrp schlrp schlrp meeeeow meeeoooow purr
eeearieer meoww puurrrr?

"Krp krp krp krp krp krp krp krp krp krp krp
krp krp krp krp meeeeooww meooww meeoow
meeooww meeoww meeeow krp krp krp krp krp
krp krp krp. ". Eeeaaaarrrrriierrr meeeow puu-
urrrrr kaahhkk meeooww meeoow schlrp schlrp
schlrp schlrp schlrp, meeeeow hiiisss meow!

"Meeoow meooooww yak yak yak meooow yak
yak yak yak yak meoww erraaorieerraooriirrooiir,
meeeooow puurrrr meoww meeeeoow, meeoow eaaar-
rieeerr meeeooooow. ".

Meeoow meow meeeoooww meooooow. Eeraorieeraoor-
riirrooir meeeoooww schlrp schlrp schlrp, purr

eeaariieerr eeraaoorrieerraaoorrirroiirr. Krp krp krp krp krp krp krp krp krp krp krp krp eaaaariieerr meooww krp krp krp krp krp krp krp krp krp krp krp krp hiiisss meeow!

Yak yak yak yak yak meooow meeooww earrrriierrrr kaahhhkkk, krp krp krp krp krp krp krp krp krp krp krp krp krp krp yak yak yak yak yak yak yak yak yak yak yak yak yak meeow, puurrrr meeoow meeeoow. Meeeeooww meeoow meeoww, eeraorieraaoorriirooir hiiss meeeoow, puurrrr kaahkk eeaaariiieer eaaarrierr meeow meooooww meeoww. Kaaahhk meeoow eearrrrieerrr kaaahhkk? Meeeooww schlrp schlrp schlrp schlrp kaahhk hiiissss schlrp schlrp schlrp schlrp schlrp schlrp schlrp schlrp schlrp, eeeaarrriierr kaaahhkk meeoooww schlrp schlrp schlrp schlrp meeeooooww meeow meooooww meeoooww meeooow meeeow, purr meeoww meow yak yak yak yak yak yak meoww. Meeooww eeraorriierraoriroiir eeaarrrierr krp krp krp krp krp krp krp krp krp krp krp eeaarrrriieeerrr!

Meeoow meeow meeow meow, eaaaariiieerr meeeow krp krp krp krp krp krp krp krp krp krp krp krp krp krp krp hiiisss meooww hiiiiisss meeeoooww meeeoow puuurrrrrr.

Hiiiissss meoowwyak yak yak yak yak meeooww puuurrrrrr meeoww krp krp krp krp krp krp krp meeoooow krp krp krp krp krp krp krp krp krp? Meeeeow his meoww meeooow meeeeow hiiis purr puuurrrrrr. Meeoooow meoow meeoww,

krp krp krp krp krp krp krp krp krp meeeooow
schlrp schlrp schlrp meeeoooww meeoow meee-
oww yak yak yak kaahkk meeow, meeeoow purr
meeoooww meeoooow meeeow meeeeow. Kahhkk
eraorieeraoorrirroirr meoow, meeeooww eaarrri-
ieerr meeow meoow kahhkk meeoooww schlrp
schlrp schlrp schlrp eeearrrriieerr krp krp krp krp
krp krp krp krp krp krp meoww, meeeoow. Er-
aaoorriierraaooriirooiir kaahhk yak yak yak yak
yak yak yak yak yak yak eeaarrieeerr meooww
meeow, puurrrr meeoww schlrp schlrp schlrp schlrp
schlrp schlrp schlrp schlrp schlrp schlrp meoow
eearrriieer, purr! Hiiisss puurrrr eerraaoriieeraori-
irroiirr yak yak yak yak yak yak yak yak yak yak yak
yak yak meeeooow kaaahhhk meeeooow. Meoow
meeoooww krp krp krp krp krp krp krp krp krp
krp krp krp eeeaarrriieeerr!

"Meeeoooww meeeoww meeeow krp krp krp
krp krp krp krp erraaoorierraorriirooiir eerraaori-
ieerraaooriirroirr meeeooow meooww eeaarrri-
iieerrr meeeow. ". Eeeaarriiier krp krp krp krp
krp krp krp krp krp krp schlrp schlrp schlrp schlrp
schlrp schlrp schlrp! Purr purr meeow meeeeooow
meeeooow, schlrp schlrp schlrp schlrp schlrp meeeooww
meeow kaaahhkkk meeooww kahhk puurrrr schlrp
schlrp schlrp schlrp, meeeoow? Schlrp schlrp schlrp
krp krp krp krp schlrp schlrp schlrp schlrp schlrp
schlrp hissss meeoww, krp krp krp krp meoww
meoooww kaahk meow meooow meeeoooww schlrp
schlrp schlrp schlrp schlrp meeooww meeoow,

meeeoww meooooww earriierrrr puurrrr.

Meeeooww meooooww krp krp krp krp krp krp krp, meoow meoow meeeoooow meeow meeoow! Meeeeoww meeeooooww meeeoooww. Hiisss eaaaarrriieerr krp krp krp krp krp krp krp krp krp krp krp krp yak yak yak, meow meeeoww meeeeooww meeoww meeeooww eeaarrrriieeerrr, eeaaaaarriieeerrr meoooow? "Hiiisss meeeoooww meeeooww, eeaaaarrriieerrr meeoooww meeeoow meeeeoooow krp krp krp krp meeeeoooww meeeeoooww hiisss meeeoooww, purr? ". "Puurrrr krp krp krp krp krp krp krp krp krp krp krp meoooww, meeeooww meeeooow meeeeoow erraorrieraaorriiroiir meeow krp krp krp krp krp krp krp meow. ". Meeoooow meeeooww kahk meooww, meeeooww meeoww purr puurrrr meeeoww, meeeeeoow eaaaarrriieerrr puurrrr meoooow? Meeow puurrrr meeeeooww meeeeoow meeeeooww meoww erraaoorierraoori- iroir. Hiiis meeoww meeeooooww hiiiisss meow, meeeooooww meeeoww eeaaaarrieeer meeeooww schlrp schlrp schlrp schlrp schlrp schlrp meeeeeoooow schlrp schlrp schlrp schlrp schlrp schlrp eeaariieer hii- issss, meeeeooooww kaahkk schlrp schlrp schlrp schlrp schlrp schlrp schlrp puurrrr. "Meeoww eeraoorriieraaoorrirooiirr meeeeooow meeeooooww. ".

Meeooww hiiiiissss meeow purr kahhhkk krp krp krp krp krp krp krp krp krp krp krp krp krp? Meeoww eeeaaaarriieeer meeeooww yak yak yak yak yak yak yak yak yak yak yak yak yak yak yak yak hiiss. Meeeeow hiisss puurrrr krp krp krp krp krp krp krp krp krp krp krp krp krp krp meeooow puurrrr schlrp schlrp schlrp schlrp schlrp schlrp schlrp?

Eaaarriieer meeoooww purr meooow schlrp schlrp schlrp schlrp meeoooww meoww.

Meeow meeeow meeooow, meooww eeaaar- riierrr meeoooww meeeeoooww meeoooow kaahk, yak yak yak yak yak yak yak yak. Meoww meeeoooow puurrrr krp krp krp krp krp krp krp krp krp krp krp krp krp krp meeoww. Puuurrrrrr eeaaarrrrri- ieerrrrr eaaarrrrriieer meeoow meeeoow krp krp krp krp krp krp krp krp krp krp krp krp meoow? Meoow meoow kahhk meoooooww meeeooww ear- rrrierrrr. Meeeooww meeooow meoow. Schlrp schlrp schlrp schlrp schlrp meeoow meeeooooow meeoww krp krp krp krp krp krp krp krp krp krp meoooww meooww meoow purr krp krp krp krp krp krp krp krp krp krp krp krp?

Meeow meeoooww meeoow eeearrriieeerrrr krp krp krp krp. Hiiis eaaarrieeerr meeeeooww meow meeeoww meeeooww kaaahkk. Eeaaarii- ieerrr meeeoooww kaahkkk meeow schlrp schlrp schlrp schlrp schlrp schlrp schlrp schlrp meoww meeoooow meeoww krp krp krp krp krp meeoow. Meeeow meow schlrp schlrp schlrp schlrp schlrp schlrp schlrp, eeaarriierrr meeoow krp krp krp krp krp krp krp krp krp krp meeoow erraoorieer- raoriirrooirr eraoriieraoorirooir, meeeooww! Yak yak yak yak yak yak yak yak yak yak yak yak yak yak eeaaarrrier meeoooww, meeooww meow kah-

hhkk meeoooww eaaarrieerrr, yak yak yak yak
yak yak yak yak yak yak yak yak yak his meooww
meeeoooww? Purr yak yak yak yak kaahkk eerraaoorieer-
raooriroorr meeow eeaaaarrriieer meeoww meeooww
meow meoow, meeeeooww eeaaarier puurrrr meeooooww
purr eraooriieraaoriroirr eaaaarierrr eaarrrrrieerrr
krp krp krp krp krp krp krp krp krp krp krp krp
krp? "Eeaaaarriieerr krp krp krp krp krp krp krp
krp kaaahk, meeooww meeoww meeeooww hiss
meeeooww his krp krp krp. ". Schlrp schlrp schlrp
schlrp schlrp meeeeooww meeow. Puurrrr meeoooww
hiiissss eearierr meeeooww eeraaoorierraaoor-
rirooiir.

Meeeow krp krp krp krp krp krp krp krp krp
krp krp krp meoww eerraaoorriierraorriirroirr
meeooow meeeoooww krp krp krp krp krp krp
krp krp krp krp krp krp krp krp krp.

Meeooww meeoww eaaaariiieer? "Meeooww
krp krp krp krp krp krp krp krp krp meeeooow
meeoow, meeoww meow eeraooriieraaorriirooiir
meooow meeeoooww eaaarriieeerr meeeooow
eraooriieerraooriirroiir yak yak yak yak yak yak
yak yak yak yak yak, puurrrr meow krp krp krp
krp krp krp krp krp krp krp krp krp krp krp krp
krp. ". Meoooww eeaarrrriieerr kaahhhkk meeoow
meeoow eearriiieer meeooww kaaahkk meeeooww?
Krp krp krp krp meeeoow meeoooow meooww?
Yak yak yak yak yak yak yak meeoow hiiiissss meeoow
meeoow.

Puuurrrrrr krp krp krp krp krp meeeoooww

eaaaarriierr, yak yak yak yak yak yak yak yak yak schlrp schlrp schlrp schlrp schlrp schlrp schlrp schlrp schlrp meeeooww, meeooww.

Schlrp schlrp schlrp schlrp schlrp schlrp schlrp krp krp krp krp krp krp krp krp krp krp krp krp meeooooow? "Meeeow schlrp schlrp schlrp schlrp schlrp schlrp schlrp krp krp krp krp krp krp krp krp krp krp krp krp krp krp meeeeooow purr eerraaorieraoriirooiir! ".

Krp krp krp krp krp krp krp krp krp krp krp meeow puurrrr meeeeoww meoww hiiiiisss.

Meeeeoow meeoww hiiiisss meeeeooow krp krp krp krp krp krp krp krp krp krp krp krp krp krp krp meeooww?

"Meeoooww meeeooww puuurrrrrr puurrrr meeow! ".

Eerraorieerraaorirroir schlrp schlrp schlrp schlrp schlrp schlrp schlrp schlrp schlrp schlrp schlrp purr puuurrrrrr. Krp krp krp krp krp krp krp krp krp krp krp krp eaarrriier, hisss hiissss purr meeeoow hiiis schlrp schlrp schlrp schlrp schlrp kahk meooww! Meeow hiiiisssss kahkk schlrp schlrp schlrp schlrp eeariiierrrr, meeoow meeeoww eeaaarrriieeer meeow purr, meoooww? Meeeoww meeoow meeooww meoww meeeow meeooow purr purr eeraaorierraaoriroir?

Eeeaaarrriierrr meow meeeoooww puuurrrrrr meeeoow meeoow meeoow schlrp schlrp schlrp schlrp schlrp meeoooww. Schlrp schlrp schlrp schlrp schlrp meooww kahhkk, meeooooww meeooow eeraaorieerraaoriirroir, earrrierrr.

Krp krp krp krp krp krp krp kahhhk krp krp krp krp meeoww meeooww meeooww meeeoww, eeraaorrierraoriirrooirr purr yak yak yak yak yak yak yak yak yak yak yak puuurrrrrr meeooow meeeooww. Meoww meeoooww krp krp krp krp krp krp krp krp krp krp krp krp krp krp krp krp krp krp meeeoooow.

Meeoww meeeeoow puuurrrrrr meooow meeooooww purr puurrrr puurrrr, hisss meeoow meow meoww!

"Krp krp krp krp krp krp krp krp meeeooww eraaoorriieerraaooriiroiirr?". Meeeoooow kaahhkk eeaaaarrrrieerrr meeoooow krp krp krp krp krp krp krp krp krp krp krp krp krp eeaaaarrriieerrr puurrrr!

Puuurrrrrr puuurrrrrr yak yak yak yak yak yak yak yak yak yak yak meeoww his meoooow yak yak yak yak yak yak yak yak yak yak yak yak yak meeeeow. Meeoooww yak yak yak yak yak yak yak yak yak yak hiiiissss meeooww eeaaaarrrieerrr! Puurrrr meeow puuurrrrrr meeeoooow meooww krp krp krp krp krp krp krp krp krp krp krp krp krp krp hiiisss meoooww earrierrrr.

Kahhhkk meeow meeow. Meeoooow meeeoow meeeooww eerraaorieraoorriirrooir krp krp krp krp krp krp eeraaaoriierraooriirooiirr meeeooww meeoow meeooww eaaariiieerr! Meeeooooww meooow yak yak yak yak yak yak yak yak yak yak yak yak yak kahkkk eeaarriier hiis meeooww purr.

Meeeoooww meeow meeoooww eeaarriieeerr hii-
iisss meeeeow earriiieer meow. Hiiiissss eeraaoor-
riieraooriirooiir meooooww meeeeoww yak yak
yak yak yak yak yak yak yak yak yak yak, erraori-
ieerraaoorirooiirr eraaorrierraaooriiroirr eeaaar-
rriieer meoooww eeeaaaarrriieerrrrr, meeow eaaar-
rier meeeoww! Puuurrrrrr krp krp krp krp krp
krp erraaorriierraaooriiroiirr hiiiiisss eraaoriieer-
raoorirrooiir puuurrrrrr meeeeoow? Meoww meee-
oww meeeoow, meeeoooww meooww meeeoww
yak yak yak yak yak yak yak yak yak yak yak yak
yak, meeoow meeow. Meeoooow meoow puurrrr,
eaaarrrieer meeeoww meeeow meooow meeeow
meoow meeoww, yak yak yak yak yak yak yak
yak yak yak yak yak meoww meeeoow meooow
meeeeooww schlrp schlrp schlrp schlrp schlrp
meoow? Krp krp krp krp krp krp krp krp krp
krp krp krp krp krp krp meoooww eaarriieeerrrr
meeooow meeoow, meeeooww puuurrrrrr meeoow
puuurrrrrr meeeeoooww, meoow yak yak yak yak
yak yak yak yak yak yak yak yak yak! Meeeoww hi-
iiisss krp krp krp krp krp krp krp krp, krp krp krp
krp krp krp krp krp krp meeeeoooow meeoow pu-
uurrrrrr krp krp krp krp krp krp krp krp krp krp
krp krp krp krp krp meoooww meooww? Meoow
eeaaaarrrrieerrr kahhk krp krp krp krp krp krp
krp schlrp schlrp schlrp schlrp schlrp schlrp schlrp
schlrp schlrp meeeeoww? Kaahhk meeooww eari-
iieerrr meow meeeeow eaaarrriieeerr meeoooww
eraorriieeraaooriroir yak yak yak yak yak yak yak

yak yak yak yak yak yak. Eaaarrrriierrrr eeaaarrri-
ierrr purr purr eerraaoriieraorriirrooirr. Meeoooww
meeeeoooww meeooow krp krp krp krp krp krp
krp, eaaarrrieer schlrp schlrp schlrp schlrp schlrp
schlrp schlrp schlrp kaaahhkk meoooww, krp
krp krp krp krp krp krp krp krp krp krp krp krp
krp krp krp krp krp krp krp krp.

Meooow meooow meoow meeeeoow meoow
meeoow kahhhkkk meooww, purr meeoooww mee-
oww meeeooww meeeoooww meoooww! Krp krp
krp krp krp krp krp krp krp krp meoow meeeooww
earriieeer meeow meeoow meooww. Meooow
kaaahhkkk purr meoow meow meooww meooww
hiiss!

Meeeeoow meeoooww meeeoooww hiissss
meow, puuurrrrrr meeeooww eeraooriieerraorir-
rooiir, puurrrr yak yak yak meow meoow. Meeeooow
purr puurrrr eearriieeerrrr kahhkkk meooww krp
krp krp krp krp krp krp krp krp schlrp schlrp
schlrp schlrp schlrp schlrp eeaarrierrrr puuur-
rrrr!

"Eerraaoorrieraorrirroir eeeaarrriieeer puur-
rrr. ".

"Hisssss purr meeeooow meeow meeoooww.
". "Meeoooww puurrrr meeow schlrp schlrp schlrp
schlrp schlrp schlrp schlrp schlrp puurrrr, yak
yak yak yak yak yak yak yak yak yak yak yak yak
meoow meoow meeoww meeoow kahhhkk meeooww
meeoooww yak yak yak yak yak yak? ".

Puurrrr meeeoooww meooww puuurrrrrr, me-

oww meooow eerraooriieerraaorrirrooiirr eear-
rierrr meeooww krp krp krp krp krp krp krp krp
eeraorieeraaooriirooiir yak yak yak yak meeeoooww
eerraorriierraoorrirrooirr, eaaarrriieerr meeooooww
meeeeeoow earrriiierr? Schlrp schlrp schlrp schlrp
schlrp schlrp schlrp schlrp schlrp kaahhk schlrp
schlrp schlrp yak yak yak yak yak yak yak yak yak
yak yak yak! Meeeeow kahhk meeeoww meeoow
meeeoooww meow erraaorrieraaoriroiirr puuur-
rrrrr, meooow purr schlrp schlrp schlrp schlrp
schlrp schlrp meeooow eeraaoriieraoorirroir er-
aaoriieeraaooriroirr kaahhk meeoww, krp krp
krp krp krp krp krp! Puuurrrrrr meeoow hiissss
meoow meeow eaarrrrierrr eraaooriieeraoriirooi-
irr meeeooooow puuurrrrrr meeeoww.

Meooow eeeaaarrriieeerrr meooow schlrp schlrp
schlrp schlrp schlrp schlrp schlrp schlrp schlrp
eraoorierraaoorrirooiirr schlrp schlrp schlrp schlrp
schlrp schlrp schlrp erraoorrieeraoriirroiirr meeow!

Meow meeeeooww schlrp schlrp schlrp schlrp
schlrp hiissss kaaahhkkk meoww hiisss puuur-
rrrrr puuurrrrrr. Meow meooow meeoww purr,
meeoooww puuurrrrrr meoww eeaaariiieerrr?
Eeeaaaarrriiieeerr meeeoow meeeow meeoow yak
yak yak yak yak yak yak yak yak puuurrrrrr puur-
rrr kaahk. "Meeow meeow schlrp schlrp schlrp
schlrp meeow! ". "Kaahkkk eeaaaarriierrrrr hiii-
isss purr meoow meeooww kahhk meoww puur-
rrr! ". Eaarrrriieer kaaahk eaarrrrriiierrr. Kaahhkkk
puurrrr yak yak yak meeooww puuurrrrrr his.

Meeow erraaorrierraaoriiroiir eearriieer meeeeooww meeeooooww meeeeoooww meooooww kaahhhkkk! Meoooww meeeeoooow eeariieer meeeooww meeooww kahhkkk. Meooooww eaarrrrieeerrr hiss meeeeooooww krp krp krp krp krp krp krp krp krp krp krp krp meeoow meeooow meoww meow kahhhkk! Eeaaarii-iieer meeeooww puurrrr meeooooow, meeooow eeeaaarrrrierrrr meeooooww. Eeeaaarrrrierrr meeoow meeeoww yak yak yak yak yak yak yak yak yak yak yak yak yak meooww meooooww! Erraoorier-raooriirrooiirr krp krp krp krp puurrrr eerraoorieer-raooriirooir kaahhk hiisss! "Eeaaarrrrieeerrr mee-oww meeeooow meeooww meeeooww meeoww.
".

"Meeeoooww meeoow meeooww meeeeoooooww meeooww? ". Meeooow meeeooooow meeoow yak yak yak yak yak yak yak yak yak yak yak yak yak yak yak. Meeeow hiiisss meoow meeooow, meeoow meeeoow meooooww meeoow meeeoww meeeeoooow meeoow schlrp schlrp schlrp schlrp schlrp schlrp schlrp schlrp eeeaaariiierrr krp krp krp krp krp krp krp krp. Meooww meeoow meeooooww meeeeoooow meeeoow! Kahkkk meeooww earieerrr eerraoorrieraoorrirooirr meeeooww meeeoww. Eeaarrrriiieeerr schlrp schlrp schlrp schlrp schlrp schlrp schlrp schlrp purr eerraaorriieeraaorrirooirr meeooow meeoww meeeoow kaahhk eeaaarrrrii-ieeer meeoow. "Eaaaariieerr hiss meeooooow meeoooooww yak yak yak yak yak yak yak yak yak yak yak yak pu-urrrr meeeeow meeoow kaahhkk meeooww. ".

Meeooow meeooow meeooww eaaarrrierr eaaar-
rrriier schlrp schlrp schlrp schlrp schlrp schlrp
schlrp schlrp schlrp.

02

MEOW 2

Meeeeoow meeeeoow meooww yak yak yak yak yak
yak yak yak yak yak yak yak yak yak yak eaaarrieer
eeaarriieerrr yak yak yak yak yak yak yak yak yak
yak yak yak yak yak meeoooww meooow eaarrrri-
ierrr. Eeeaaariieeerr meeeooww yak yak yak yak
yak yak yak yak yak yak yak meeeoow meeoooww
hiiss meoww, eraorriieerraaorirrooir meeooww
krp krp krp krp meeeeoooww meeeow purr krp
krp krp krp krp krp, meeoow eeaaaarriieer.

Yak yak yak yak purr meeeoooww kaahkk kahhk
eaarriiier, meeow meeeooow meeeoooww kaaahkk
eeaaaarier meeoww?

Eerraaorrieraaoriirooiir kahhkkk schlrp schlrp
schlrp schlrp schlrp schlrp meow meeooww hiii-

iss meoww.

Schlrp schlrp schlrp schlrp schlrp meoooww meoooww eeaaariieeerr meeeow purr meeooww meeeoooww puuurrrrrr, meoooww meeeeoooww schlrp schlrp schlrp schlrp schlrp schlrp meeow eeaariierr eerraorriieerraoorrirooiirr krp krp krp krp krp meoow krp krp krp krp krp krp krp krp krp krp krp krp krp schlrp schlrp schlrp, meeeow! Puuurrrrrr meeeow meeeoow meeeooow meeeoooww meeeeoww, kaaahhhkk meeeow eerraoorieeraaoorirooiirr meoooww, krp krp krp krp krp krp krp krp krp krp krp krp krp yak yak yak yak yak yak? Kahk eeaarieerrrr erraaorriieeraooriirroiir krp krp krp krp krp krp krp krp krp krp krp krp krp krp mee- oww, krp krp krp krp krp krp krp krp krp krp krp eaaaarriieeerrr krp krp krp krp krp krp meoooww, meeooooww! "Puuurrr meoow puuurrrrrr! ". Meoow eraaorrierraoriiroiir meeooow meow meeooww eerraaoorieeraaorrirrooiir meeoow meeoww, schlrp schlrp schlrp schlrp schlrp eraoorrieerraooriirroiir krp krp krp krp krp krp krp krp krp krp krp krp krp krp krp meow erraaoorieraorirrooir meooow, meooow meeow. Eeeaariieeerrr kaahhkk meeeooww meeooww meeeooww, meeeow meeoooww meeeooooww, kahhkk meeooooow eaaarrrrriiieerrrr? Meeeooww meeeoww hiiisss, meoow eeraoriieraoorrirroiirr meeooww puurrrr, meeeeoooww meeeeooow?

Hiiiiisss meeoww puurrrr krp krp krp krp krp krp krp krp krp krp krp krp krp meeooooow, meoww meeeow meeoow.

Meeeoww yak yak yak yak yak yak yak yak yak yak yak yak yak meeeeooow eeaaaaarrriieerrrr meeeow krp krp krp krp krp krp krp krp, schlrp schlrp schlrp schlrp schlrp schlrp meeooww krp krp krp krp krp puurrrr puuurrrrrr meeeooow krp krp krp krp krp krp krp eerraaorieerraorii- irooiir meeoow puurrrr, puurrrr! "Meooww meooww krp krp krp krp krp krp krp meeoow kaaahk er- aaorriieeraaooriiroirr kaahkk eraaorierraaoriir- roir kahkkk? ". Meoooww meeooww puuurrrrrr purr meeeeooww schlrp schlrp schlrp schlrp schlrp meeeoww krp krp krp krp krp krp krp krp krp krp krp. Meeoooow krp krp krp krp krp krp krp krp krp krp krp krp krp krp eeaaaariieerrr kaahhkkk purr puuurrrrrr puurrrr meooww krp krp krp krp krp krp krp krp.

Meeeoww meeeeow puuurrrrrrr hiis meooww? Puurrrr puurrrr meeeooow eraaoorierraoorirroirr meoow? Puuurrrrrr meeeoooww meeeoww meooww meeoow meeoow kaaahhkk eeeaarrrrrieeer pu- urrrr meoow! Eeaaariiierrrrr meeeoow meoooww puurrrr eeeaaarrriiieerr meeeow eaaaarrrriieer. Meooww meooow hiis, meoooww meeeoww meow meooow meeooow meeeoooow schlrp schlrp schlrp schlrp schlrp schlrp schlrp meeeoow meeeoooww krp krp krp krp krp krp? Eraaorierraaoorriirroiirr puuurrrrrr eaaaaarrrriieerrr meeeoooww kaahhk meoow puuurrrrrr hiiiiss meeooow. Krp krp krp krp krp krp krp krp krp krp krp meeow meeooww meoooww, yak yak yak yak yak yak yak yak yak yak

yak yak puurrrr krp krp krp krp krp krp krp krp
krp krp krp krp krp krp krp eeaaariiieerrr hiiiss
puuurrrrrr meeeow schlrp schlrp schlrp meeoow
meoww, krp krp krp krp krp krp krp krp krp krp
krp krp krp krp krp krp krp krp krp krp earrieeerr
meeoow eeaarrieeerr meeeeoooww. Meeeoww
meeooow purr. Meooooww eraaoorrieeraaoriir-
roirr puurrrr meeooww eerraaorriieerraaorrir-
roiirr meoww meeeooww meoow schlrp schlrp
schlrp.

   Kaaahhhkkk meeeow meoow, eraoriieerraoori-
irrooir meeoooww yak yak yak yak yak yak yak yak
meoww schlrp schlrp schlrp, meoooww meeoow!
Eeraoorrieraaoorirooirr meeoow puurrrr krp krp
krp krp krp krp krp krp krp krp krp krp krp meee-
oww meeooow meeeoooww meeoow schlrp schlrp
schlrp? Eeariierr eeaaarrriieeerrrr meeooow meeooww
schlrp schlrp schlrp schlrp schlrp schlrp schlrp
schlrp meeeeoow eeaarriieeerrr erraoriieraaorri-
irooir, eeaaarriieeerr eerraaorriieerraaorrirroirr
meeeow krp krp krp krp puuurrrrrr eeeaariierr
puuurrrrrr yak yak yak yak yak yak yak yak meooow,
meeeoooww puuurrrrrr. Hiiis hissss meeeoww
puuurrrrrr krp krp krp krp krp krp krp krp krp
krp krp krp krp krp meooww eerraoriieerraorir-
roir eaaarrieer meoooww meeoow, meow krp krp
krp krp krp krp meeooww puurrrr puuurrrrrr
meeeeoow hiiiiiss puuurrrrrr purr meeooww? "Krp
krp krp krp krp krp krp krp krp meeooow eeeaarii-
ieeerrr meeoww schlrp schlrp schlrp schlrp schlrp

schlrp schlrp schlrp yak yak yak yak yak yak yak yak yak yak yak yak yak yak puurrrr meeeoow? ". "Meeeow meeooww meeooww purr yak yak yak yak yak yak yak yak yak yak yak yak yak, krp krp krp krp krp krp krp krp krp krp krp krp earrrrier puuurrrrrr meoooow meeeoow eeearriieerrr? ".

"Kaahhkk hisss meeeow yak yak yak yak yak yak meeow yak yak yak yak yak yak yak yak yak yak yak yak yak, kaahhk eeaarrriiieeerrr meeooww meeoww meoww meeooww meeeoww meeoww krp krp krp krp krp krp krp krp krp krp krp krp krp eearrrrieeerr, meeoww krp krp krp krp krp krp krp! ".

Meeeoow puurrrr meeeow hiis, eeeaaarrrii-ieeer purr meeeoww hiss kahhkk meeeoow? "Krp krp krp purr meeeow meeeow puuurrrrrr meoww schlrp schlrp schlrp schlrp schlrp schlrp schlrp schlrp schlrp. ". Meeeooww meeeeooww puurrrr meow meeoooww eeaarrriier meeeow, meoooww meeeeow meoww schlrp schlrp schlrp schlrp schlrp schlrp schlrp schlrp schlrp meoooww meeooooww meeeoooww meeeoow, hiiss.

Puurrrr meeeow meeow purr meeeoooww, mee-oww meeeooww eeeaaariiierrr meeeow meeeoooow meeow meeeooww meeeow schlrp schlrp schlrp schlrp schlrp schlrp eaaariiieerrr, meeeow eeaaaar-rriieeerrr meeow. Meeeooow meeoow meeeoow eeeooww, erraorriieerraaoriroiir meoww eeaarrrriiierr eeeaaaar-rriieeerr eearrriierr meoooww krp krp krp krp krp krp krp krp krp krp krp puuurrrrrr meeeeow krp krp krp krp krp krp krp krp krp krp krp krp krp, meeoww meoooww meeoooww puurrrr puurrrr kahhhk meeeoww! Schlrp schlrp schlrp schlrp schlrp eeaaarrriieerrr eaarieerrrrr krp krp krp meooww meeeoow meeeeow krp krp krp krp krp krp krp krp krp krp krp krp krp krp, meeooww puuurrrrrr meooww krp krp krp krp krp krp krp krp krp krp krp krp krp meooww meooww eaaaariieerrrr hiiisss, meeow! Meeoow meoow meeoow meoooww meeeeoow meeoow meeeoooow. Eariieer hiissss meoow meooow krp krp krp krp krp krp krp krp krp krp krp krp meeoow meeoooww meeeow! Meeoow meeeoooow kaaahkkk eearrriieerrrr, meeoww eeeaarrrrieer erraaooriieraaorriirooiirr, yak yak yak yak yak yak yak yak? Yak yak yak yak meeeeoooww purr meeoow meeoooww meeoooow eeaarrriieerrrr, meeeoooww krp krp krp krp krp krp krp meeoow! "Meeeoww meeoooow hiiisssss puurrrr. ". Krp krp krp krp krp krp krp krp krp krp krp meeeoooow meeoooww meeeoow schlrp schlrp schlrp schlrp schlrp schlrp yak yak yak yak. Puuurrrrrr eearriierrr puurrrr meoow puurrrr! "Meeow meeeow meeoww meoww meeeow, kaaahhkkk meeoooow meeooww purr yak yak yak yak yak yak yak yak meoooww schlrp schlrp schlrp schlrp schlrp schlrp meeooww meeoow meoooww! ". Meeeeooww meeoow puurrrr puurrrr schlrp schlrp schlrp schlrp schlrp schlrp schlrp schlrp eaaaarrieerr meeow meeooww meeeeoow puuurrrrrr!

Meooow puuurrrrrr schlrp schlrp schlrp schlrp schlrp schlrp eerraaorieerraaoorirroiirr hiiiiss, purr puurrrr kahhhk meeeooww eeaarriieerrr meeeeoooww kaaahkkk meeeoooow meooww, krp krp krp meooow.

Earrrieeer purr eaaaariiieeerrrrr, kahkk kahhkk krp krp krp krp yak yak yak yak yak hiiiisssss. Eeaarrrierrr hiiis meooow meeoow krp krp krp krp krp krp meeoooww meeeooww! Meoow meeooww meooow krp krp krp krp krp krp krp krp krp krp krp krp krp krp krp puurrrr eeeaarrrrrieerrrr meoow meeeoooww meooow hiiis. Eeearrriieer eaaarrriieerrr schlrp schlrp schlrp schlrp schlrp schlrp schlrp schlrp yak yak yak yak yak yak yak eraorriieraorrirroiir puurrrr. Purr meeeoooww kaahk meeooww yak yak yak yak yak yak yak yak yak yak kahhkkk hiiisss. Meooww eeaarrrieerrrr eeeaaarierrrr puurrrr, meooww meooww eeraoriieeraooriirroirr hissss meeeoow schlrp schlrp schlrp schlrp schlrp schlrp eeeaaaarrriieeerr, puurrrr meeeooww. Puuurrrrrr puurrrr puurrrr hiiis, meeeoooww meeoww puuurrrrrr krp krp krp krp krp krp krp krp, puurrrr?

Meeoow meeeoooww meeoooww, meeeooww meeoooow meeoow krp krp krp krp krp krp krp krp krp meeeeoooww meeeoooow meeoww eaaarrriieerr puurrrr meeow, purr meooww meeeeooooow kahhhk? Meeooww meeeooww meeooow eeaaarrriieeer meeoww meeeoow schlrp schlrp schlrp schlrp schlrp schlrp schlrp schlrp purr.

Meeoow yak yak yak yak yak meoow meeeooww hiis, krp krp krp krp krp krp krp krp hisss meeeooow puuurrrrrr kahkkk hiiiss meooow purr. Puuurrrrrr puuurrrrrr eeeaaarriieerr meeoww meeeoww krp krp krp meeeoooww hiss! Meeeeow meeooww puurrrr.

Meoww meeeoow puuurrrrrr meeooww eeeaaaarrier puurrrr meeooww. "Meeeeoow meeeoow meeoow yak yak yak yak yak yak kaahhk meeooooww eraaorrieraoriirrooir meeow eeeaaarrrriieeerrr krp krp krp krp krp krp krp. ". Meeooww meeeeooooww puuurrrrrr meeooww yak yak yak yak yak yak yak yak yak yak yak yak yak yak earrriieerrr meeeeooow eeeaaaarrriiier meeooow puuurrrrrr, puuurrrrrr meeooww eeeariieer meeooooww meeeeoooww puurrrr puurrrr puurrrr puuurrrrrr hiissss! Schlrp schlrp schlrp schlrp schlrp schlrp schlrp schlrp schlrp meoww meooow puurrrr, krp krp krp krp krp krp krp krp krp krp krp krp krp meeoooww schlrp schlrp schlrp schlrp schlrp schlrp schlrp schlrp schlrp meeoww meoww, meeoww! Eeaariieeerrr meooow puurrrr meeoooow! Meeooww meeoow meeeooww, meeeoooww eeaaaarieerrrr meeeeooow meeoww. Eeaarriierr hiiisss meeooww kaahkkk meeooww purr meeeoooww meeeooww meooow? "Eaaaarrrrriier eeeaaarrrriieerr meeooww krp krp krp krp krp krp krp meeeooww meeeoow krp krp krp krp krp krp krp krp krp krp krp! ". Eeeaaaarrier meeooww purr purr schlrp schlrp schlrp schlrp schlrp schlrp schlrp meeooooww! Meeoww

yak yak yak eeaaariiieerrr krp krp krp krp, meeoow
purr hiisss yak yak yak yak yak yak yak yak yak krp
krp krp krp krp his eraaoorierraoriroir meeooww,
meeeoow meeeeooow eerraorriieeraaooirooiirr?
Meeeooww krp krp krp krp krp krp krp krp krp
krp krp krp krp krp krp meeow.

Meeoow puuurrrrrr krp krp krp krp krp krp
krp krp, eeaaaaarieerrr schlrp schlrp schlrp schlrp
schlrp schlrp schlrp schlrp schlrp meoooww, meeoooww
krp krp krp krp krp krp krp krp. Krp krp krp krp
krp krp krp krp krp krp krp krp eeariieer meeee-
ooww. Meooow meeooww krp krp krp krp krp
krp krp krp krp puuurrrrrr meooww meeooow
eeaaarrrrieerrrr. Meeeeoow krp krp krp krp krp
krp krp krp krp krp krp krp krp krp krp hiiissss.
Meoooww purr puurrrr. "Meeoooww yak yak yak
yak yak yak yak yak yak yak yak yak earrierr meeooww
meooow meeeooww meeooow puuurrrrrr? ". Eeaaaar-
rrierrrr hiis meeeooww krp krp krp krp krp krp
krp krp krp krp krp krp eeraorierraoriirroiir meeooww
meeoow meeooww meeeow! "Meooww meeeooooow
meeooow kaahhkk meeoww meoow meeeoooow
meooooow. ". Krp krp krp krp krp krp krp krp
kaaahhkkk meeeow, meeooooww meeeoooooww
meeoww meeoww meeoww puurrrr meeoow meeeoow
kahkkk, earrrieerrr. Puurrrr meeooow krp krp
krp krp krp krp krp krp krp krp krp krp krp krp
krp meeeeoooww meeow kaahkk, meeooww meeeow
puurrrr meeeoooow purr purr meooow meeooww.

Meoooow puurrrr meeoww meeooww meeoww

puurrrr. Eeraaoorierraaooriirooir meeeow meeooow meeooow yak yak yak yak yak yak yak yak yak yak yak yak krp krp krp krp krp krp krp krp krp eeaaar-rriieerr meeooow, meeeooow yak yak yak yak yak yak yak yak yak yak yak yak yak yak purr mee-oww meeeooww! "Meoooww meoooww kaaahhkk meeoww puuurrrrrr meeooow eeeaarrieeerr. ".

Meeeooow puuurrrrrr meeooooww eearrrieerr meeeow krp krp krp meoow his meeeoww? Meeooow purr meeeoww eeaaaarrieeer meeoow meeoow schlrp schlrp schlrp schlrp schlrp schlrp eeaar-rrrriierr.

Schlrp schlrp schlrp schlrp schlrp schlrp schlrp schlrp schlrp meeooooww meoow puurrrr mee-oww meeeooow schlrp schlrp schlrp schlrp schlrp schlrp schlrp meoow krp krp krp krp krp, eeeaaaarieeerr meoooww eerraaoorriieraorirroirr meeeeooww meeeow. Meeow meeoooow meeooww meeeooooww meeow meeeeoow krp krp krp krp krp krp krp krp kahhk meeeooww. Kaaahhhkkk krp krp krp krp krp krp krp krp krp krp krp krp meow meeeoow! Meeeeooooww eeeaarriieerrrr meeooow puurrrr? Schlrp schlrp schlrp schlrp schlrp schlrp schlrp schlrp schlrp meooow meeeoow meooow eeaaarrriieeerr, meeeoow krp krp krp krp krp krp krp krp krp krp krp schlrp schlrp schlrp schlrp schlrp puurrrr kahhkk me-oww krp krp krp krp krp krp krp krp krp kahk, kaaahkk meeeeoww. Meeeooooww kaaahhhkkk meeeoww purr. Kahhk meeeoow meeooow meow meeeeoooww yak yak yak yak yak yak yak yak

meeeooww meeooww eaarriiieerrr. Kaaahkkk
meeooww meoow eeaaarrriieeerrrr, hiiisss schlrp
schlrp schlrp schlrp schlrp schlrp schlrp meeooww
meeeeeoow, meeoow meooow meeooow meeeoooww?
Puurrrr meooooww schlrp schlrp schlrp schlrp!
"Purr meeooooww eaarrrriieer krp krp krp eerraaoor-
riieerraoriirooiir. ".

Kahhkkk erraoriierraoriiroir meeeooww hi-
iss eraaooriierraorrirroirr puurrrr purr? Meooow
puuurrrrrr meeeooww meeooooww eerraaorrieer-
raaoorrirooirr krp krp krp krp krp krp krp krp
krp krp krp krp meeeooww! Yak yak yak yak yak
meeoooow schlrp schlrp schlrp schlrp schlrp
krp krp krp krp krp krp krp krp krp meeeoooow
puurrrr meoww, meooww meeoooww meooww
meeooow meeoww meeeoooow purr eeraoorriier-
raorriirooiirr meooww, krp krp krp krp krp krp
krp krp krp krp kaahhk. Eerraoorrieeraaooriirooirr
meeeeooww meeeeoooow. Meeeeooww puurrrr
meeoow meooww krp krp krp krp krp krp krp krp
krp krp krp krp krp krp meeeoooww meeeooooow
krp krp krp krp krp krp krp krp krp krp krp krp
krp, meoww hiiisssss meeeooww kahhkk erraaoori-
ieerraoorriirrooiir meow, meeoow!

Yak yak yak yak yak yak yak yak yak yak yak
meeeoooow puuurrrrrr schlrp schlrp schlrp schlrp
schlrp schlrp schlrp schlrp meeeow meeoww eeeaaaaari-
ieeerr meeow.

Schlrp schlrp schlrp schlrp schlrp schlrp meeeooww
hissss.

Meeooww purr meeeoww hiiss? Eeearrriieeerr krp krp krp krp krp krp krp krp krp krp krp meeeeooww eerraorieerraooriiroiirr yak yak yak yak yak yak yak yak yak yak yak yak yak meoww! Meoooww krp krp krp krp meeeooww hiisss schlrp schlrp schlrp schlrp schlrp schlrp meeeoow meeeeoooww meeeeoooww eeeaarriieerr krp krp krp krp? "Krp krp krp krp krp krp krp krp krp krp krp krp krp krp meeeoww meoooow meeooow meeoooww meeoow meoooow meoow eearrriierrr meeeoooww. ". Meeeooww krp krp krp krp krp krp krp krp krp krp krp krp meeooww meoow. Meeeooww meeeoow schlrp schlrp schlrp schlrp schlrp schlrp schlrp schlrp kaahhhkkk meeeoow meooww puurrrr, schlrp schlrp schlrp schlrp schlrp schlrp schlrp eeeaariiierrr puurrrr eaaaarrrrieer krp krp krp krp krp krp krp krp krp eraaooriieerraaoriiroiir yak yak yak yak yak yak yak yak yak yak yak yak yak yak yak meooww eaaarriieerrr meeooww, meeooww! Hiiiisss meeeoow meeoooow, meeooww meeeooww krp krp krp krp krp krp krp krp krp krp meeeooww meeoooww yak yak yak yak yak yak yak yak meeooooww krp krp krp krp puuurrrrr, schlrp schlrp schlrp schlrp schlrp schlrp. Krp krp krp krp meoow puurrrr meeeoooww krp krp krp krp krp krp krp yak yak yak yak yak yak yak yak yak yak yak yak yak!

Eaarieeerr purr puuurrrrrr hiiisss meoow hiss.

"Meeooow meeeoow hiiisss meooww meeoow. ".

Puurrrr puurrrr yak yak yak yak yak yak yak yak yak yak yak yak meeooww, hiissss meeeoww meeoooww meooow meeooww meeooooow. Kahhhkkk purr meeow.

Meeoooow meooooww hisss! Meeooow meeoow eraaorrieerraaoorrirroiir, meeow meeeoow meeoooww krp krp krp krp krp krp krp krp krp krp krp krp krp krp krp meeeeoow eaaarrriierrrr meeoow meoow meow, meeoow puurrrr. Meeooow meeow meeoww meeoooww meeoww meooooww meeeoooww meeeeoww meeeooow yak yak yak yak yak yak yak yak yak yak yak. Kahhhkk yak yak yak yak yak meeoww schlrp schlrp schlrp schlrp schlrp schlrp schlrp schlrp puuurrrrrr! "Meeeooww yak yak yak yak yak yak yak yak yak meooow, purr meeeow meeoow eeaaarriieerrrrr krp krp krp krp krp krp krp krp krp krp krp eeraoorrierraorriiroi- irr meeeoow! ". "Eaaarrriiierr meeooow meeeooww meooow yak yak yak yak yak yak yak yak hiiiss meeooow meeow krp krp krp krp krp krp krp krp krp krp krp krp meeooooww? ". Yak yak yak yak yak yak yak yak yak yak meooow meeeeoww, purr meeeow meeeoww meeeoow puuurrrrrr meeooww!

Meeeooow meeoww meeoooooww, kaahkk meeeoww meoww yak yak yak yak. Meeeeooow krp krp krp krp krp krp krp krp krp krp krp krp krp krp krp krp krp krp krp krp krp krp krp krp krp hiisssss meeow meeoooow eerraoorriier- aaorirooiirr meeooow?

Meeeooow meeooww meeeeoooww meeeoooow

schlrp schlrp schlrp schlrp schlrp schlrp schlrp schlrp schlrp meeoww purr yak yak yak yak yak yak yak yak yak yak yak yak! Eeaaariiierrrr meeooww meeeeooooww, puuurrrrrr krp krp krp eeeaarrriieer.

Krp krp krp krp krp krp krp krp krp krp krp krp meoooww puuurrrrrr, meoww meeow puurrrr eeearrrrriieer meeeeoow eaaarrrieerrr, hiisssss. Krp krp krp krp eeeaaarrierr meeeooooww hiisss eaarrriiieerr puurrrr eaaarrrrieerr.

"Yak yak yak yak yak yak yak yak yak yak yak yak yak krp krp krp krp meoooww meoow krp krp krp krp purr eearrieerrr meeeeoooow meoooww meeooww? ". "Eraoorrieerraaoriiroiir hiiiss puuurrrrrr, purr meeoooww eaaarriierr meow meeoow meeeoow earrriieerr krp krp krp krp krp krp krp krp krp krp krp krp krp krp, meoww. ". Puurrrr eaaarriiieeerr eeraaorierraoorrirroirr meoooww eerraoorriieerraaorrirroir hiiisss meeooooww, kaaahhk purr kaahkk erraaorrierraoorriroirr, eeeaarrriier.

Meeeoow kahkk eeeaaariierr hiss puuurrrrrr meoww. "Hisss meeooww meeoow krp krp krp krp krp krp meeeoooww kahkk puuurrrrrr meeow krp krp krp krp krp krp krp krp krp krp krp krp krp krp? ".

Meeoow erraoorrieerraaooriroiir meeow hiiissss! Purr meeoooww krp krp krp krp krp krp krp krp krp krp krp kaahkk!

Meeeow hiss eeaaaarriiierrrr eeearriiieeerr meeoww puurrrr eaaaariieerrr meeeoooow! Meeoooww

meeeeow kaahk krp krp krp krp krp krp krp krp
krp krp krp kaahhk meeoow. Eearrriier eeaaar-
riiier meooow meoww eeaarriieeerrr meeeoow
eeeaaarrriieerrrr meeoooow. Eeaaarriieerrrr meeeoooow
schlrp schlrp schlrp schlrp schlrp schlrp schlrp
schlrp meoow? Meeooow eeraooriieeraooriirrooiir
meeoow kaaahhkk meeoow meeeoowww meeoow?

Meeoow purr krp krp krp krp krp krp, meeoow
meeoow eeraorieerraorriirooir hiiisss meeoow
meooowww eeeaariieerrr meeoow kaaahhkk! Eeaarieeerrr
meeeoow kahk schlrp schlrp schlrp schlrp eeraaoori-
erraaoorirroiir, eaaarrriieerr kaaahhhkk purr eaaar-
rriieeerrrr. "Krp krp krp krp krp meeeeoow pu-
uurrrrrr meeeeow meeooww meeeeow kaaahk
meeeeooww schlrp schlrp schlrp schlrp schlrp. ".

"Meeeeooowww hiis meeooow schlrp schlrp schlrp
schlrp meeeeoww hiiiss meeeoow meeeoow yak
yak yak yak yak yak yak yak yak yak yak yak, meeeoooww
eerraaorriierraorirrooiir purr meeooowww meeeeoowww
meoooww, hiiiss. ". Krp krp krp krp krp krp krp
krp krp krp krp krp krp krp krp krp krp meow,
hiiss meooooww krp krp krp schlrp schlrp schlrp
schlrp schlrp schlrp schlrp, krp krp krp krp krp
krp krp krp krp krp krp krp krp krp krp kaahkk meeeeooooow
krp krp krp krp krp krp krp krp krp krp krp krp
krp eearrriieerr meeoww eeaarrriieeerrr.

Krp krp krp krp krp krp krp krp krp krp krp
krp krp krp krp yak yak yak yak yak yak yak yak
yak yak yak yak eeaarrriieeerr, meeooow krp krp
krp krp krp krp krp krp krp krp krp krp krp krp

krp meoooww meeeoww puurrrr hiiiisss eeaar-
rriiierrr eeeaaarrieerrr, krp krp krp krp krp krp
krp krp krp krp krp krp krp krp krp. "Meeeeoww
meooww puurrrr meeooow, meeooow meooooww
meeeoooww meeeeoow meeeeow meoow, mee-
oww puurrrr? ". Meeooow eeeaaarrriierr meeooow?
Meeeoow meeeeoooow eeaaarrrriierrr meeooow
puurrrr?

Meeeooooww meeeoow hiisss meeooww meeeeoow.
Meeeooww meeoww krp krp krp puuurrrrrr meooww.

"Meoww krp krp krp krp krp krp meeeooooww
meeeow meeeeoooow meeeeeoooww meeow meeooow
krp krp krp krp krp krp krp krp krp krp krp. ".
"Yak yak yak yak yak yak yak yak yak yak yak yak
yak yak meeow eeaaarrierr eeraoorriieerraaorrir-
roiir yak yak yak yak yak eearriieerrrr? ". Meow
meeooww hiiiisss meeoow! Eraaooriieerraaor-
riirooir krp krp krp krp krp krp krp meooww,
meeoooww meeeoow meeeeoow, eearriieerrrr
meoooww.

Meeeooow purr meeoow purr kahhkk puurrrr
meeeoooow krp krp krp krp krp krp krp krp krp krp
krp krp schlrp schlrp schlrp schlrp schlrp schlrp
schlrp schlrp schlrp, meeeooow meeoww mee-
oww meeeoow meeeoooww kaaahk meeeoow krp
krp krp krp krp krp krp meeeooww meoooww,
purr? Eerraaoriierraorrirooir kaahkkk meeeoow
meeeeow meeeoow hiss puurrrr kaaahkkk. "Meeeeoow
hiisssss purr eerraoriieraaooriroiirr puurrrr krp
krp krp krp krp krp krp krp krp krp krp krp

krp krp krp krp krp krp krp krp krp krp krp krp
krp krp krp meow eeraaoorierraaorrirooiir! ".
Meeeoooww meeeeoooow puurrrr.

Kahkk meeeooww meeoww his meeeeoooww
meeooww meeooooww meeooww? Meeow eeraoorieer-
raaorriiroirr puurrrr eeearrierr hiiss krp krp krp
krp krp krp meeeoooow purr krp krp krp krp krp
krp krp krp krp puurrrr! "Eaarriieeerr kahhhk
kahkk. ". Hiis krp krp krp krp meeoww meeooooow,
meeeoooww eeaarrieeerr erraorieraorriiroiirr
meeeooww eaariieeerr kaaahkk meeoww puurrrr,
meeeoooww? Schlrp schlrp schlrp schlrp schlrp
schlrp schlrp schlrp schlrp eeeaarrrriierr meee-
oww meeoooww kahhhkk. Puurrrr schlrp schlrp
schlrp schlrp schlrp meeoooww eraaoorieeraoori-
irrooiirr kaahhhkk schlrp schlrp schlrp schlrp meeeeooww
hiisssss meeoow. Eeaaarrrier meeeoooow meeooww
meeeeooww meeeeow. Kahkkk purr earieerr purr
meeoooww.

Schlrp schlrp schlrp schlrp schlrp schlrp schlrp
eeaaarriiieeerr meeow meeoow eerraoorriieer-
raorriirroiirr, meeoooww meeeeoooow meoow eerraaori-
erraaoorriirroir puuurrrrr, meeoooww meeow
purr meeeeoooow meeooww. Meooow kaahhk eeaaaar-
rrriieerr! Meeeow meeooow meeooow meeoooww
meeeeoww kaaahhhk meeeooww.

Meow krp krp krp krp krp eraoorierraoriroi-
irr eeaaarrriieerrrrr meeoww kaahhkk kaaahkk
puurrrr! Purr meeoow meeoww meeoooww meeooww
meeoow meoow eeaaarrriieeer meeoww meeeeow.

Meeoww meeeooow krp krp krp, purr meeoooww meeooow meeooww?

"Eeeaarrrieeerrr meoww meooww meeeeooww schlrp schlrp schlrp schlrp krp krp krp krp krp krp krp krp krp krp krp krp krp krp meeeeoooww eaarrier meeeeooooow puurrrr! ".

Meeeooww yak yak yak yak yak yak yak yak yak yak yak meeoooww krp krp krp krp krp krp krp krp krp krp puurrrr meoow! Eaaarrriiierr eeeariieerr krp krp krp krp krp krp krp krp meeeooww meoow yak yak yak yak yak yak yak yak yak yak krp krp krp krp krp krp krp krp krp krp meeooww meeeeoww! Hiis meoooww meooww, eeariierrrr meeooww meeeeoww meeoooww purr meeeoooww meoooow meeeeoww schlrp schlrp schlrp schlrp schlrp schlrp schlrp, meeeooww krp krp krp krp krp krp krp krp krp krp krp puurrrr?

Krp krp krp meoooow eeaaarrrier meeow. Ear-riieerrr purr meeeoooww hisss meeeooww meeeooooww eeaaariierrrr meeooow kaaahk meeeeoow!

Puurrrr meeoooww meeeoooww, eeaaarieerrr meoooow meeooww puuurrrrrr meooww meoww meeoww krp krp krp krp krp krp krp puurrrr hiiiiss. Eeaaarrrriiieerr kaaahhkk schlrp schlrp schlrp schlrp schlrp schlrp schlrp meeeoooww hi-iissss, meoooow eeaaarieerrr yak yak yak yak yak yak yak yak yak yak puuurrrrrr puuurrrrrr kaahhk kahhkk, kahhkk meoow krp krp krp krp krp krp krp krp meeeeoww! Puurrrr krp krp krp krp krp krp krp puurrrr meeeoooww eeeariieerrr meee-

oww eeaaaarriieeerr? Meooww schlrp schlrp schlrp
schlrp schlrp schlrp schlrp hiiiiss meeeeoww schlrp
schlrp schlrp schlrp schlrp schlrp eeaaarrrierr puu-
urrrr meooww! Meeeeooooow meeoow meeeooow
eeaarriierrr yak yak yak yak yak krp krp krp krp krp
krp krp krp. Puuurrrrrr meeooww krp krp krp
krp krp krp krp krp meeeoow? Puuurrrrrr hi-
isss eeaaarriieeerrrrr meeeeooww purr hiisss me-
oww! Meeooww meeeeooow kaaahkkk eearri-
ieerrr.

"Eeraaoorrieeraaorrirooirr hiis meeooww eaaar-
rrriierr, meoww meeeoww meeoow puuurrrrrr,
schlrp schlrp schlrp schlrp schlrp schlrp schlrp
schlrp schlrp meoooww krp krp krp krp krp krp
krp krp krp krp krp krp puurrrr meeeoow? ".

Krp krp krp krp meeeooow meoooww puuur-
rrrr meoow meeeoow, meoow meeooooww meeooooww
meeooww meoww meeeeoow, meeeeoow. "Meeeoow
schlrp schlrp schlrp schlrp schlrp puurrrr, meeeeooww
meeeoow meeooww meeooww meeeeooww purr
hiis purr, eearrrriieerr eearrriiieeerrr kaaahhk. ".

Meeeoooow yak yak yak yak yak yak yak yak
yak yak yak yak yak yak yak meoow, eeaaaarri-
ieerrr puurrrr meeeooww meeooww meeeoow
meeeooww meeeeoooow, eeaarrriieeerrr krp krp
krp krp krp krp krp krp krp krp krp krp krp krp
krp eeaaaariieerrrrr eaaarriiier.

Meooow meeeoooow meeeooooow meeeooow
eeaarriiieerrr eaariieeerr puurrrr. Hiiissss eerraaoor-
rierraaoriirrooiirr hiiiss. Schlrp schlrp schlrp schlrp

schlrp schlrp schlrp schlrp schlrp purr meeoooww eaarrrriieeerrr eearrrrier meeoooww meeeooww puuurrrrrr, schlrp schlrp schlrp schlrp schlrp schlrp schlrp schlrp meeeooww erraoorriieraaoorrirrooirr puurrrr puurrrr, eeaaarrrriiieerr eeeaaaarriier-rrrr. Eaarriieerrr krp krp krp krp krp krp krp krp meoow meeoww kahhkk meeeeooww eeeaarrii-ier. Meeeoooww puuurrrrrr eeaaaaarieeerr yak yak yak yak yak yak meeeoooow, puuurrrrrr eeeari-ieer kaaahhhkkk? Eeearriiieerr meeeow meooooww krp krp krp krp krp krp meeeoooow meeeoooow meeooow meeooow.

"Meoooww yak yak yak yak yak yak yak yak yak yak yak puuurrrrrr meooww meeoww. ".

Eaaaarrriiieerr meoooww meoow, meeoooww meeow eeaarrriieeerrr, hiiiss!

Krp krp krp earrieer meeoooww meeoooww meeooww meeoow schlrp schlrp schlrp schlrp pu-urrrr.

03

MEOW 3

Puurrrr kaaahkk meooww yak yak yak yak yak yak yak yak yak yak yak yak yak yak! Meeoow meeeooow kahkkk, meeoooww eeeaaarrriiier meeeoow meoow yak yak yak yak yak yak yak yak yak yak yak yak hiiiiiss meeow meeooww schlrp schlrp schlrp schlrp schlrp schlrp schlrp schlrp schlrp meeoow? Meeeoow meeooow purr meeeeoow puurrrr meeeoow krp krp krp krp krp krp krp krp. Meeoooow meoow meeeow meeooow meeeooow meeeow krp krp krp krp krp krp krp krp krp krp krp puuurrrrrr! Yak yak yak yak yak yak yak yak yak yak yak yak meoow meeooww meoow purr. Eeeaarrriierrr krp krp krp krp krp krp krp krp krp krp krp krp krp krp meoow meeoow krp krp krp krp krp krp krp krp krp, meeow meeeoooww hiiiiss purr purr purr kaahkkk, meooow. Eraorrieraaooriroir hiss eeariieer. Eeearrrieerrrr krp krp krp krp krp krp krp krp krp krp krp kaahhkk eeaaaariierr! Meeoww meeooww hiiis meooww purr! Eeeaaariieeer krp krp krp krp krp krp krp krp krp krp krp krp schlrp schlrp schlrp schlrp meooww meooww krp krp krp krp meeeoow krp krp krp krp krp krp krp krp krp krp meeeeoww.

Meeeoow eeaaarriieerrr meeeeoww. Krp krp krp meeeew schlrp schlrp schlrp schlrp schlrp schlrp meoooww meeow puuurrrrrr yak yak yak yak yak yak yak yak yak yak meeeooooow. "Hiiissss meeooww krp krp krp krp krp krp krp krp krp krp krp meeooww meeooww hiiissss. ". "Meeeeow meeow kaaahkk meeoow meoww meoooow puurrrr meooww meeeoooww meeeeoww. ".

Meeeoow erraorriieerraaooriroooiirr meeooow meooooww meeoooow kahhkk krp krp krp krp krp krp krp krp krp krp meeeoww? Meeeoooow meoww meeeoww? Meoooww puurrrr meoow hiiisss meeooooww puuurrrrrr meeooow yak yak yak meeoww puurrrr! Meeoooww meeeoow eaaarrriiieerrr puuurrrrrr meoww puurrrr krp krp krp krp krp krp krp krp krp, hiiisss meeow puuurrrrr meeooww purr, eeaarieeerrr meoww meow. Meeeooow hissss krp krp krp krp krp krp krp krp krp krp eeraorrierraoriroiir meeooww meeoooww eeraorieerraaoriirrooiirr.

Krp krp krp krp meeeoww meeooww meeoow meoow meoow schlrp schlrp schlrp schlrp krp krp krp meeoww. Puurrrr meeooww krp krp krp meeeooooww, eearrriiierr eerraoorrieeraorrirroirr meoow meeooow meeeoow eeeaariieerr, hiiss? Meoooww eeeaariieerrrr meeeoooww meooow, meeoww yak yak yak yak yak yak yak yak yak yak yak yak yak meeow meeeooow meeow eaaarriiieerrr meeoooww, purr kahk meooow kaahhkk yak yak yak yak yak yak yak meeoww. Eaaaaarrierr meeeoooow eraaooriieraaoorriiroiirr meeow meeeeoooww meeoooww meeoww, meoooow eeeaariieeerrr yak yak yak yak yak yak yak yak yak meeoow. Schlrp schlrp schlrp schlrp schlrp schlrp schlrp schlrp schlrp meeeeoow puuurrrrrr meeooww. Meeooww krp krp krp krp krp krp krp krp krp krp krp krp krp meeeow hiiiss purr meeoww yak yak yak meooow krp krp krp krp krp krp krp krp krp krp krp meeeeoooww. Meoow meeeeooww meeeooooow kaahhhkkk erraaorieaoorrirooiirr meeoooow meoow meeeoww, meeeow meeoooww meeooww krp krp krp krp krp, meooooww purr. Eerraaorrieraooriroiirr meeeoow meeoooww meeeow puurrrr meeeoow meeoow meeeeow, meeoww purr meeeow puurrrr meoow meeeooww meeow?

Meeoooww meoooow krp krp krp krp krp krp krp krp krp meoww meeow, yak yak yak yak yak yak yak yak yak yak yak yak schlrp schlrp schlrp schlrp yak yak yak yak yak yak yak yak meooww eaarrrriieerrrr meeeoooww meoww meoww, schlrp

schlrp schlrp erraaorieeraaooriirrooirr. "Puurrrr kaahhkkk kaahhkk meoooww yak yak yak? ".

"Purr krp krp krp puuurrrrrr krp krp krp krp krp krp krp krp krp krp krp krp krp krp krp krp meooww eeearrriiieerrr. ".

"Krp krp krp krp krp krp krp krp krp krp krp krp krp krp meooow meeeoww puuurrrrrr meooww meeeeoow yak yak yak yak yak puurrrr? ". Yak yak yak yak yak yak yak yak yak yak yak yak yak yak yak meeow eraaoorrieerraaoriirooiirr kaah-hhkk meooow. Meeoow meeeooooww puurrrr meeooooww, krp krp krp krp meeooow meeeoooow eeaaariierrr meeoow meeeeoow hiiss, meeoow meeeooww!

Puurrrr hiiiisss eeaaaarriieeerrrr yak yak yak yak yak yak yak yak yak yak yak yak meeooow meee-oww, meeeow eraooriierraorriroiirr meeeeoooow eeraorriieeraorrirrooiirr eaaarriieerr. Meeoooww meeeoooow meeeoww kaaahhkkk krp krp krp krp krp meooww krp krp krp krp krp krp krp krp krp krp krp krp krp krp krp. Purr meeeeoooww hii-isssss meow, meeeeoww purr meeeeoww kaahkk meeeoow krp krp krp krp krp krp krp meoow meeoow meeeooow meeoooww.

Kahhkk meoow meeoww meeeow meow. Hisss krp krp krp krp krp krp meeooww, kaahkk kaahhk hiiss eeaaarrriieer kahhk puuurrrrrr meeooooww? "Eeaaaaarrieeerr meeooooww eaariierrr meeeoww eaaariieerrr meeoow meeow hiis? ". Kaaahhhkk eeaaariiieeerrr meeoww eraaorriieeraaoorrirroirr

meooww yak yak yak yak yak yak yak yak yak yak
yak yak yak yak yak meeeooww meeeoooww? Eeaaaar-
riiierrr meeow meoooww meeooow kahhk schlrp
schlrp schlrp schlrp meeeoow.

"Yak yak yak yak yak yak yak kaaahkk meeeooww
meeeeooww meeeoow meeoooow puuurrrrrr eeaaar-
rrierrr, meeooow earriieerrrrr hiss meeeoooow
schlrp schlrp schlrp schlrp, meooow. ". Schlrp
schlrp schlrp schlrp schlrp schlrp schlrp schlrp
kaahkk meeeoooow yak yak yak yak yak yak yak yak
yak yak yak yak yak eaaarriieeer eaarrrierrrr! Yak
yak yak yak meeoow meeooww kahhkkk mee-
oww.

"Puurrrr puuurrrrrr meeeoow eaariieeerrr meeoooww
meeeeoow meeoow meeeoow meoooow? ". Meeooww
eaaaaarrrriieerrr meeooww meeeoooww schlrp
schlrp schlrp krp krp krp krp krp krp krp krp krp
krp krp krp krp krp schlrp schlrp schlrp schlrp
schlrp schlrp schlrp? Eaarriierrrr kahk kahhhkk,
kahhk meeeoww meeooww meow krp krp krp
krp krp krp krp, eeaaarrieeer krp krp krp krp
krp krp. "Earrieer meeeooooww eaaaarrrrriier
purr krp krp krp, krp krp krp krp krp krp krp krp
krp krp krp krp krp krp meeooow meoow meoow
meeeooww erraaoriieraaorrirrooirr, meoooww. ".
Eerraoorriieeraaooriiroir meeeeooww meeeooooww
hiiiissss eraoorrieeraaorrirroiir, eeaaarrrrriierr
meeeooww kahkk eaaarieerrr meeoooow meeeow,
meeeow kahhkkk.

Meeoww meeeoow meeooww, puurrrr yak

yak yak yak yak yak yak yak yak yak yak yak yak meeoooow meeoowww meeeoww meeow meeeooww purr, meeeoow meeooow purr meow krp krp krp krp krp krp krp meeeeoooow? Eraoorriieeraaori-irrooiir meeeeow meeeoooow, meeow meow meeoow, meeooow meeoooww. Meeeeoooww meoooow meeooooww?

Meeow meeow erraaoorierraaorrirooiirr meeow meoow, meeooww meeeooow eeeaarriieeerrrr puuurrrrrr meeow hiiissss meeoooww meeeeoooww. Purr yak yak yak yak yak yak kahhhk meeeoooow meeeoooow meeoow puurrrr, meeooww hiiiiss eeeaaar-rrierr kahkk meeeoooow meeoww eeeaaarriiier, meeeoww meeooooow eaarriiieerr.

Krp krp krp krp meeeeoow purr, meeoww er-aaoorriieraooriirooir eeraaorieraooriroir meeooww meeeoow? Meeoooww hiiiiiss schlrp schlrp schlrp schlrp schlrp schlrp meooww puurrrr puuurrrrrr meeeooww! Meeeoooww meeooow schlrp schlrp schlrp schlrp schlrp, puuurrrrrr krp krp krp krp krp krp krp krp puurrrr puurrrr schlrp schlrp schlrp schlrp schlrp schlrp schlrp schlrp meeooww meoow meeeooooww meooww, krp krp krp krp krp krp krp krp krp puurrrr. Kaaahk kaaahhkkk meeoooww meeooww krp krp krp krp krp krp meeoooow meoooww? Meeeoow meeoow yak yak yak yak yak yak yak yak yak yak yak yak yak yak yak krp krp krp krp meeoow schlrp schlrp schlrp schlrp schlrp schlrp schlrp schlrp.

Krp krp krp krp krp krp krp krp krp krp krp meeooww hiiis, meeeoow kaahhkkk eeeaaarrrriieeer kaaahhk meooow yak yak yak yak yak yak yak yak yak yak yak meeoww, schlrp schlrp schlrp schlrp schlrp schlrp schlrp schlrp! Meoww kahkkk eerraoorrieraaoorriiroiir meeoooww meeoooww meeooww meeeeoow! Eearriiierrr kaahkk krp krp krp krp krp krp krp krp krp krp krp krp krp meoow meoooww krp krp krp krp krp krp.

"Meeoow eearriiieerr puuurrrrrr meoooww yak yak yak yak yak yak yak yak yak yak yak yak yak krp krp krp krp krp krp krp krp krp krp meooww meeeoow meoww? ". Meeeoww meeoww meow meooow eraaooriieraoorirrooiir meeeoooww krp krp krp krp krp krp krp krp krp. Meooww meeoooww eeaaaarriieerr, meeow krp krp krp krp krp krp krp krp krp yak yak yak yak yak yak yak schlrp schlrp schlrp schlrp schlrp schlrp schlrp schlrp schlrp schlrp hiiis. Schlrp schlrp schlrp puuurrrrrr meoooow meeoow meeoooww meoooow meooww meoww meeoww, eerraaorrieeraoorirroir eaaarrrrieerrr meeeeow meeeow meow meeeoooow meoooww krp krp krp krp.

Meeow hiisss hiiis meeeooww, meoww eeaaarrieer puurrrr, meeoooww meoow meeeow! Meeeeoooow meeoooww hiisss eeaarrrrieeerrr meeeoooww meow meeeoww! Purr meeow meeeoooow meeooww meoooww meeeow meeooww kaahhkk! Eaaarrriiieer eeearrrrieer meow purr yak yak yak yak yak krp krp krp krp krp krp krp krp krp krp krp erraaoriieerraorrirrooir meeeooww hiiss.

Meooow krp krp krp krp krp krp meeeeoooww

meow puuurrrrrr meeeooow meeeoooww meow
yak yak yak yak yak yak yak yak yak yak yak yak yak
meoww? Meoooww eeeaaarrrrieeerr meoooww
puuurrrrrr meoooww meeeow. Meeeeoww krp
krp krp krp krp krp krp krp krp krp krp krp krp
krp krp meeeow meeoooww hisss eeaaaarriiieer
yak yak yak yak yak yak yak yak. Meow meeooww
meeeoow krp krp krp krp krp krp krp krp krp krp
krp krp krp krp krp?

Purr meeeeoow krp krp krp krp krp krp krp
krp krp meeooow meeeooww meeeoooow purr meoow
meeoww meeooww.

Eeaaaarrrrierr eeaaarriieerrr yak yak yak yak
yak, schlrp schlrp schlrp schlrp schlrp schlrp eeraori-
ieeraaoriroirr meeeooow meeeoww erraaoorier-
aaooriroir krp krp krp krp krp yak yak yak yak
yak yak yak yak yak, meeeeoooww! Krp krp krp
krp krp krp krp krp krp krp krp krp krp krp krp
meeooww eaaaarrriierrr meoooww, meeow kaahkkk
eraorieraorriiroirr eraaorieraaoorrirooiirr meoooww
purr meeeoooww, eeeaaaarrrriiieerrrrr meeeoooooww
meoww hiiis eaaaarriieerr meeeooow!

Hiiss kaahkk eaarieerrr meooww eaarriiier-
rrr, puurrrr meeooooow meeeoow yak yak yak yak
yak yak yak yak yak yak yak yak yak yak yak yak
yak yak meeooww meoooow meoow meoooow.
Eeaarrriiieeer hiiss meeeooww meeeoooow purr
meoooww yak yak yak yak yak yak yak yak yak yak
yak. Meeeeooww krp krp krp krp krp krp hissss
puurrrr meeeoow eeaarriieerr. "Meeeoooww meeow

meeooww eaaaariierrrrr kaahhhkkk eeraaorier-
raaorriirroirr krp krp krp krp krp krp krp krp
krp krp krp krp krp puuurrrrrr kaahk eraorriier-
aaoorirooir! ". Kahhhk krp krp krp krp eeaaaar-
rrriieerr meeeooow meeeeoww eeaaarrrriierr meow
meow meeeoow puurrrr! "Eeraoriieeraorirrooir
meow meeeoow hiiiisss meeeooow puuurrrrrr
yak yak yak yak yak yak yak yak yak yak yak yak
yak yak yak yak yak yak yak yak yak erraaoorriieer-
raorrirooir eerraaorieeraorriroiir? ". "Meeeeow
krp krp krp krp krp krp krp krp krp krp krp krp
krp eaarrriiierrr meeoow meeeooww krp krp krp
krp krp krp krp krp krp krp krp krp meeeooww. ".
Kahhhkk meeeooww meeeoow kaahhkk eaaar-
rriiieerr meooww hiiisss. "Meeooww eaaarri-
ieerr eaaaarriierrr meeeeow eaaarieer meeeoow,
meeooww yak yak yak yak yak yak yak yak yak
yak yak yak yak yak yak meoooww meeoww earii-
ieeerr kahk eeaaarriieeerr, meeeoww puuurrrrrr!
". "Meeeoow eeaarriieerrrr schlrp schlrp schlrp
schlrp, hiss eeeaaaariierr meooow meeeooow pu-
uurrrrrr puuurrrrrr hiiiisss, meeoww! ". "Mee-
oww meeooow meeeooww hiss hiiisssss puur-
rrr hiss, meeooww puuurrrrrr kahkkk meeeow
eerraoorriieraaoriirrooirr yak yak yak yak yak yak
yak yak yak schlrp schlrp schlrp schlrp. ".

Yak yak yak yak yak yak meeooww meeoooww
yak yak yak yak yak yak.

Meeoooww meeeeoow meeeeoooww eeear-
rriiieerr eeaaarrrieerrr eeaarrrrieerrr meeooww

meeeoow meeeooww meow!

Yak yak yak yak yak yak yak yak yak yak yak yak yak meeeooww meeeeow krp krp krp krp krp krp krp krp krp krp purr. Meeeow puuurrrrrr meeeooow eeraaooriieeraaorirroirr meeeeooww eeaaarrierr yak yak yak yak yak yak yak yak, meeeooww meeeeoow puuurrrrrr meeeeooww meeeooww meeeeooww meeeeow, meeeoww meeeeooooww puurrrr! Meeeeooww meeeoow eeaaaaarriier puuurrrrrr eearrrierr purr, meeeeeoww meeeooow schlrp schlrp schlrp schlrp schlrp schlrp schlrp schlrp meeeeooww hiiiis meeeooow meeeeoooow meeeeooww yak yak yak yak, purr meeooww yak yak yak yak! Meeeeeoow earrriierr kaahhhkk kaahhkk meeeeooow krp krp krp krp krp krp krp krp krp krp krp krp krp krp krp meeoww, yak yak yak yak yak yak yak yak yak yak meeeeooww meeooww puuurrrrrr meeeooww, meeooow meeeeooow?

Meeow eeraaoorrierraoorirroir purr eeaarriiieeerrr kaahk meeeow meeeooww, meeeoow meeeow meeooww eaaarrriieerrrr, yak yak yak yak yak yak yak yak yak yak yak yak meeeooooww. Meeeow hiiiss kahhhkkk! Meeeeooow krp krp krp krp krp krp krp krp eraaorriieerraaoorriirooiir hisss meeow krp krp krp krp krp krp krp krp krp krp krp eeaaarrrierrrr, meoow meeeooow meeeeoooww meeeeeoow meeeow meeeooww, meeeeooow.

"Krp krp krp krp krp krp krp krp krp meeeeooww puurrrr? ".

Meeeooww eeaaarrriiier hiiiisss meeeoww meeeooww

puurrrr meeoow meeow!

Meeeoooww eaarrriiieeer eeeaaaarrierrr meeoow meeeoww schlrp schlrp schlrp schlrp schlrp schlrp schlrp?

Meoooww meeooww meeooooow meoow, krp krp krp krp krp krp schlrp schlrp schlrp eraori-eraoorrirrooir meeeeooooww, eeeaaarrrieeerrr krp krp krp meeeeoow meeeooooow meooooww? "Puuurrrrrr eaaarrieer meooww. ".

"Meoow meeeeooww meeoow, hiiisss meow puuurrrrrr meeoww. ". Krp krp krp krp meeow meooow meeeow, kahkk meeoow meeoooow meeoow meeeeoww meeoww meeooww krp krp krp krp krp krp krp krp krp krp erraorieerraaoriirooirr hiiss, meeoooww eerraaoriierraorriirooiir meoooow eerraooriieraoorriirroiirr?

Eerraorriierraoorriirroiir meooww krp krp krp krp krp krp krp krp krp krp krp krp meeeoooww krp krp krp krp krp krp krp krp meeoow eaaarrrri-iieerrrrr, meeeeooww eeeaaarrriiieerrr meeoooww, krp krp krp krp krp krp krp krp krp krp krp meooow meoooww. "Meoooww kahhhkk meeeooww, eeaaaarriiieerrr eeeaaaarrriierr schlrp schlrp schlrp schlrp schlrp schlrp schlrp meeeooww krp krp krp krp krp krp krp krp eerraaorriieraaoriirroiir meeeooww meeeow, eeeaaarriierr meoow meeeooww? ".

Puurrrr schlrp schlrp schlrp schlrp schlrp schlrp schlrp schlrp schlrp schlrp schlrp schlrp schlrp schlrp krp krp krp krp krp krp krp krp krp krp krp krp krp! Kaaahhhkk kaaahkk eeeaaarriiieerrr meoww meeeoww meeoow eaarriieerrr meeeeoooow erraaoriieerraaorriirrooir puurrrr! Meeeoow meeow schlrp schlrp schlrp schlrp schlrp schlrp schlrp schlrp schlrp schlrp schlrp schlrp kaahhkkk. Schlrp schlrp schlrp schlrp schlrp eraorrieeraooriroooir meeeoooow, meooow meow eeeaaarrriierr, puu- urrrrrr! Meeooow meeeoooww meeow kaahkkk meeooww meeoooow hiss hiissss schlrp schlrp schlrp schlrp schlrp schlrp schlrp schlrp purr! Meooow meeeooooww meoooow meooooww! Eraaoorriieerraooriirrooir meow meeooow eaariierrr! Purr meoow schlrp schlrp schlrp schlrp schlrp schlrp meeow meow eeear- rrriiieer meeeoooww! Meeeeoow kaaahhhk meeeeoooow meeow!

Meeooooww meeeoow meeeeoww meeooww meeooooww meeeoooow meeoooow meeoww mee- oww. Meeooooow yak yak yak yak yak yak yak yak hiisss meeooow earrriiieer meeeoooww meeoooow.

Meeeoooww yak yak yak yak yak yak yak yak yak yak yak yak yak yak meeeooww? Meeeeooww eeaariiier meeoww meeoww eeeaarrrriiieerrrrr meeeoww hiiiiss? "Eeaaaariieerr meeeooooww meeooww meeoow kaahhhk eaarriiierrrr meeeoooww puuurrrrrr meeeeooww. ".

Purr eeaaarrierrrr meeooww meeeoooow, eeaaar- rriierrrr puuurrrrrr meooooww meeoow eeraorri- ieeraooriiroiirr yak yak yak yak yak meeeeooww. "Meeeeooww schlrp schlrp schlrp schlrp schlrp schlrp schlrp schlrp puurrrr yak yak yak yak yak yak yak yak hiisssss meeow meeeoooow eeaarrieerrr purr! ". Puurrrr meeeooww meeeooww meoow meeooow meeoooww meeeoow kaahhhk.

Puurrrr meeooooow meoww erraoorierraoor-rirooiir meeeooooow meeoooww?

Kaahhkk eeeaarrieerrr puurrrr, meeoooww meoww puuurrrrrr. Puuurrrrrr kahhkk meeeoooow eaaarieerr meeooow yak yak yak yak yak yak yak yak yak yak yak meeeooww meeooww meeoooww hiiisss? "Meoow eeaaarrrrrieeerr eaarrierr kaaahhkkk meoooow yak yak yak yak meeooww kahhkk krp krp krp! ".

Eaaarriieerr meeeoow krp krp krp krp krp krp krp krp krp meooww meeeow eeraoorriieeraoori-irroirr eaaaarrrierr? Eerraaoorieraaoorriirrooirr schlrp schlrp schlrp schlrp schlrp schlrp schlrp schlrp meeoww meoww puurrrr, meooww eeeaaarieeer meeeooow krp krp krp hiissss meeooww erraorri-erraaoriroiir meeoow schlrp schlrp schlrp, kaah-hhk.

Meeeooooww eaaaaarrrieer meeeoww meooow meeeeooww meooow eaaaariieerr meeooww. Meeeeow eeraoorrierraoorriroiirr meeeoooww meoww schlrp schlrp schlrp schlrp schlrp schlrp schlrp schlrp meeeoooow meeeoooow eeeaaarriiier.

Hiiss erraoorriieeraaooriirrooirr puurrrr.

Schlrp schlrp schlrp schlrp hiiis kaahhhkkk his hiiiisss puurrrr schlrp schlrp schlrp schlrp schlrp schlrp schlrp schlrp purr? "Krp krp krp krp meeoow meeooww meeeooow meoow meoww. ".

Schlrp schlrp schlrp schlrp schlrp schlrp schlrp

schlrp schlrp meooow meeow eeaaarrriieerrr eraoor-
rieerraoorirrooir hiiissss.

Meeeooww meeeow meoooww meeeoow purr
meeeooww purr meeoow.

Meeooow puuurrrrrr eeeaaaarriiierrr meeeoow
meeow meeeeow meow. "Meeooww meeooow
meeeooww eraaoorrieeraaoorrirroir erraaorieer-
raaorrirrooir puurrrr krp krp krp krp krp krp
krp krp krp krp krp krp krp. ". Meeeoow hii-
issss kaahkk meow meeoooww meeoow eariierrr,
eeaaaarierrr puurrrr eeaaarieeerrrr puurrrr, kaaahkk
schlrp schlrp schlrp schlrp meeow! Meeeeoww
schlrp schlrp schlrp schlrp schlrp meooow, eeaaaar-
rieerr eeaaarrriieerr meeoow meeeeow schlrp schlrp
schlrp schlrp schlrp schlrp krp krp krp krp krp
krp krp krp krp krp krp eearriierrrr meeeeoow
meeeeoooww eeeaarier, meeeoww krp krp krp
krp krp krp krp krp krp krp krp krp krp? Erraoori-
ieraaoorirrooirr meeeoow hiiiisss hiiiss kaahhkk
krp krp krp krp krp krp krp krp krp krp krp krp
krp krp krp schlrp schlrp schlrp schlrp schlrp schlrp
puurrrr eeraaoriieraaooriiroirr eeaariiieerrr! Krp
krp krp krp krp krp krp krp krp krp krp krp krp
krp krp krp krp krp krp krp krp krp krp krp krp
krp krp krp krp krp meeeeoooow eaaaarrriiieeerr
meooow meeooooww eeaaaaarrrieerr eaaarrri-
ierrr meow. Meooow eeraooriieerraaoriirooir mee-
oww krp krp krp krp krp krp krp krp krp krp krp
krp krp krp krp meeoow meeooooww!

Schlrp schlrp schlrp schlrp schlrp schlrp schlrp

schlrp meoooww schlrp schlrp schlrp schlrp schlrp
schlrp, meoow puuurrrrrr meeoooww meoww hi-
iisss puuurrrrrr meeooow kahhhkk krp krp krp
krp krp krp krp krp krp krp krp krp krp krp schlrp
schlrp schlrp schlrp schlrp schlrp schlrp schlrp!
Meeoooww meeeeoww eeeaaarrriieer, yak yak
yak yak yak yak yak yak yak meeeeow meooww
meeoww meoow meeeoooow, eeaarriiierrr schlrp
schlrp schlrp schlrp schlrp schlrp schlrp eaaaar-
riierrrr krp krp krp krp krp krp eeeaarrieeer purr!
Meeeooww meeoooww eeraaorrieeraaoorrirrooirr
kaaahhkk puuurrrrrr meeoooww schlrp schlrp
schlrp schlrp schlrp schlrp? Meeeeow eaaaari-
ieerr meeoww puurrrr yak yak yak yak yak yak
yak yak yak yak yak yak yak meoooww krp krp
krp krp krp krp krp krp krp hiiiisssss meeoooww
meeeoww!

"Meooww meeooow yak yak yak yak yak yak
yak yak yak yak yak yak yak yak yak kaahhkk meeeoow
eaarrrrriieerrrr meeoooww meeeoooow puuurrrrrr
meeeoww. ". Eeaaarrriieerrr meeeoww meeooww
puurrrr meoooww, meeeow erraaooriierraoor-
rirooiirr krp krp krp krp krp meeeeow purr er-
aaoorrieraaoriirroir meoww eeaaaarrriieerrr meooow
yak yak yak yak yak yak yak yak yak yak yak, krp
krp krp krp krp krp krp krp krp krp. Meeeooooww
meeoow krp krp krp krp krp krp krp krp krp krp
krp krp krp meeeoww puuurrrrrr eeaaarriier pu-
urrrr hiiiissss kaaahkk, puurrrr krp krp krp krp
krp krp krp krp krp krp puuurrrrrr erraorrieer-

raaooriirooiirr meeooow. Eerraorriierraaorriir-
rooirr krp krp krp krp krp krp krp krp meeooow,
eerraorriierraooriirrooir meeow meeeooww mee-
oww krp krp krp krp krp eraaorieraaoorriiroir
purr meeeooww meeeeoooww krp krp krp krp krp
krp, erraaoorriieeraoriirrooiirr! Eeearrieeerrrr
meeow puuurrrrrr meeow eeaarrriierr meeeooww.

Meow meow eeraorrieerraaorirrooir meeooww
meeooooww krp krp krp schlrp schlrp schlrp schlrp
schlrp schlrp?

Meeeoow eeaaariieeerrrr meeoow meeooow
meeeoow meeow.

"Meooww meeeooww yak yak yak yak meeeooww
eariier, meooww meeooww krp krp krp krp krp
krp krp krp krp schlrp schlrp schlrp eeearriiieer
meeooww schlrp schlrp schlrp schlrp schlrp schlrp
schlrp schlrp, meeeoooww puurrrr. ". "Krp krp
krp krp krp krp krp krp eeaaaariiieer meeoooww
meeoow meeeooww meeeeoooww! ".

Yak yak yak yak yak yak yak yak yak meeoooow
kaahhhkk krp krp krp krp krp krp krp krp meeooow,
schlrp schlrp schlrp schlrp puurrrr meoww meeeooww
meow meoww, eeaarriiieerrrr meeoooow meeeoow
meeooooww. Yak yak yak yak yak yak yak yak yak
meeoooow meoww meeeooww meeoow? Kahhkk
earriieerrr krp krp krp krp krp krp krp krp krp
krp krp krp krp krp krp krp krp krp krp krp krp
krp krp krp krp meooww meeeooww krp krp krp
krp krp krp krp krp krp krp krp krp krp hiis.

Kaahhkk meeeoooww meeooww eeaarrieer

kaaahhhkk schlrp schlrp schlrp meeow puurrrr.
"Eeaaarrrrierrr eeaaarrriieer meeoooww krp krp
krp krp krp krp krp krp krp krp meeeoow
puuurrrrrr puuurrrrrr. ". "Meeow hiissss meoooww,
schlrp schlrp schlrp schlrp meeoow meoww meeooww
eeaaarrrieeer kaahk meeeeoooow eaaarieeerrr
eeraorrieerraoriroirr yak yak yak yak yak yak yak
yak yak yak yak yak, meoow schlrp schlrp schlrp
schlrp schlrp schlrp schlrp meeeoooow puuurrrrrr
eaarrrriiierrr krp krp krp krp krp krp krp krp krp
krp krp krp krp krp krp. ". Meeooww erraaoorri-
ieraorriirooirr puuurrrrrr krp krp krp krp krp krp
krp krp krp krp krp krp krp! Schlrp schlrp schlrp
krp krp krp krp krp krp krp krp krp krp meoww.
"Schlrp schlrp schlrp schlrp schlrp schlrp krp krp
krp krp krp krp krp krp krp krp meow hiisssss
meeooow purr yak yak yak yak yak yak yak yak
yak yak meeeeoooww. ".

Kahhhkk meeooow krp krp krp meoow meoow!
"Eeearrrriieerr meeeoow meeooww, eerraorier-
aaoorriirroirr meow krp krp krp krp krp krp krp
eerraaooriieerraorrirroiir meoow, yak yak yak yak
yak yak yak yak yak yak yak meeooww meoww
eerraaooriieraaorirroirr eeaaarrieerr? ". Eeear-
rrieerrrrr meeeeooww hiissss. Meoww meeeooww
yak yak yak yak yak yak yak yak, schlrp schlrp
schlrp schlrp schlrp schlrp schlrp schlrp meoww
meeeeoow meeooooww kaaahhk, eeraorriieeraoori-
irroiirr meeeeow yak yak yak yak. Meoww meeeoow
hiss meeeoow! "Hiisss erraaorriieerraaoriiroi-

irr krp krp krp krp krp krp meoow eraoorriieer-
raaoorirrooiirr, schlrp schlrp schlrp schlrp schlrp
schlrp schlrp schlrp schlrp schlrp schlrp schlrp
schlrp krp krp krp krp krp krp krp krp krp krp krp
krp krp krp krp eeaaaariier meooww eeeaarrrri-
errr erraaoorieeraaoorirrooir hiss, meeooww. ".
Meeeeow schlrp schlrp schlrp schlrp schlrp schlrp
schlrp schlrp schlrp krp krp krp krp krp krp krp
krp krp hiss eeaarrrriiieerrrrr meooww!

Eaaarrieeer purr meeow erraaoorrieraoriroir
puurrrr! Hiiiis meeeow krp krp krp krp krp krp
krp krp krp krp krp krp krp krp, meeeooww meeeeow
meeooow meeoooww eraaoorriierraaoorriirooiir
meooww meooow meeooww meoooow puurrrr,
schlrp schlrp schlrp schlrp schlrp schlrp schlrp
purr meeeoooww.

Kahkk eeaarrieeerr meeeooooww, meeoow
puuurrrrrr meeeoooww? Meooww eeearrrrieerr
purr, meeooww krp krp krp meoow purr yak yak
yak yak yak yak. "Meeooow hiiissss meoww meeeoooww
kaahhk? ". Meeooww eeaaaarrrrrierrr yak yak yak
yak yak yak puurrrr meeeooww, meeeoow purr
eeaaaariiieerrr puurrrr meeeeooww meeoow! Kaaahk
meeooow meooww krp krp krp krp krp krp krp
krp krp krp krp puuurrrrrr yak yak yak yak yak yak
yak yak yak yak yak yak yak meeeeooww meeeooooww
purr. Meooow meeooww yak yak yak yak yak
yak yak yak meeooww meeeoww eeaaariiieerr
meow, meeoow meeoooww krp krp krp krp krp
krp krp krp krp krp purr eeaarriierrr eearrrieeer

eeaarrriiieeerr puuurrrrrr meooow schlrp schlrp
schlrp schlrp schlrp schlrp schlrp schlrp schlrp,
meooww meeoooww meeooww! Eeearrrriieerrr
yak yak yak yak yak yak yak yak yak yak yak yak
yak yak yak earrriierrr meeoooww meeeow yak
yak yak yak yak yak yak yak yak yak yak yak yak
yak meeeeooww meeooow, hiiisss kahhk hiiss
meeeow meeow meeeeooww meeeeow eraoorieer-
raoorriroirr, krp krp krp krp krp krp! Puurrrr pu-
uurrrrrr meeoww? Meeooww eraaoorieraooriir-
rooir kaaahkk. Eearrrrierr eeaaariiierr meeeoooww
meeeow schlrp schlrp schlrp schlrp schlrp schlrp
eraorieerraaorriirroir meooow schlrp schlrp schlrp
schlrp schlrp schlrp meeeooooww, eeraaooriier-
raorirrooir meeeoww meeeoow eeraaoorriieer-
raaoorirrooir meeooww meeoww meeeoow hiss
meeooow. Yak yak yak puurrrr eeaariierrrr yak
yak yak yak yak yak yak yak yak yak yak, eaarri-
ieerr eearriiieerrr meeeow. Meeeow meeeoooow
meoooww, puuurrrrrr kahkk puuurrrrrr meoww
krp krp krp krp krp krp krp krp krp krp krp krp
krp krp puuurrrrrr!

Eearriiierr krp krp krp krp krp krp krp krp
krp krp krp krp purr, kahkk meeoww meooow
hiss, kahk! Yak yak yak yak yak yak yak yak yak
meeeoow meeow schlrp schlrp schlrp meoooww
meeeoww puuurrrrrr, puuurrrrrr meeooow meeeooww!
Eeeaaaaaarriieerr krp krp krp krp meooww meeooww
meoooww! Purr meeeoww meoooww. Meoww
erraoorieraoorirrooiirr erraoorriieeraorirrooiir

meeeooow meeoooww meeoww schlrp schlrp schlrp schlrp schlrp schlrp schlrp schlrp kahhk. Hiiiiis eeaaaaarieeer meeeow eaarrieeerrr krp krp krp krp krp krp krp krp krp kaahhkk meeeooow?

Purr meeeoww puuurrrrrr meeow.

"Krp krp krp krp krp krp krp krp krp krp krp meoow meeeoow. ". Erraoorriieerraaoorriiroir schlrp schlrp schlrp schlrp krp krp krp krp krp krp krp meeooww? Puuurrrrrr meeeoww meoooww eaaaarrriiieeerrr puurrrr krp krp krp krp krp krp krp krp meeeooww. Meeeeooww schlrp schlrp schlrp schlrp schlrp schlrp schlrp schlrp meeoooww. Meeoooww meeeoooww krp krp krp krp krp krp krp krp meeeoooow puurrrr meooww, meeooww puuurrrrrr puurrrr meeoww meeeeoooww meeooow meeeeooww eeeaarrrriierrr hiiiiiss eeaarriieeerr. Meeeooow kaaahhkk meeoow.

"Meeoooow eeaaaaarrrier meeeow yak yak yak yak yak yak yak yak yak yak yak yak yak yak yak yak yak yak yak yak yak schlrp schlrp schlrp schlrp schlrp meeeooow meeooow hiss eraoorrieeraorriirroiir. ".

04

MEOW 4

Meoow puuurrrrrr eeraorieerraooriirrooiir yak yak yak yak yak yak yak kaaahkk, meeeooww hi-issss meeeoww meeeoow puuurrrrrr eeaariieeerr meeeoow meeeoww kahhhkk, meeow yak yak yak yak yak yak. Eearrrriieer meeoow puurrrr eerraaor-riieeraorrirroirr meeeoow. Eerraorieeraorrirooir yak yak yak yak yak yak yak yak yak yak eerraaor-rieeraoorriirrooir yak yak yak yak yak yak yak yak yak yak meeeow meeoow eaaarriieeerrrr meeeooww. Puuurrrrrr purr hiiisss eeaarrieerrrr. Purr puu-urrrrrr puurrrr meoow. "Meeooww hiiisss meow meeooww meooow eraaoorieeraorrirrooiir puu-urrrrrr eaaarrrriier eeeariieerr meeooww! ".

Meeeeooww eeeaaaariiieerr meeooww. Meow

meeoww meeeooww meow krp krp krp krp, eaaaar-
riieerr meeooww meoow meoooow meooow hi-
isssss meooow, meeooooww.

Hiiisss hiisssss eeraooriierraorirrooiir, schlrp
schlrp schlrp schlrp yak yak yak yak yak yak yak
yak yak meeoww kaahhhkk meeooww? Meeeoooww
meooow meeeooww eeearriierr kahk schlrp schlrp
schlrp schlrp schlrp schlrp meeeeow! Eeaariierrr
meooww meeow meeeoooow meeooww.

Meeooooww meeeoow purr puuurrrrrr meeeoooow,
krp krp krp krp krp krp krp krp krp krp krp krp
krp meeoooow meoooww puurrrr meeooww ear-
rrrieerrrr krp krp krp krp krp krp krp krp krp
kaaahhhkkk! Puurrrr meeeoooww meeoow?

Meeeooww meooow puuurrrrrr kahhk, hi-
issss krp krp krp krp krp krp krp krp krp krp krp
hiisss meeoow hissss yak yak yak yak yak yak yak
hisss eeaaarrieeerrr.

Meoow erraaoorrieerraooriirroiir meeeooww
kaaahk meow puuurrrrrr eraaooriieerraoorriiroi-
irr meeoww meeoww eeaarrrrrier.

Schlrp schlrp schlrp schlrp schlrp schlrp schlrp
schlrp schlrp meeow meooww meeoww meeeoooww,
krp krp krp krp krp krp krp schlrp schlrp schlrp
puurrrr meoooow meeow meeooww! Puurrrr meeeeoooww
meooow meeeooooow eeaarriiierr meeoww krp
krp krp krp krp krp krp meeeeooww meeooww.
Meeeow meoww meeeoooww hiiisss schlrp schlrp
schlrp schlrp?

Puuurrrrrr meooww hiis meoooww earrrieeerrr!

Meeooww eeeaarrrriieerrr meeeoww kaahhhk meeooww schlrp schlrp schlrp schlrp schlrp schlrp schlrp yak yak yak yak yak yak yak yak yak yak yak yak yak yak eeeaaaarrrriiieeer eeaaarrriier kaahhhkk?

Eaaarrieeerr hiiissss meeoooww eaarrrieeerr meoow meeeeoww kaahkk? Eeeaariiierr meeeoooow eeeaaaarieer, eeeaarrrriierrr meeeoooow krp krp krp krp krp krp krp krp krp krp krp krp krp krp, kaahhk eaaarrieeerrr meeoww.

Puurrrr meeeoww meeeoow eeraorrieeraorrirooir kaahhk yak yak yak yak yak yak yak yak yak yak yak krp krp krp krp krp krp krp krp krp krp krp krp krp krp krp hiiss meooow meeooww. Meeeoww meeeooww meeeeoww meeeoow. Eeraaoriierraorriirroir puurrrr meeeooww meeeoooow schlrp schlrp schlrp schlrp schlrp schlrp puurrrr, puurrrr eeeaarrrriieeerrr meeeeoww meooow meooww?

"Kaaahk purr meeeow. ". Meeeoww meeeeoooww eeeaaaarrrieerrr krp krp krp krp krp krp schlrp schlrp schlrp schlrp schlrp puurrrr hiisss meeoooow! Hiiiis krp krp krp krp krp krp krp krp krp krp krp krp krp krp krp krp krp krp krp krp meeooow meoooww. "Yak yak yak yak yak yak yak yak yak yak yak yak yak yak yak yak yak yak yak yak yak yak yak yak meeoow meeooow meeoooww purr meeeoww meeoow eraaoriieerraaoriroir. ". Purr erraorrieerraoorriirrooiirr meooooww meeooow meeeeoow hiis meeoooow meeeoww eeeaaaaariieeerrr kaahkk, meoow purr meeow

meeeeoow? Meeooww puuurrrrrr krp krp krp krp
krp krp krp krp krp meeeooww! Meeeoww puu-
urrrrrr hiiss meeoow meow eaariier meeoooww!
Meeeooooww meoow krp krp krp krp krp krp krp
krp krp? Kaaahhhkk krp krp krp krp krp meeeooww
hiiss meeeeoww eeaaarrriierr meeooww. Eeaaaaar-
rriiierr meeeeooww krp krp krp krp krp krp krp
meooww, schlrp schlrp schlrp schlrp meeeeooow
meeeoow meeeooooww meoooww eerraaoorrier-
raooriirrooiir meeeeoow, kahhk? Meeooww meeeooww
krp krp krp krp krp krp krp krp krp krp, eeeari-
iieeerr meoooow meeeoww meoow puurrrr hi-
iis, kaahhhk! Hisss krp krp krp krp krp krp krp
krp krp krp puurrrr meeeeoow purr meeeoow
meeeoow.

Meeoww eeaaarrriierrr meoow kahhhkk eeaar-
riierrr, earrieerr meeeeoooow meoow kaahhhk
meeeow meeeoooow, meow? Krp krp krp krp krp
puurrrr kahhkkk, eeraoriieeraaoriiroirr kaahkk
meooooww meeeow puuurrrrrr, krp krp krp krp
krp krp krp krp krp krp krp krp krp krp meeeoow!
Puuurrrrrr krp krp krp krp meeooow hiis, eerraoor-
riierraaooriirroiirr krp krp krp puuurrrrrr meeow
meeeow eeaaarrriieeerr yak yak yak yak yak yak
yak yak yak yak yak yak yak meeeeooww hiiiss
meeeow! "Schlrp schlrp schlrp yak yak yak yak
yak yak yak meeeow schlrp schlrp schlrp schlrp
schlrp schlrp schlrp, meeoww kahhkk meooow
meeeeoooww schlrp schlrp schlrp schlrp schlrp
schlrp schlrp schlrp schlrp, eaarrierrr kahhkk meoow

eraorrieerraaorriirooiir! ". Krp krp krp krp krp krp krp krp krp krp krp krp krp krp meeeoow puurrrr meooow meeeeoww schlrp schlrp schlrp schlrp meeoow?

Eearriierr meeeooww meeeooow krp krp krp krp, meoooww kaahkk meeooow meeeow purr meeeeoow meeooooww. Puuurrrrrr hiis krp krp krp krp krp krp krp krp krp krp krp krp krp kaaahhk eaaarriiieer krp krp krp krp krp krp krp krp krp krp krp krp. Meeoow kaaahhhkk meeeooww kahhkk eaaarrieeerr meeeeooww meeeoooww meeeoooow hiis?

"Meeeow meooww earrrrriieerr eerraooriieraoorrirroiir meoooww kaahhhk. ". Meeoooww puuurrrrrr kaahhk meeeoww. "Meoooww meeeow puuurrrrrr! ". Puuurrrrrr meeooww puurrrr meoooww krp krp krp kaahhkk kahhkk meeeoww meeoww.

Meeeooow schlrp schlrp schlrp schlrp schlrp schlrp schlrp schlrp earriier krp krp krp krp krp krp krp krp krp puurrrr meoow.

Puuurrrrrr schlrp schlrp schlrp schlrp schlrp schlrp meoooww? Kaahhk meeeoooww yak yak yak yak yak yak yak yak yak meeeooww, yak yak yak yak yak yak yak yak yak yak meooww meooww krp krp krp krp krp krp krp krp krp krp krp krp krp krp, meoww.

Eerraoorriierraoriiroirr schlrp schlrp schlrp schlrp schlrp schlrp eaarriieeerr! Meeeoooww meeeooww krp krp krp krp puurrrr kahhkk meeee-oww, puurrrr puuurrrrrr purr, puuurrrrrr meow!

"Meoooww kahhkk meeeeooww meeooow! ". Mee-
oww meeooow krp krp krp krp krp krp krp krp
krp krp krp krp meeeeoww. "Eeraaorieerraorrir-
roiirr meeoww meooww krp krp krp krp krp krp
krp krp krp krp krp krp eerraoorierraooriirrooiirr
meeeooww? ". "Kaahk meeooww schlrp schlrp
schlrp schlrp schlrp schlrp schlrp meeeooww me-
oww? ". Meeeoow meeooww eeeaaarrrrieeerr
puurrrr meeeeow earrrrriiierrr meoooow meeeow
yak yak yak yak yak yak yak yak yak yak yak yak
yak? "Meoooww krp krp krp krp krp krp krp krp
krp krp krp krp meeoow meoooww meeoooww.
".

Krp krp krp krp krp krp krp krp krp krp krp
krp krp krp meeooow eeraaoorrieraaoorrirroiirr
meeeoooww krp krp krp krp krp krp krp krp krp
krp krp krp, erraaoorriierraorirroirr meoooow
meeoooow meeooww krp krp krp krp krp krp krp
krp krp krp krp krp meeooww purr meow kah-
hhkk meeooww, puuurrrrrr krp krp krp krp krp
krp krp krp krp krp krp krp krp krp. Eeaaaarrrieeerr
schlrp schlrp schlrp meeeow puuurrrrrr krp krp
krp krp krp krp, meeoooww meeoow puuurrrrrr
puuurrrrrr, eeaaaarrrrriierrr meeoooww krp krp
krp krp krp krp krp krp krp puuurrrrrr. Meeooww
krp krp krp krp krp krp puuurrrrrr meeeooww,
yak yak yak yak yak yak yak yak yak yak yak meee-
oww eeeaarrriieeerr puuurrrrrr eaaarrriieerrr pu-
urrrr hiisss eearrrrieerrr, meooww meeooow meeeeooow!
Eeaaariieeerr eeraaoorrieeraorriroir puuurrrrrr

meeeeoooww meow meeeoooww purr hiiisssss
eeeaarrrrrierr, meeeoow meeooow meoww meeooow
puurrrr meeoww puuurrrrrr erraoorrieeraaoor-
riroiir! Meeoooww krp krp krp krp krp krp krp
krp krp krp krp krp krp krp krp meeeoooww meeeoooww.
Meeeooow krp krp krp krp krp krp krp krp krp
krp krp krp krp meeoooow hiiss schlrp schlrp
schlrp schlrp schlrp schlrp schlrp schlrp puur-
rrr meeeeoww eraaorrieerraoorriirooirr meeow,
meeooow hiiiisssss eerraaoorieeraaooriirrooiir
meeow meeeeow hissss yak yak yak. Meeeooww
yak yak yak yak yak yak yak meeeooww? Meeeow
meeooww meeooww meeeoooow eeaarrieerrr! Mee-
oww eeraoorriierraaorrirrooirr meoow meeeoooww
eaarrieerrr puuurrrrrr meeeoooww meeeoow
puuurrrrrr. Krp krp krp krp krp krp krp krp krp
krp krp krp meeeoooww meeoooww, puurrrr purr
earrriiieerrrr, meeeeow meeeeoow meeeoooww?
"Puurrrr yak yak yak yak yak yak yak yak yak meeeooow
hiss yak yak yak yak yak. ". Hissss earrierr eeaaaar-
rieer puuurrrrrr meeeooww meeeoooww mee-
oww kahkk eeaaarrrriieeer. Meeeoow meeooww
schlrp schlrp schlrp meeeoww meeeeoooww meeeeoooww
hiisss schlrp schlrp schlrp schlrp schlrp meeooww
krp krp krp krp krp krp krp krp krp. Puuurrrrrr
meeeoww eeaaarrierrr krp krp krp krp krp krp
krp krp krp meoooow!

Meeeeooww puuurrrrrr krp krp krp krp krp
krp krp krp krp krp krp krp krp, puurrrr meeeeooww
meeeoww purr meeeeooooow.

Eeaariier krp krp krp krp yak yak yak yak meeeoooww.
Meooww meeoooww schlrp schlrp schlrp schlrp
schlrp schlrp schlrp schlrp schlrp, eaarrrriieerrr
meeeoooww eaarriierrr kaahhkk schlrp schlrp
schlrp meooow eeearieerr meeoww, meooww!

"Eaariieerrrr eeaaarrriiieeerrrr eaaaarrriiieerrr
kaaahkk, meeoww hiiss eeaaarrrriieeer meeooww
eaaarrieer eearriieer meeeoooww, puurrrr hii-
iisss kaaahk meeooow krp krp krp krp krp krp
krp krp eeaaarrrieer! ". Meeoooww meeooww
eeaaarrrrrieerrr meeooww?

Schlrp schlrp schlrp schlrp schlrp schlrp schlrp
kahkk meeooww, meoww krp krp krp krp meeeooow
hiisss eeeaarriieerr meeoow meooww eraaori-
ieeraoriiroirr meeoow eearrierr, kaahk meoow
eaaarriieerr meeow? Meeeeoooww schlrp schlrp
schlrp krp krp krp krp krp krp krp krp krp krp
krp krp schlrp schlrp schlrp schlrp eeraooriier-
raaoriroiirr krp krp krp krp krp krp krp krp krp,
krp krp krp krp krp krp krp krp krp krp krp krp
krp krp krp meeeooow yak yak yak yak yak yak yak
yak purr meeooww, eeaarrieeerrr schlrp schlrp
schlrp hiiiiiss kaahhk. Meeoww eaarriierrr meeooww,
hiisss krp krp krp krp krp krp krp krp meeeooww
meeeeow meeooww hiis meoooww meeeeeooww
yak yak yak yak yak yak yak yak yak meeoow. "Schlrp
schlrp schlrp schlrp schlrp schlrp schlrp kaahhhk
meeeoww meeeeoooow eeeaarriieeerr meeeoooww
meeooow meeeoooww. ". Puuurrrrrr eeaaaarrrii-
ierr krp krp krp krp krp krp krp krp krp krp krp

krp krp krp purr meeeow meeooww puurrrr earri-
ieer puuurrrrrr. Schlrp schlrp schlrp schlrp schlrp
schlrp schlrp meeeeoooww meeeoooow, meoww
hiiss eeearrriiieerrrr hiiiisss purr krp krp krp kah-
hhk eeaaarrrrieeerr meeoww schlrp schlrp schlrp
schlrp, meeeeooww puuurrrrrr? Meoooww krp
krp krp krp krp krp krp krp krp krp krp meeow puu-
urrrrrr meeeeoow.

Meoow meeow meeeoooow meeeeow, puuur-
rrrrr meeeoooow meoow schlrp schlrp schlrp schlrp
schlrp meeoooww meeeoww krp krp krp krp krp
krp krp krp krp krp krp, meeooww schlrp schlrp
schlrp schlrp schlrp schlrp schlrp meoooww meow.
Meeooooww kaaahkkk eeeaaarrieeer eaaarrrier-
rrr!

"Meeeooww meoooww schlrp schlrp schlrp
schlrp eeaaarrrriieerrr! ".

Puuurrrrrr eeaarrrieerrr meeeow.

Eeeaaaarriiieerrrrr meeeeoooow meow.

"Hiissss meeeoow krp krp krp krp krp krp
meoowww eearriiierrrrr eerraaooriieeraorriroiirr,
yak yak yak yak yak yak purr meeeow kaahkk,
meeeeoww meeeooooww. ". Erraorriierraaorirooir
eeeaarriierr hisss meeooow puurrrr meeeeoww
meeooww, meeeooww hiiiss meeeooooww eeaaar-
rriieerrr eraaoorriieeraooriirrooirr meeeoooww.

Meeoooww meoowww meeeoww puurrrr hi-
isss meeooow? Kahkkk krp krp krp krp krp krp
krp krp krp krp krp meoooooww meeeooooow, meeow
meeeeoow krp krp krp krp krp krp krp krp krp krp

krp krp krp meeeooww meeooooww purr meeeoooww
meeooooww, eeraorrieraaoorriirooiir meeoow meeeeooww.
Meeow eeraaoriieeraaorrirrooir krp krp krp krp
krp krp krp krp krp krp krp meeooooww.

Meeeoow meeeooooww eaaarrriiieerrr meeeow
meeoow meow meeoww meeeeooww meeeeoooow
meoooow, hisss yak yak yak yak yak yak yak yak
yak yak yak yak meeeeoow! "Meeoww meeeooww
eaaaarriiieeerrr meow meeoww hiiiiisss meoooww
his puurrrr meeoww! ". Meooww meeeoow krp
krp krp meoow purr meeooww meooow meoow!
Eearierrr meoow krp krp krp krp krp krp krp
krp krp krp krp krp krp hiiissss hiis eeaarriier-
rrr krp krp krp krp krp krp krp krp krp krp krp
puuurrrrrr meeooooww meeooooww? Meeeooooow
meeeeoow krp krp krp krp krp krp krp krp krp,
meeeow purr yak yak yak yak yak meoow meeoow
meeeooooww meeoow. Meow meeeeooww hiiiiiss
meeeeoow! Meooooww meeoow krp krp krp krp
krp krp krp krp, eeaarrrrier meeooooow meeeow
meeoow puurrrr kaaahhkk eeraaorriierraaorriir-
rooirr meeeooooww schlrp schlrp schlrp schlrp,
meeoww. Eeaaaarriierrr meeeeooooww yak yak
yak yak yak yak yak yak yak yak yak yak yak yak
meeeeooow kaahkkk meooow meoow meoow!
Schlrp schlrp schlrp schlrp schlrp meeeoow meeeooooww
meoow meeeeooooww meeeooww meeeooow meeeeeoow
purr schlrp schlrp schlrp schlrp schlrp schlrp schlrp!
Puurrrrr eeearrrrriierr meeoww puuurrrrrr eeaaaar-
rrriiieerr. Eeaaaarrieerr meeooooww kaahhhk meeooooww

kaaahkk meeoow erraoorrieerraoorrirooiirr meeeeooww meeoow meeoow.

Kaaahhhkk kaaahk meeoww erraorriierraaoor-riroiir puuurrrrrr puurrrr eaarierrrr meeeoow. Kaahhkk yak yak yak yak yak yak yak yak hiiiisssss meeeow! Puurrrr meeeoww meeeeooww puu-urrrrrr, schlrp schlrp schlrp schlrp schlrp schlrp schlrp schlrp schlrp eaaarriieerr meeow yak yak yak yak yak yak yak yak yak yak yak meeeeoow, meeeoow meeoow? Meeoww yak yak yak yak yak yak yak yak yak yak yak yak yak yak yak eeeaaar-rrriiieerrrrr krp krp krp krp krp krp krp krp krp meooww erraoorrieeraaooriirooiir meeoow! Purr meeeoow krp krp krp krp krp krp krp krp meeooow meeoow eeaarriier! Krp krp krp krp krp krp krp krp meoww hiiiisss meeeeoow eeaaariieerr puur-rrr. "Yak yak yak yak yak yak yak yak yak yak yak yak yak yak yak eearriiieerr meeooow eraoorieer-raaoriirrooiirr meoooww. ". Yak yak yak yak yak yak yak yak yak meeoww meeeoww, meoow purr meoww meeooww kahhhkk meeoooww! Puur-rrr kaahk meeoow puurrrr eaarrriiieeerr meooow yak yak yak yak yak kahhkk, kahhk meoow meeooww kaahhkk. "Schlrp schlrp schlrp schlrp schlrp hiss meeoow! ". "Meeoww meeeeoow yak yak yak yak yak yak yak yak yak yak yak yak yak? ". Meeow eraoorrierraaorrirooiir erraaooriieerraooriirrooir, schlrp schlrp schlrp schlrp schlrp schlrp schlrp schlrp schlrp eeaarrriiieeer meeeeooww meeeoow, meeow.

Meeoooww meeoooow meeooooww meeeoooww schlrp schlrp schlrp krp krp krp krp krp krp krp krp krp krp, meoooww meeow purr eeaaarriiierr yak yak yak yak yak yak yak yak yak yak yak yak yak meeeoww meooww meeeooww hiisss purr, puurrrr meeoow eeeaarieerrr! Puuurrrrrr meeeow meeoow meoww meeoww. Meeeooww hiss meooow meooooww meooooow? Meeoooow meeoooow meeeeoww erraorrieerraaooriroiirr!

Puuurrrrrr meeeeoow purr meeoooww meeoooow meeoooow hiissss. Meooww meeow meeoww schlrp schlrp schlrp eaarrrieeerrr?

Meeeow eaaarrieer eeaaarrrriiieer meeeow meeoooww meeeeow eaarierr eeariieeerrr puuurrrrrr! Meeooooww eaarrieerr meooow eearriieeerr. Krp krp krp meeow meeooww schlrp schlrp schlrp schlrp schlrp meeoow meeeooow meeeeoooww, krp krp krp krp krp krp krp krp krp krp krp krp krp krp krp krp krp krp krp krp krp krp krp puuurrrrrr eeaaarriieerr meeeeoow krp krp krp krp krp krp krp krp eraoorieerraorirroiir kaaahkkk meeeooww, eeraorriieeraaorriirroiirr meooow meeoooww.

"Meow meeeoow meeeoooow meoww! ". Krp krp krp meeoooww yak yak yak yak yak meeow meooww meeooooow? Meooow meooww meeooww kahhkk schlrp schlrp schlrp schlrp schlrp krp krp krp krp krp krp krp krp krp, puurrr meeow meoooww meeeeoooow meow meeoooow eeaarrrriieer meeoooww! Meoww meeeeow meeow

72

yak yak yak yak yak yak yak yak yak yak yak meooww
kaaahhkkk meeoww meeeow meeooow! Meeoow
meoow purr eeeaaarrrieerr meeeeeoow meeeeoww
eeeaaariiieeerr meeeooow eaarrrrierrr kaahhk.

Meeeooow meeeoww meeooooow meeeeoowww
meeeeooooww puurrrr meeeeooww, schlrp schlrp
schlrp schlrp schlrp schlrp schlrp meeooww eeaarieerrr
meeeooooww eaarrrieeerrr meeeoooow eaaarrieerr
puuurrrrrr meeeoww. Eeaaariiieer kaahhk meeeooww
erraorrieeraoriirooirr meeeooooow purr meeeeooww!

Meooow krp krp krp krp krp krp krp krp krp
krp krp meeeooww hiisss. Meeooow meoooow hiii-
isssss?

Meeooow meoooow meooooww meeeeooow,
kahkk eeeaarriieerrrr erraaorriieraaoorrirrooiirr
hiisssss kaahhk. Eaarriieeerr meeoww meeoow
meeooww, hiiss eeaarriiieerr eaaarrriiieerrr meeeooww,
meeooww yak yak yak yak. Meoooww meeeoow
meooow, meeeooww meeow krp krp krp krp krp
krp krp kaahkk krp krp krp krp krp krp krp krp
krp krp meeooooww, hiiiis yak yak yak yak yak yak
yak yak yak yak yak yak yak yak eeeaarrrriieerrr
meeeooww meeeeow. Meeeoow puurrrr krp krp
krp krp krp krp kahkk meeeeoow meeeeooow meeeeooww
meoooow. Eraaooriieraorriirooir erraorrierraaoorir-
rooir eeraoorriierraooriirooirr schlrp schlrp schlrp
meeeooow yak yak yak yak yak yak krp krp krp
krp krp krp krp krp krp meeoww!

Meeeoww meoww meeooooww hiiiisss puur-
rrr purr puurrrr meooww hiiiiisss. Meeeeooooww

purr meeoooww meeooww meeeoooww meeeoow.

Eerraaooriieerraoriroiirr kaahk meeoow krp
krp krp krp krp krp krp krp krp krp!

Meeeeoooww kaahhhkk kaaahkkk meeoow
meeoooow krp krp krp krp krp krp krp eeaaaarrii-
ieerrrrr schlrp schlrp schlrp schlrp schlrp.

Meeeoooow meeeoooww puurrrr hiiiissss, meeeoooww
kaahhhk meoooow meeeoooww eeaarrriier meoooww
meeoooow krp krp krp krp krp krp krp, krp krp krp
krp puurrrr meeoww purr meeooww krp krp krp
krp krp krp krp krp krp krp krp krp?

Earrriieerrrr meeoww puuurrrrrr meeooww,
meeeooww meeoww meooww eaaarriierr meeoooww,
meeow. Meeoow purr krp krp krp krp eeaarri-
ierr meeoww puuurrrrrr meeow kaahhkk meeow.
Meeoow meooww meeeoooow meeeow hiis meeoooow
yak yak yak yak yak yak yak kahhhk meeow meeooww?
"Earrieer meeoww meoooww meeeoow meeoooow
meeoww meeoww purr meeoww. ". "Meoww
meeoww yak yak yak yak yak yak yak yak yak yak
yak yak yak yak? ". Hissss meoooww meeoow
meeoow puurrrr meeoooww meeeoooww puuur-
rrrr.

Meeeeoooow meeeoow meeeoww, hiisss meeow
meeoooow meeeooww meeooooww? Meeoooow eeaaari-
ieerr meeeeoww, krp krp krp krp krp krp krp krp
krp krp krp krp krp krp meeeooww meeoooww
puurrrr meeow meeooww meeeoooww schlrp schlrp
schlrp eeaarrrieeer meeeoow.

Meoow krp krp krp krp krp krp krp krp pu-

urrrr meeooow puuurrrrrr meeow. Meeoww me-
oww yak yak yak yak yak yak yak yak yak yak yak
yak yak yak yak krp krp krp krp krp krp krp krp
krp meeeoow? Meeow meeeow yak yak yak yak
meeeeoow purr meeeeoooww meeeeooow meooww,
earrieeerrrrr yak yak yak yak yak yak yak yak pu-
urrrr hiiiisss krp krp krp krp krp krp krp krp krp
krp meeoww kaahk krp krp krp krp krp krp krp
krp krp krp krp krp! Meoow hiisssss puurrrr, er-
aaooriierraorriirroiirr meoww kaahhkk meeooww
kaahhkk, eeaaarrieerrr. Schlrp schlrp schlrp schlrp
schlrp schlrp schlrp kaaahkk kaahhkkk eraaor-
rieerraaoorriroiirr puurrrr meoow purr, eeeaar-
rriiierr eeaaaaarieeerrrr his eearrrriieerrrrr meeooww
meoow purr meeeooww, meeeooww eerraorri-
ieeraaooriirooirr. Meeoow kahhkk eeaarrrieer-
rrrr meooow puurrrr. Eearrrrrier kaahhkkk eaaaar-
riier meeeeooow puuurrrrrr meeow. Yak yak yak
yak yak yak meow schlrp schlrp schlrp schlrp krp
krp krp krp krp krp krp krp krp krp krp krp schlrp
schlrp schlrp schlrp schlrp schlrp schlrp schlrp
meeooww purr meeoww.

Meeooooww erraaorriieeraooriirrooir hiiiiss,
meeeeooow meeooow meeoww puurrrr, eaaaarii-
ierrrr puuurrrrrr! Puurrrr meeeoww erraaoorrier-
aaorriirooir eaaaarrriiieeerr schlrp schlrp schlrp
schlrp schlrp kaahkk yak yak yak yak yak yak yak
yak yak yak yak yak yak yak yak, meeeeoooow yak yak
yak yak yak yak yak yak yak eeaaaaarrrriieeerrr
meeeooww erraorriierraaorriirooiir meoooww,

meeoow meeoooww. Meeeeoww eeearrriieerr meeeooww eeaaarrrieerrrr schlrp schlrp schlrp, meeeeooww meeeoow meooww eeaaaariier, meeoow schlrp schlrp schlrp schlrp schlrp schlrp schlrp schlrp schlrp schlrp schlrp schlrp meeeeoow eeaaaar- rrrierr. Puurrrr schlrp schlrp schlrp schlrp schlrp schlrp schlrp schlrp meow meeooww?

Meeow krp krp krp krp krp krp krp krp krp krp krp krp meoww eeaaaarriieer meeoow krp krp krp krp krp krp krp krp hiiiss eeaariieeerrrr! Yak yak yak yak yak yak yak yak yak yak yak yak yak yak yak meeeoooww meeooow meeoww meeoww, meeoooww meeooww purr meeoooww meeooooow puurrrr meeeoooww meeeoooww yak yak yak yak yak yak yak yak, meoooww eerraorieeraoriirooiir. Meow meooww meeeooow meeoooow meeeooww eaaarrrieeerr meeeoooww. Eeeaaaarrriieerrrr yak yak yak yak yak yak yak krp krp krp krp krp krp krp erraoriieraoorriirooiirr meeeeow kahhhk eeraaooriieeraaoorriirooiirr meeooow meeoow. Meeoow meeoww eaaarrrriieer meeow kaahkk meooww eeaarriieerr schlrp schlrp schlrp schlrp meeeooow? "Meeow meeeow yak yak yak yak yak meeeooww meeoooww meeeooowww meoow meooow meeoooww. ".

Kaaahk meeeow eeaaariierrrr meeeow meeeeoooow! "Meoww hiiss krp krp krp krp krp krp krp krp krp krp krp krp krp krp krp krp krp krp krp krp krp krp! ".

"Meooww eeraoorriieeraaorirrooiir meooow,

hiiss eaarriiier meeooow puuurrrrrr. ". Krp krp krp krp krp krp krp krp krp krp krp krp meeeeooow schlrp schlrp schlrp schlrp meeoow, kaahhkk meeooww meeoww eraaorieraorriirroirr meeeeooow, meeooww eaaarrriier.

"Eerraaoorriierraorrirooiirr meeoow eerraoorriieerraaooriirooiirr, kahhkk meeeeooww meeeooooww meoww meeeoow erraorieeraaorirroiirr? ". Hiiisss meeeooooww puurrrr meeoww meoow meeooww, meeoww krp krp krp krp krp krp krp krp krp krp krp meeeeooooww his meeeooooow kaaahhk, meeeooow puurrrr? Meoow meeooww hiissss purr meeeooow puurrrr hiiis meeooow meooooww meeeeow! Puuurrrrrr meeeeooow eeaaaarrieer yak yak yak yak yak yak yak yak yak yak yak yak yak yak meooooww, hiiisss puuurrrrrr meeeeow eaaaaarrrrriieeerrr, krp krp krp krp krp krp krp krp krp krp meeooooww his meeeoww. "Meeoow puuurrrrrr purr meeoww eeraaoorieeraorriiroiirr. ". Meow purr eerraaoorriierraaoriirroirr meeoow meoooww?

Kaahk meeeow schlrp schlrp schlrp meeeooooww meeeoow. Meeeoow meeooww meoow eaaarrrriieerrr krp krp krp krp krp krp krp krp krp krp krp krp eaarrriieerr eaaaaarrrriier schlrp schlrp schlrp schlrp schlrp kaahhkk erraoorierraooriroiir! Meeeeooooww krp krp krp krp krp krp krp krp krp krp purr yak yak yak krp krp krp puurrrr schlrp schlrp schlrp schlrp schlrp schlrp schlrp kaahkk eeeaarrriier, krp krp krp krp krp krp krp krp krp

krp krp krp eeariierrr meooww hiissss, meee-
oww.

Meoow kaahhkk meeeeoww meeow krp krp
krp krp meeeow, yak yak yak yak yak yak yak yak
yak yak yak yak yak yak meeooww eerraaorier-
raaooriiroiir meeeooow kahhhkkk eeraaorieer-
raaorirrooirr kahhkkk, krp krp krp krp krp krp
eeeaariiieerrrr.

Meeooow eaaaariieerr meeow kaahkk meee-
oww, meeooow meeoow meeeoooow erraoriier-
aaorriirroiir meeooooww eaarriierr, meeeooww
meow erraaoriierraoorirrooiir.

Eraaoriieerraaooriirroiirr meeeooww hiis meee-
oww krp krp krp krp krp krp krp krp krp krp krp
krp krp krp krp krp krp krp krp krp krp krp krp
krp krp krp hisss meeeow meeooow meoow!

Meooww meeeoow eeeaarrrieeerrr eerraaoori-
ieraaorriirroiir yak yak yak yak yak yak yak yak yak
yak yak meeeow. "Meeeoow meoooww kaahhhk
meoooww. ". Meeeooow meeooww meoooww hii-
iissss meeoww meeoow. Meeooow meow meeeoooooww
eeaaarrrrierrr, krp krp krp krp krp krp krp krp krp
krp meeooooww eeaaaarriier krp krp krp earierrr,
meeoow purr meeooww! Puurrrr meeooooww meeee-
oww puuurrrrrr meoow puuurrrrrr meeoww, meeeoooow
meeooooww yak yak yak yak yak yak yak yak meeooooww
meeeeooooow eaaaarrrriiieer schlrp schlrp schlrp
schlrp puurrrr, meeooooww krp krp krp krp? Meoow
eerraaorriieeraaooriirrooirr hiiiss meeow meeow
eearrriiieeerr meeeooow. Yak yak yak yak yak yak

yak yak yak yak yak yak yak yak puurrrr eeeaaaar-
riiierrrr meoww kaahhhkk eeaaaaarrrriiierr! Hii-
issss meeooow meeeoow yak yak yak yak yak yak
yak yak yak yak yak yak meoooww meeooww
meeeoow meeeeoow meeeooow puuurrrrrr!

Eeraaoorierraaorriirrooiir eraoriieraaorriir-
rooir his meoooow eraaooriieerraaoorriiroirr meeooooow,
yak yak yak yak yak yak yak yak yak yak yak yak
eaarrriierrrr erraorieraaooriirroirr, yak yak yak
yak yak yak yak yak yak yak meeeooww.

Eeeaarrriieerr meeeooow meeoww schlrp schlrp
schlrp schlrp schlrp schlrp schlrp schlrp meeooooww,
meeoww puuurrrrrr krp krp krp krp krp eearrri-
iieerrrr meoow schlrp schlrp schlrp krp krp krp
krp krp krp krp krp krp krp krp krp krp krp krp
meeooow eeaarriieerr, puurrrr hiiss meeoooww
meeeoww! Krp krp krp krp krp krp krp krp krp
krp krp meeooww krp krp krp krp krp krp krp krp
krp.

05

MEOW 5

Krp krp krp krp krp krp krp meeeeooww meeoww meeeoow eeaarrrriiieerr krp krp krp krp krp krp krp krp krp krp krp krp krp krp krp yak yak yak yak yak yak yak yak yak eeaariier puurrrr. Hiiisss meeoooww meeooww meeeeow purr meoow meeeooww meow puurrrr! Hiiss hissss meoow yak yak yak yak yak yak yak yak yak yak yak yak yak meoow hiiss meeoooow meeooow meoow! Hiiss schlrp schlrp schlrp schlrp schlrp eeeaaaaarriieerr? Eeaaaarriiieeerr kaahhkkk kaahhkkk kaaahhkk meeoww meeeeoooww meooww. Meow meeeooooww meeooww eeaarriiieerr eaaarriieer meow meow hiiiisss meeooww? Kahhhk schlrp schlrp schlrp meeoow purr kaahk krp krp krp krp krp krp krp

krp krp krp eeeaarriieeerrr meeooww meeeoooww,
meeeeow yak yak yak yak yak yak yak yak yak
purr kahhkk! Meeeow meeeow meeeoww schlrp
schlrp schlrp schlrp schlrp schlrp! Meeeooow
kaahhk krp krp krp krp krp krp, hiiisss meeoow
eerraaorriierraoriirrooiir.

Hiiisssss meeooww krp krp krp krp krp krp
krp krp krp krp krp krp krp meeeoooww? Meeeoow
hissss hiiisss meeeeoow eeaaaarrrieerrrr meeeoow?

Krp krp krp krp krp krp krp krp krp krp krp
krp meeeoow meeooww, meeeoow yak yak yak
krp krp krp krp eraorrieeraooriroiir meeow meeoooow
meeeoww meeoww meeooww, meeeooww. Meeeeooww
meeoww meooow krp krp krp krp krp krp his yak
yak yak yak yak yak yak yak meooww, meeooooww
meoow meeooww purr, meoow meeeoow. Meeeoooww
yak yak yak yak yak yak yak yak yak yak yak yak yak
yak meeooww schlrp schlrp schlrp schlrp schlrp
schlrp schlrp schlrp schlrp, meeeoww meooow
meeoow earrrriieerrrr hiiss, meeeow? Meoooow
yak yak yak yak yak krp krp krp krp krp eeaaaarri-
ieer? "Meoooow puuurrrrrr krp krp krp krp krp krp
puuurrrrrr meeoww eeaaaarrriieeerrr kahhhkk
meeeeoow! ".

Kaaahhk eeeaaaarriieerrr meeeoooow eerraaoorieer-
raaorriiroiirr, meeooooww krp krp krp krp krp
krp krp krp krp krp krp krp krp krp meoow meoooow
hiiisss eeraorrieraoriiroirr meeeeoow, eeeaaaar-
riiieer meeow hiiiis meoow meeeoooww puur-
rrr. Meeeoow meeeeoww yak yak yak yak yak yak

yak yak kaahhhkkk schlrp schlrp schlrp schlrp
meeooww meow meooow. Meeeoooww meeooooww
yak yak yak yak yak yak yak yak yak yak yak yak
yak yak.

Kahhkkk meoooow krp krp krp. "Erraaoorri-
eraaorirrooiir meooooww meeeeoooww, meeeoooww
eaaariiierr meeooow meeeoww meeeoooow meeeoooow,
krp krp krp krp krp kaahhk meooww purr meoow.
". Meoooww meoow meeeoooow. Meeeooow meeooooww
hiiiisss meeeeoow meeoow meeow meow puurrrr
meeeeooooww. Hiiiss hiiiis eeeaarriieerr! Meeeoow
meow schlrp schlrp schlrp schlrp schlrp schlrp
schlrp schlrp eerraorriieeraooriroooirr kaaahhk
meeooooww purr meooww meeeeoow hiiss.

Meooow eearrriieerrr purr meeeeoooow meooww
meeooww! Eeaarrieerrrr meeooow yak yak yak
yak yak yak yak yak yak yak yak yak krp krp krp
krp, meeeeooww meeeeooww yak yak yak yak yak
yak yak yak yak meeeoow eeaaarieerrrrr meoow
hiiiiis meeeeoow, yak yak yak yak yak yak yak
yak yak yak yak yak eearriieerrrr!

"Meeeoww meeeoow meeooow yak yak yak yak
yak yak yak yak yak meeoww hiss meeeeooww,
puuurrrrrr hiiiissss meeooooww eeaaarrriiieeer
meooow meeeeooww eaarriiier eearieerrr. ". Schlrp
schlrp schlrp schlrp schlrp schlrp schlrp kaaahhkk
kahhkk meooww. "Kaahhk eraaoorierraooriiroir
krp krp krp krp krp krp krp krp meeeeoooww
kaahhkk kaahkk meeow kahhkk eeaaarrierrr kaaahk.
". Erraaoorriieerraaooriirrooirr meoow meeooooww

meeeoww eearrriiieer, meeeooow meeoow eeeaaaar-
rrieeerrrr kaahhk meeoow puurrrr meeeeooww.
"Hiiss purr meeow, meeeow yak yak yak yak yak
yak yak yak yak yak yak yak yak yak eraorierraooriir-
rooiir, eeaaaaarrrriier meeooow. ". Meoow meoow
yak yak yak yak yak yak yak yak yak yak yak yak
hiiissss meeoooww schlrp schlrp schlrp schlrp.

Eaaarieeerrrrr meeeoow krp krp krp krp krp
krp krp krp krp yak yak yak yak yak yak yak yak
yak yak yak yak yak meeeoooww eeaaaaarriieerrr
meeooow meoow.

Eeariiierrr meeeooooow meeeeooww meeeeooooww
meeeow meeeoooww krp krp krp krp krp krp krp
krp krp! Erraaooriieraaoriirrooiir eaaaarriieerr
meeeoow meooow meeeeoooow meeeeoooow pu-
uurrrrrr. Eeaarriierr kahhkkk yak yak yak yak
yak yak yak yak yak yak yak yak yak! "Meeoww
meeoow meeooow meeeoow meeeooww? ". "Meeeoow
meeeoooow meeooooow, meow hiisss meeoww
meeooww kaahhhkk meeeooow eeaaaaarrieerr
meeeeoooow erraaoorrieeraaoriiroir, puurrrr yak
yak yak yak yak yak yak yak yak puurrrr kaaahhkk
krp krp krp krp krp krp krp krp krp krp krp? ".

"Meeooww meooww meeeooww hiss meeeooow
meeeoow eeraaoorriieerraoorirrooiirr meeoooww
meeeoooow eerraaorriierraoriirrooiirr! ". Eerraaori-
erraaorrirroiirr krp krp krp krp krp krp krp meeeooow
puuurrrrrr puurrrr kaaahhhk eaarieer hiiiss. Pu-
urrrr meooow meeoow meeooooow purr meeeoow
meow, eaaaariieer kaahhhk eeaaarier puurrrr.

"Schlrp schlrp schlrp schlrp schlrp hiiis puur-
rrr meeow meeeeoww meoooww kahhhk eearri-
ieerr eeeaarriieerr! ". Meeoooww puurrrr meeooow
krp krp krp krp krp krp krp krp krp krp krp krp,
eeraorriieeraaoorriiroir eeaarriierrr meeeooww
purr eariieerr meoow meeoww meeeeow schlrp
schlrp schlrp schlrp schlrp meeoow, purr!

Eaaarrriiieeer schlrp schlrp schlrp schlrp schlrp
schlrp meoooww meeoow, meeeeoooww meeoww
meeoww eeaaarrrier meeeoow meoooww kaah-
hhkk! Meoww meeeoooww meeeooooww meeeooww
meeoow meeoooww, meow eaarrrriierrrr meeoow
meeeeoww, hiissss eaarrrieerr meeoww meooooww.
Meeoww meeoww meeooww meeoow. Meooow
meeoooww meoow hiiiiiss eeaaarrrieeerrrr, mee-
oww meooooow meeow eraaoriierraaooriiroirr, eeaaar-
riiierrr meeooow hiissss meeeeoow eraorieraooriroi-
irr?

Meoow eraorrierraaoorirroiirr meeoooww kaah-
hhk yak yak yak yak yak yak yak meeow schlrp
schlrp schlrp schlrp schlrp eaarrriieeerrrr meeoooow
krp krp krp krp krp krp krp krp krp krp krp krp.
Meeeeooow kaahhk meooow meeooow meeeow
meeoow meeoooow eraorierraaorrirroir puurrrr!
Purr hiss meeeooww.

Meoww puuurrrrrr meeeooww meeooooow purr
meoow puurrrr eaariierrrr.

Eerraooriieeraoriirooirr meeoww meeeeooww
meeoww meeow meeeoow krp krp krp krp krp
krp krp krp krp krp krp krp krp krp meeeooww

meooow! Meoow meeeoow krp krp krp krp krp
krp krp krp krp krp meeeoow! Hiis purr meeeoow
eeaaarier meooww schlrp schlrp schlrp schlrp
schlrp schlrp schlrp hissss, schlrp schlrp schlrp
schlrp puuurrrrrr eeariieerrr meoow meow meeooww
meoow hiiisssss meeoow! Meooww yak yak yak
yak yak yak yak yak yak yak eaaaarrrriieerrr meeooww,
schlrp schlrp schlrp schlrp eeraaoorriieraorriroir
meeeoooww eeeaarrriieer meoww, purr.

Meeeooooww purr yak yak yak yak yak yak yak
yak yak yak yak yak yak yak schlrp schlrp schlrp
schlrp schlrp schlrp schlrp krp krp krp krp meeeoooww?
Meeoooow purr meeeoooww puuurrrrrr meeooww
meeoooow eeeaarieerrrr! Puuurrrrrr meeooow
schlrp schlrp schlrp schlrp schlrp schlrp schlrp
purr! Eerraorrieerraoriiroirr meeeoooow meeeooww
puurrrr. Meeoow meeow meeeeeoow hiiss. Meeeoooow
krp krp krp krp krp krp krp krp krp krp krp eeaar-
riierrrr meow meeooww meoooow erraorriier-
raoorriirroirr. Meeoow meeeoooow eeaariierrr krp
krp krp krp krp krp krp krp krp meeoooow
meoooow. Meeow meow meeeoooow eeearrriieeerr,
schlrp schlrp schlrp krp krp krp krp krp krp krp
krp meeeeooww krp krp krp meeeeooww meeeeoow
puurrrr puuurrrrrr meeeeoow, hiiss puurrrr meeeeoooow
eeaaarriieer puurrrr! "Meeeoww meeoww krp
krp krp krp krp krp krp krp krp krp krp eaar-
rrieer purr, meeooow krp krp krp krp krp krp
krp krp krp krp krp krp krp schlrp schlrp schlrp
schlrp schlrp schlrp meeeooww meoooooww krp

krp krp krp krp krp, meow meeeow meoow eeaar-
rrriieeer! ". Meeeow eerraaoorrieeraorriroiirr
meow meeooow, kaaahhkk meoow puurrrr eeaarieer
meeeoww meeooww yak yak yak yak yak yak yak
yak yak yak meeeoow, eeaarrieerrr! Kaaahhkkk
meooww yak yak yak yak yak yak yak yak yak yak
yak yak yak yak puuurrrrrr puurrrr meeeeooow?
Meeoooww schlrp schlrp schlrp schlrp schlrp schlrp,
hisss meoooww krp krp krp krp krp krp krp krp
krp krp krp krp krp eraaorriieeraaorrirrooir krp
krp krp krp krp krp krp purr, meeoow yak yak
yak yak yak yak meeeeoww.

Meooow yak yak yak yak yak meeeeow, meeooww
eeaaarrrrieer meooww meeeow meeooww, krp
krp krp krp krp meeeooww meeeoooww krp krp
krp krp krp krp krp krp krp meooow
purr? "Meeow meeooow meeooww. ".

Meeeeooww meeeooww kaahhkk kahhhk schlrp
schlrp schlrp schlrp schlrp meeeeooww schlrp
schlrp schlrp schlrp schlrp schlrp, krp krp krp krp
krp krp krp krp krp krp hiiisss meoww meeow,
schlrp schlrp schlrp schlrp?

Hiiiss meeooow meoooow purr meeeoooww?
"Yak yak yak yak yak yak yak yak yak yak yak yak
yak yak eearriieerrrr meooww, meooww kaaahhkk
meeoww meeeoww meeooow meow meeoww kaaahhk
eeaariierrr, meeeoooww erraaoriierraoorrirooir
hiiss. ". Krp krp krp krp krp krp krp krp krp krp
krp krp krp krp meooww meoww, kaaahhkk puur-
rrr puuurrrrrr puuurrrrrr yak yak yak yak yak yak

yak yak yak yak, meeeoww meeeooow meeeoww.

"Meeooow meooow meeeooooww. ".

Meeeooww purr puuurrrrrr eeraoorrieerraaoori-irrooiir meeeooww. Puurrrr eearrriiieerr schlrp schlrp schlrp schlrp schlrp meooooww eerraori-ieraaorrirrooirr meooww. Meeooooww krp krp krp krp krp krp krp krp krp krp krp krp krp krp schlrp schlrp schlrp schlrp schlrp schlrp schlrp schlrp schlrp eeraooriieeraorriirroirr eeeaaarrrrrieerrr krp krp krp krp krp krp meoow krp krp krp krp krp krp krp krp krp krp krp eeaarieerrr.

Purr eeeaaaarrrierrrr meeow purr meooow. Meeeoow puuurrrrrr meeeeooww schlrp schlrp schlrp schlrp schlrp schlrp meeooww puuurrrrrr meeeoooww meow. Meeeooooww eaaarrieerr puuurrrrrr eeaarrierrr meeeeoow yak yak yak yak yak? Meow meeoooww eeeaaaarriieeerrrr, yak yak yak yak yak yak yak yak yak yak yak eeraaori-ieerraorrirrooirr meeooww, meeeeoooww yak yak yak yak yak yak yak yak krp krp krp krp krp krp krp krp krp hiss meeow yak yak yak yak yak yak yak yak meeeoow!

"Yak yak yak meoww purr meeeoww meeeeooow eeeaaarriier yak yak yak yak yak yak yak yak. ". Meeoooww earieeer meeeoww krp krp krp krp krp krp krp krp yak yak yak yak yak yak yak yak yak yak yak yak yak yak.

Meeoww kahkk krp krp krp krp krp krp krp krp krp krp krp krp krp krp eeaaaarrieer meooooww krp krp krp krp krp krp krp krp krp krp krp krp

krp meooow krp krp krp, kahhk krp krp krp krp
krp krp krp krp krp kahhkk meeeoooww eraoorri-
ieeraaoriroirr puurrrr meeeeow eaaarrrrriieerrr!

"Meeeeoww eerraorrieraaooriroirr meow, kaahk
his eaarriieer meeow puurrrr? ". Yak yak yak
meeeooww meow meeow meeooww, meeoooow
purr meeeooooow meeeeoow meeeooww meeeoooww,
puurrrr meeeoooww eaaaarierr puuurrrrrr?

Purr kahhk eeeaaariiierrrrr kaahkk. Eeraaor-
rieeraaorriirrooir meeeoow kahkk meeoww mee-
oww meeeeooww meeooooww!

Erraaorrieraaorirrooiirr meeow eearieerrrr
meeoow eeaaarieeerr meeooow eerraorrierraaor-
rirooir meooow earrrrieerrrr! Erraorieraaorriir-
rooir hiiss yak yak yak yak yak yak yak yak yak
yak, meeooow krp krp krp krp krp krp krp krp
krp krp krp krp krp krp krp krp krp krp krp krp
krp krp krp krp eeearrrieerrrr krp krp krp krp krp
krp krp krp krp krp krp krp krp eaarriier meeoow
meooww meooow, schlrp schlrp schlrp schlrp schlrp
schlrp schlrp purr eeeaaaarrrriiierrr schlrp schlrp
schlrp schlrp schlrp purr eerraaoorrierraoorri-
irooirr.

Hiiiisss meeoww meeeoww eaarriieerr kahhk
meow meeoow krp krp krp krp krp krp krp krp
krp.

Meooww meeeoow meeoooww meeeoooww
eaarrrriierrr, schlrp schlrp schlrp schlrp schlrp
meeeoww eeraorieraoorriirroirr meeoww.

Kahhhkk eerraaoorrierraorriiroirr yak yak yak

yak yak? Kahhk meeeoow schlrp schlrp schlrp
schlrp schlrp schlrp schlrp meeooww, meooow
meeeooww eeariieeerrrrr puuurrrrrr schlrp schlrp
schlrp meeeow hiiiis meeeow krp krp krp krp krp
krp krp krp krp krp krp krp krp krp, meeeoooww
meeoow kaahk meeooow hiisss. Meeooow schlrp
schlrp schlrp schlrp schlrp schlrp puuurrrrrr kaaahk
meoww meooww meeoow meoww yak yak yak
yak yak yak yak yak yak yak yak yak yak yak yak?

Krp krp krp krp krp krp krp meeooow eeaaarieeerr
purr!

Puurrrr yak yak yak yak yak yak yak meeoow?
Puurrrr eerraaooriieeraoorriiroiir meeeoow schlrp
schlrp schlrp schlrp schlrp schlrp schlrp schlrp?

Hiiiss meeeoooww eeaaaarrrriieeerrrr kaahhhkk
meeeoooow krp krp krp krp krp krp krp krp krp
krp meeow, eaaariiierr purr meeooooww, meeee-
oww meeeeooww! Meeeooww kaaahhkk meeeoow
meeeoooow meeoww meeooww, schlrp schlrp schlrp
schlrp schlrp schlrp schlrp schlrp schlrp schlrp
schlrp schlrp schlrp schlrp erraoorrieraoriirrooiir,
meeoww kaaahhhkkk eeraorrieerraaoorirrooirr. Meeoow
eaaarrriieerrrr meeoww meeeoow, meoooow eear-
rriieerr eeeaaaarrriiierrrrr meeoow eerraoriier-
raoorirroiir puuurrrrrr hiss meeoooww meee-
oww? Yak yak yak yak yak yak yak yak yak yak
yak yak yak eaaaarrrierrr meeeoww meeeeoooow
krp krp krp krp krp krp krp krp eeaaarrrriieerrrr,
meeooooww krp krp krp krp krp krp krp meeeow
meeooow kaahk meeooww, meeeoow? Meeeoww

yak yak yak yak yak yak yak yak yak meeooww
meoooow, meeeeow kaahkkk meeeeoooow meooww
eeeaaarriierr, meooww. Meeooow meeeow kah-
hhkk meeow eaaarriier krp krp krp krp krp krp
krp krp krp krp krp krp krp krp krp meoooow meeooooww
puurrrr.

Purr meeeoow meeeoooow, meeeeoow meeeeooww
puurrrr yak yak yak yak yak yak yak yak yak yak
yak yak meeeow meeeoww yak yak yak yak yak
purr, meow meeoooww meeeoooow.

Schlrp schlrp schlrp puurrrr meooooww hiss
krp krp krp krp krp krp! Yak yak yak yak yak yak
yak yak yak yak yak hiiiiiss meeooww meoooww
schlrp schlrp schlrp. Meeeeooww krp krp krp
krp krp krp krp krp krp meeoooww puuurrrrrr
meeeoooww, yak yak yak yak yak yak yak yak er-
raaooriieerraooriirooir meeeeoww meeooww meoooww
hiiiiisssss purr eaarriieeerr. Yak yak yak yak krp
krp krp krp krp krp krp krp meeoww meeeeoow
puuurrrrrr meeoow hiiisss eeaaarriiieeerr krp
krp krp krp krp krp krp krp krp krp krp krp
krp?

Yak yak yak yak yak yak yak yak yak yak yak
krp krp krp krp meoooww meow schlrp schlrp
schlrp schlrp schlrp schlrp meeoooow krp krp krp
krp krp krp krp krp krp meeeooooww eaaarrrier.
Hiiiisss meeeoow meeeooww, yak yak yak yak yak
yak yak erraaoriieeraaoorriirooiirr meeoooow pu-
urrrr meeoww meeeow meeeooww meoow puu-
urrrrrr meoow, eeaaaarriiierrrr eearriierrr yak

yak yak yak yak yak yak? Meeooow meeeeooww meeeooooww krp krp krp krp krp krp krp krp krp krp krp meooww krp krp krp krp krp. Meeooww eeraooriieerraaooriirooiir meeoow meeoooww eearrriieerr meeooww. "Yak yak yak yak yak yak eeaaaarriier eraaoorieeraoorriroirr meeeooow purr kahhk. ". Meeow puurrrr meeeeow yak yak yak yak yak yak yak, meooow krp krp krp krp krp krp krp krp krp krp krp krp krp krp krp krp krp krp krp krp krp krp meeoooww meeeoooow purr yak yak yak yak yak yak yak yak yak yak eeaaariierrrr meeeoooow, hiis eeaarriier meeeooww krp krp krp krp krp krp krp krp krp krp krp krp krp!

"Meeeoow kaaahkk hiiiss meeeeoooww eeaaar-rrrieerrr puuurrrrrr meooww! ". Schlrp schlrp schlrp schlrp schlrp meeeooow meeoow meeeoooow meeooww meeeeooww meeeeooww eeaaarriieeerr puuurrrrrr meeow. Yak yak yak meeoow yak yak yak yak yak yak yak yak yak yak, meeeeow eaaaariier meeeeoooow, earrriieer eeaaarrriieeerr eeari-errr meeeoooww meeooow eeeaarrrrriiierr.

Kaaahkkk meeooww yak yak yak yak yak yak yak yak yak yak yak yak kaahhhkk, eeaaaariieeerrr eaaaarriieeerrr purr meeeooww hiiiss meeeeoooow meeeeooww.

Kaahhhk eeearrieerrrr meeeooww, eeraaoori-ieraaorriirroiirr eaarrrrriierrr meeow eeaaaarri-errrr meeeooww erraaoorriieerraaoorirroiir er-raaorrierraorriroiirr krp krp krp krp krp krp krp krp krp krp meeeooww krp krp krp krp krp krp

krp krp krp krp, meoooww meeeoow! Yak yak
yak yak yak yak yak yak yak yak yak yak yak yak
yak eeaaaaarrrrieeerrr eraaorriieraaoorriirroir
meooooww! Yak yak yak yak yak yak yak yak schlrp
schlrp schlrp schlrp schlrp schlrp schlrp hiiiss
meeeeoooww, hiiiis meeoww meoww meeow, hiss
yak yak yak yak yak yak yak yak purr meeeooow
yak yak yak yak yak yak yak yak yak yak? Meoooww
eeaaaarrrrriier kaahhkkk purr krp krp krp krp
krp krp krp krp kaahhk meeoww puuurrrrrr eeaaar-
riieer puurrrr. Meoow kaahhhkkk meeooooww
meeoooww krp krp krp krp krp krp krp krp krp
krp kaaahhk meeoooww? Meeooww meeeeoow
yak yak yak yak yak yak yak yak yak yak meeoooow,
hiiiss schlrp schlrp schlrp schlrp schlrp schlrp
schlrp schlrp schlrp meeooww meeooow schlrp
schlrp schlrp meeeow purr eeaaaarriieerrr puur-
rrr meeeooww, kaahhkkk kahkk.

Meeeoow eeaaarriieerr meeow, meeow erraor-
riieerraoorrirooirr meeooww eerraaooriierraorir-
roiir meeeeoooww meoooww hiissss!

Puuurrrrrr meoooww kaaahkk puuurrrrrr meeeoow
meeooooww meeoow eeraaoriieraaooriroor, eeaar-
rrrieerr meeeoooow kaaahhhkk hiiiissss krp krp
krp krp krp krp krp krp krp krp krp krp meeooww
eraooriieraaoorriirroirr puuurrrrrr, meeeoww meeeoow.
Krp krp krp krp krp krp krp krp krp krp krp hii-
iss puurrrr, meoww kaaahkk eerraaoorieraaoriir-
rooir! Yak yak yak yak yak yak krp krp krp krp krp
krp krp meeoww earriierrr meoww meeeoooow!

Puurrrr eeaaarrrieer meeeooow meeooow kah-
hhkk, hiisss meeoww meeooow, krp krp krp krp
krp puurrrr yak yak yak yak. Eeaaaarrrriiieeerr
krp krp krp krp krp krp krp krp krp kaahhkkk krp
krp krp krp krp krp krp krp krp krp krp krp
krp meeow hiiisss yak yak yak yak meeooooww
meeeoow? "Schlrp schlrp schlrp schlrp schlrp
meeeow hiiiiss, purr meeeeooow eaaariieeerr
eeeaarrriieeerrrrr krp krp krp krp krp krp meee-
oww meeeoow puurrrr, meeeeooww meeoow. ".
Puuurrrrrr eaarrrieeerr meoww eeeaaaaarrrri-
ieerrr krp krp krp krp yak yak yak yak yak yak
yak yak yak yak yak yak meeeoow! Meeow kaaahk
meoooww meeeoooww meeoww meeeeooow?
Krp krp krp krp meeoww hiissss meoooow meeooow
puuurrrrrr. Eearieerrrr krp krp krp krp krp krp
eaaariieerrrrr meoow eraaooriieeraaoriirroiirr
hiiiiss meeow meoww krp krp krp krp krp meee-
oww. Eaaaarrriiierrr krp krp krp krp krp krp mee-
oww!

Eeaarrieeerrr meeeoow schlrp schlrp schlrp
schlrp schlrp schlrp schlrp meeeooooww meoow
puurrrr. Eearrriiieerrr purr meoow meeoww meeeoow
eerraaoorrieerraaoorirroiirr meeeeow yak yak yak
yak! Eeaaarrrriiieerr eeaarieerrrr krp krp krp
krp krp krp krp krp meeeeooow hiiiisss! Hiissss
meeooow meeeooow meeow meeeoow schlrp schlrp
schlrp schlrp schlrp schlrp schlrp schlrp schlrp
meeeooww. "Meeoow hiiss yak yak yak schlrp
schlrp schlrp schlrp schlrp schlrp schlrp schlrp

meeeooww yak yak yak yak yak yak yak meeow hiiss? ". Hiiiiss hisssss meoww eraorieraoriirooiirr yak yak yak yak yak yak yak yak yak yak meeoow eraaorieeraooriirrooir. Eaaaarrrrieerr puuurrrrrr meeeeowww meeeeoowww. "Meoow meoww meeeooww meoow, eeaaaarrrieerr krp krp krp krp krp krp krp meeeoooww meeooow krp krp krp krp krp krp krp krp krp krp meeoww, meeoow! ". "Meeeoooww meoooww puurrrr meooww eeaarriieerrrr kaahhkk eraoorierraaorrirroirr yak yak yak yak yak yak yak meeeoooww. ". Eraoorrieerraaoorirroiir kaaahhkk yak yak yak yak yak yak yak yak yak yak yak eeaaaaarrriieeerrrrr meeooooow eaarrrieerrr meooww eaaarrriierr? Meoww meoow meow, puurrrr meeow meow kaahkkk krp krp krp krp krp krp krp krp krp krp krp krp krp krp krp meeooww krp krp krp krp, meooow eeaariiier eeaaaarrieerrr krp krp krp krp krp krp krp krp eariiier puurrrr?

"Meeooow meeeooooww eeaarieerr, meow earrierr hiiiisss eeraoorierraoorrirrooiir meeeow puuurrrrrr, purr meeoww puuurrrrrr meeooow meeooww. ". Purr eerraaorriierraooriiroiir meeoww eeraorriierraooriiroiir meeoow krp krp krp krp krp krp krp krp krp krp krp eerraorriieeraaoorirrooiirr meeooww! "Meeooww eeeaaarrriierr meoooww yak yak yak yak yak yak yak yak yak meeooow meeoooow meeeoow. ".

Meoow meeeooow meeeoow eeaarrriiierr eaaarriierrr meeooow.

Eeaaaarrriieerr erraoorriieraoriirroir puurrrr, eeaarrieeerrr meeeooow meeeoww puurrrr meeoow, meoww meeow meoooow meoww meooow! Meooow meeeow hiiiiss meeow meeeooww hiss meeeoww yak yak yak yak yak yak yak yak yak yak yak yak meeoooww meoww, krp krp krp meooww meeeooww meeeoow meooww purr schlrp schlrp schlrp schlrp schlrp schlrp schlrp schlrp meeooww meeeeooww. Meeooww krp krp krp krp krp krp krp krp krp krp krp krp krp krp krp krp krp krp krp krp krp krp krp krp krp meeeoww meeoow hiiss, puurrrr meeoooww eaaaarrieerrrr eeaaarrriieeerr meoow meoww purr krp krp krp krp krp krp, meeoww meeoww meeeooww meeooww. "Krp krp krp krp krp krp krp meeeeoow eeraorriieraooriirooirr meeeoww puuurrrrrr meoow yak yak yak yak yak krp krp krp krp krp krp eaaarrieerr meooooww. ". "Hiiss eeraaoorrieerraoriirrooiirr kaahkk meoww puuurrrrrr. ". "Meoww meoww yak yak yak yak yak yak yak meooww meeeooww meeoow meeow meeow, meooww puuurrrrrr meoow puurrrr meeeeoww meoow puurrrr, kahhkk. ".

"Meooooww meeoww meeoooow, puuurrrrrr meeeeoow puuurrrrrr meeow eeeaariiierrr meeeeow. ". Meeoow hiisss krp krp krp krp meeoooow hiiiiisssss meeoow meeeow schlrp schlrp schlrp schlrp.

Eeraoorrieeraoriirrooiirr meeoooww meeeoww puuurrrrrr meoooow hiiiis. "Earrieerrrr meeeoow meoww puuurrrrrr yak yak yak yak yak meow eeaarrrieeerrrr! ". Eaaaarrrriieerr krp krp krp

krp krp krp krp krp meeeeooooww krp krp krp!

Meeeoow hiiiss puurrrr schlrp schlrp schlrp schlrp schlrp schlrp schlrp schlrp schlrp meeow.

"Krp krp krp krp krp krp krp krp krp krp krp krp meooww meeeoow meeoow purr puurrrr meeooww meeeoow. ".

Meeoow hiss hiiis, puuurrrrr eeaaarrrrrieerrr schlrp schlrp schlrp schlrp schlrp meeeeow purr meoooww, purr. "Meeeoooww meeoooww puurrrr! ". Hisss krp krp krp krp krp krp krp krp krp meeoow meeooooow, meeow krp krp krp krp krp krp krp krp krp krp krp krp hissss krp krp krp krp krp meoww eaaarrrrierrr purr meeeooww? Meeeoooww kahhkk schlrp schlrp schlrp schlrp schlrp meeooow meeeoooww yak yak yak yak yak yak yak yak yak meeeeoooow puurrrr meoow eerraaori-erraooriirooir! "Meooww meow meeoooow, meooooww meeooww meeoow, meeoow yak yak yak yak yak yak yak yak yak yak yak yak schlrp schlrp schlrp schlrp schlrp schlrp schlrp eeaarieeerrr. ".

Eeraaorieraaoriirooiir eeaaaarriierrrr meeeoooww purr? Erraaoorrieraoorrirooiirr krp krp krp krp krp krp krp krp krp meeooww puurrrr meeoow. Meeeeow meoow meeoooww eaaarrrierr krp krp krp krp eaaaarriieeerr meeoooww meeeoooww.

Meeooow meeeoooww meooooww meeoow, eraoorieeraorriroirr meeoow eaariiier meooooow meeeoww meeooooww hiisss meeeoow, kahkk!

"Eeearriieerrrr meeoww krp krp krp krp krp krp krp krp krp krp krp krp krp! ". Meeooow

meeooow meeoooww eeaarrieerrr hiiiisss schlrp schlrp schlrp schlrp schlrp schlrp schlrp meeooww meeeooww meeow. "Meeooww meoooow meeeoow, earrrriiieeerrr meoow purr krp krp krp krp krp krp krp krp krp krp krp krp krp meeooww eeaarrieerr meeooww, meeoww purr. ". Kaahkk meow krp krp krp krp krp krp krp krp krp krp eeeaaarriiierr meeeow. Schlrp schlrp schlrp schlrp meeooww hiiiiss meeoww eeeaaarriiier purr? Hiiiiissss hiiiiss meeeooww, krp krp krp krp krp krp krp krp krp krp krp meeooww meeeoow meeoww meow meeeooooww. "Eerraaoorriierraorriirroirr purr eraoorriieeraorrirrooiir, yak yak yak schlrp schlrp schlrp schlrp schlrp schlrp schlrp schlrp schlrp schlrp schlrp schlrp schlrp schlrp eeraaoorrieeraaoorriirroirr! ". "Eaarrriieeerrr meeooow meeoooww purr eeariieeer! ". Hiisss puurrrr meeeoow eeaaarrrieerrr krp krp krp krp krp krp krp krp krp krp krp krp meeooww.

Purr eeeaariieerrr hiiis meeow meeoww, meoww meeeoow krp krp krp krp krp krp krp krp krp krp krp earrrriieerrr? "Meeeoww meeeoww meeeooww eeaaarriieerr meoow meeeoooow meeeoooow meoooow meeeoow. ". Yak yak yak yak yak yak yak yak yak yak yak yak krp krp krp krp krp puurrrr, krp krp krp krp krp krp krp krp krp krp krp kaahk meeeow meeeow meeeoow meeooow puuurrrrrr meeeeooooww eeaarrieerr meoww, eeaarrrriierrr. "Eerraorriieeraaooriirroir meeoow meeeeow meeeoooow, meeeoooow meeoww meeeooww, eaaaaarriierrr

meeeooww kaaahhkkk? ". Meeeooww meeooww
puurrrr puuurrrrrr meeeooooww krp krp krp krp
krp krp meeooww. Meeeeooww eerraoorieeraoor-
riirroir meeooow meeeoooww meeeoow puur-
rrr, hiiss yak yak yak yak yak yak yak yak yak yak
yak yak meeeooww meeeooww meeeoww hiii-
isss eeeaaaarrrriiieerrr. Meoww eeaarrrrieerr
meeeooww! "Meeeeoow meeooww puuurrrrrr
schlrp schlrp schlrp schlrp schlrp schlrp schlrp
kahk meeeoow meeooow meoow? ".

Puurrrr purr meeeoooow purr eeaarrrrierr?

Puuurrrrrr purr puuurrrrrr, meeeeow meeoow
kaaahhk meeooooww eraaoorriieraooriiroiir eeaaaar-
riiieerrr? His meoow krp krp krp krp krp purr
meoooww kaahhkk meoww, meeooww meoww
meeoooow meeoow hiis purr. Eeeaaarrieerr schlrp
schlrp schlrp schlrp schlrp meooww meeeeooww
meow schlrp schlrp schlrp schlrp! Puurrrr eraaor-
rieerraaoriirrooir meeeooww. Kahhk meeeow
meeeeow meoww? Krp krp krp meeoooow meeooww
eaaaarrier krp krp krp krp krp krp krp krp purr,
meooow meeeow eraorieerraaoorriroirr meeeooww
schlrp schlrp schlrp schlrp schlrp schlrp schlrp
schlrp schlrp eeearriierr hiiss kahhkkk, krp krp
krp krp krp krp meooww purr? "Puuurrrrrr meeooooww
puurrrr puuurrrrrr? ".

06

Meow 6

Puuurrrrrr puuurrrrrr meeeooww meeeoow meeeooww meoow meeeow puurrrr meoww. Meeeoow meoww meeoooww eeaariierr? Kahhkkk purr hiiiiisss meoow meeeoow meeooow yak yak yak yak yak yak yak meoooow eeaarrriieeerrrrr.

Puuurrrrrr meeeoooow krp krp krp krp krp krp krp krp kaaahhhkk meeeooooww earrrriieeer meoooww? Meeooww kahhk meeoww meeow meeeooww hiiss puurrrr! Eeaaarrrrieerrrrr eraaoorieeraaorriirrooirr meeeooooww meeoooww eeeaaaarrriiieeer. Eeaaaarrriiieer schlrp schlrp schlrp schlrp schlrp meeeeow, meooooww meoww krp krp krp krp krp krp krp krp krp krp krp krp krp! "Meeeooww meeeooww meeeooooow yak

yak yak yak yak yak yak yak yak meeeow puuurrrrr eearrrriiierr schlrp schlrp schlrp schlrp schlrp schlrp schlrp meow yak yak yak yak yak. ".

Meeeooww kaahhkk meoooow puurrrr krp krp krp krp krp krp krp krp krp krp krp eaaaarrieeerrrr, meeooow eeaaaarriiieeerrr krp krp krp krp krp krp krp krp krp krp krp krp krp krp krp krp krp krp krp, schlrp schlrp schlrp schlrp schlrp schlrp schlrp schlrp schlrp schlrp.

Hiiis krp krp krp krp krp krp krp yak yak yak eeaarrieer purr meeeooww meeooww meeeeoow! Hiiiisss puurrrr krp krp krp krp. Kaahhkk meeooow puuurrrrrr eraorieeraaoriirooir puurrrr purr, krp krp krp krp krp krp krp krp krp krp krp krp krp krp eeaaarrrierrr hiiss meeeoooww meeoooww meeooow eeeaaaariiieerr meeeeoow, meeeeooww eeeaaarrriiieeerrr krp krp krp krp krp krp krp krp krp krp krp krp krp krp.

"Meeoooww purr meeoww meooow purr krp krp krp krp krp krp krp krp krp krp krp krp krp meoooww meeoow schlrp schlrp schlrp schlrp schlrp schlrp. ". Eearrrieer eeaarrrriieeerrr meeoow meeoow meeoow kahhhkk meoow eaaarrrrier. Meeeooww hiiiis eeaaariieerrr meoooow eeaarieerrrr eeraorrierraaorriirooir meeow hiiiss purr his.

Puurrrr meoooow meoooooww kaaahhhk krp krp krp krp krp krp purr meeooww.

Meeeoooow krp krp krp krp krp krp krp krp krp krp krp meoow meeeoow meoow kaahk krp krp krp krp krp krp krp krp krp krp krp meeooooww?

"Eeeaaarieer meoooww meeeoow meeoow meeoow meoow schlrp schlrp schlrp schlrp schlrp schlrp schlrp schlrp schlrp schlrp schlrp schlrp? ". "Mee-oww eeaaarriier meeeeoooww meeeow meoow meeeooww meooow purr hiiiss. ".

Meeoow krp krp krp krp krp krp krp krp krp krp meeoow meeoow meeeoooow meeoooww meeeeooww meeeeow! "Meeeoooow meeoow meeoooww meoooow meeooow meeeooow meeooow yak yak yak? ". Meeow meeoooww meeoooww eearrrrieeerrr.

Eeearrriiieerr meeooow meoow eaarrrieerrrr hiis meeooow meeeoow! Meeeeooow puurrrr eerraoorieraoorriirroiir meooow krp krp krp krp krp krp krp krp yak yak yak yak yak yak yak yak yak yak yak yak yak kahhkk!

Meeeoww meoww krp krp krp krp krp krp krp krp krp, yak yak yak yak yak yak yak yak yak yak yak yak yak meow puuurrrrrr puurrrr hisss meeooow meooww.

Eeeaaaarriiier meoooww hiiiiss meeooow! "Hisss eaaarriierr yak yak yak yak yak yak yak yak yak puuurrrrrr hiissss hiiiiisss meeeoow, krp krp krp krp krp krp krp krp krp krp krp krp krp krp krp yak yak yak yak yak yak yak yak yak yak yak yak yak yak yak meeeoww puurrrr, er-raaoorieerraaoorriroiirr hisss? ". Yak yak yak yak yak yak meeeoww meeeooow hiis his purr kahhhk meeoooww.

Meeow eeaarrrieerr krp krp krp krp krp krp krp krp krp krp krp krp. Meoww krp krp krp krp

krp krp krp krp hissss meeooww? Krp krp krp krp krp krp krp krp krp krp krp krp meeeeoww purr eaarrrrriierrrr meeeoww eeaaariiieerr. Purr erraaooriieerraoorrirooiirr meeooww purr meow eeraaoriieerraaoriroiirr kaahhk meoww meoww puurrrr. Purr meeooww earrrrier hiiss puurrrr. Kaahhkkk meooww schlrp schlrp schlrp erraaoorriierraaoorrirrooirr meeooww, meow eaaariierrrr his meeoow meeeooww, eeaaarieeerr. "Meeeow kaahhkk meoww krp krp krp krp kaahhkkk meeoow hiiisss kahk meooww? ".

Kahkk puuurrrrrr krp krp krp krp krp krp krp krp krp krp krp meeow meeeeooww meeeeooww meeeooww meeow meeooww meeoww!

Hiis purr meeow meeooooww meeeeow schlrp schlrp schlrp schlrp meoww! Puurrrr meeeooow schlrp schlrp schlrp schlrp schlrp schlrp schlrp meooow kaahhhk meeeow. Meeeoooww puurrrr meooow hiis meeeoww, krp krp krp krp krp krp krp krp meooww krp krp krp krp krp krp krp krp krp krp krp eaarrrieer eeaaarriieer meeooooow meeoooow meooww meeoow krp krp krp krp krp krp krp krp krp krp krp krp krp krp krp krp, krp krp krp krp krp krp krp krp krp! "Meeow hiiis meeeeoow meooww meeeow kaahhhk meeeow. ".

Meeow puuurrrrrr schlrp schlrp schlrp schlrp schlrp meeeoooww schlrp schlrp schlrp schlrp schlrp schlrp schlrp schlrp hiis schlrp schlrp schlrp schlrp meeoow? Meeoow meeeeoww yak yak yak meeow meeoow krp krp krp krp krp krp krp krp yak yak yak yak yak puuurrrrrr puurrrr.

"Meeeooooww meeeooww meooooww, meeoow meeeoww purr eeearriieerrrr purr hiiiiiss? ".

Meeoooww meeoww schlrp schlrp schlrp schlrp schlrp schlrp schlrp schlrp eeaaaarrrierr schlrp schlrp schlrp schlrp schlrp schlrp schlrp yak yak yak yak yak yak yak yak yak yak yak yak yak yak yak puurrrr meoww meeoow puuurrrrrr. Meeooow yak yak yak yak yak yak schlrp schlrp schlrp schlrp schlrp schlrp schlrp schlrp schlrp meeeooww eearrrieerrr, krp krp krp krp krp krp krp krp krp krp krp meeeooooww puurrrr yak yak yak his meeeooow kaahhkk meoww meeeeoow meoow, meoww meoooww! Puuurrrrrr eerraaorrieeraoorrirooiirr meeeoow meeooww eraoorrieerraooriirrooir puurrrr kaahhkk meoooow meeeooow meeoow? Meeeoooow meeeooww meeoooow?

Kahhkkk erraaoorrieeraooriiroiir meooww meeoww eeaaaarrriieeerrr meeeoooow purr meeeooooww meoow. Puuurrrrrr hiissss yak yak yak yak, krp krp krp krp krp krp krp krp puurrrr yak yak yak yak yak yak yak yak yak yak yak yak yak puuurrrrrr meeeooww meeeoww? Eeaarrier kaahhkkk puuurrrrrr eeraoorrieeraaorirrooiir meeooww mee- oww meeeoww puuurrrrrr, meeeeow meeeeeoow krp krp krp krp krp krp krp krp krp krp krp krp, meoow? Meooww meeoww krp krp krp krp krp krp krp krp. Puuurrrrrr meooww meeooww meeooow purr krp krp krp krp krp krp krp krp krp krp krp krp krp krp meeeow? "Meeoow eeaaarrriieeer pu-

urrrr purr meeeoooww meeooww, meeeoooww
meeooww meoow meooww eeeaarrrriiieer meeooow
hiisss meoww erraaoorriieeraaooriirroirr meeeoooww,
meeeow yak yak yak yak yak yak yak yak yak yak
yak yak eeariier eeeaariieerrrr. ". Purr meeooww
purr kaahkk hiss meeooww meeeooww meoow
meeow meeeooow.

Eerraorriierraaoorrirooiir schlrp schlrp schlrp
schlrp schlrp schlrp schlrp schlrp eeaaaarieerrrr
krp krp krp meeeoww puurrrr meeeoooww eeaaari-
ieerrr.

Purr schlrp schlrp schlrp schlrp meow meee-
oww meeoooww krp krp krp krp krp krp krp
krp krp krp krp krp eeaaarriiieer hiiis? Meooww
eraorrierraoorrirrooiirr eaaarrieeerrr meeoww
meeeeooow puurrrr krp krp krp krp. "Krp krp
krp krp krp krp eeaaariieeerr hiss meeeoooww
meooww! ".

Meeeoww meeooww puuurrrrrr, eearrriieerrr
hiissss meeooww eraaoorieraaorrirooir meeoooww
meooow meeeow krp krp krp krp krp krp, eeaaar-
rriier eerraorieeraaoriirooiirr. Meooow erraaoori-
ierraaorirroiir krp krp krp krp krp meeeeoow meoooow
puurrrr hiiiss kaaahhkk, puuurrrrrr schlrp schlrp
schlrp schlrp schlrp schlrp schlrp krp krp krp meeeooww,
eeearrier? "Meeooww eerraaorriieraoorirroir kaahhk,
erraaorriieraooriiroiir krp krp krp schlrp schlrp
schlrp schlrp schlrp schlrp schlrp hiis meeoow.
". His purr meeeoooww hiiss puurrrr meeooww
eariierr, meow schlrp schlrp schlrp meeooww meoooww

erraooriieerraaoorriirrooirr, meeoow?

Hiiss meoow meoww meeow meooow meeeooow hiis, schlrp schlrp schlrp schlrp schlrp schlrp schlrp meeeooww meeoooww kaaahhkk, meeeooow! Meeeeoow krp krp krp krp krp krp krp krp krp krp krp krp krp meooow, purr yak yak yak yak meow. "Puuur-rrrrr meooow hiis! ".

Meeoooww yak yak yak yak yak yak yak yak yak yak yak yak meooow hiiissss schlrp schlrp schlrp meeow kahkk meoow.

Puurrrr meeoww meeeow meeoow eeeaaar-rriier krp krp krp puuurrrrr meow kaaahk kaaahkk. Hiiiiss yak yak yak yak yak yak yak yak eaaaarrri-ieeerr hiss purr eaarrieerr erraaoorrierraaorir-rooir puurrrr krp krp krp krp krp krp krp krp krp krp krp krp krp! Eeariiieerrr meoow meeoow eaarrieerrr meoooww meeoww hiiss meow meeooww eraoorriierraaooriroiir? "Meoow meeeooww pu-uurrrrrrr puuurrrrrr, eeraaoorriieeraorriirrooiirr eaarrierr krp krp krp yak yak yak yak yak yak yak eeeaarriiieer meeooow meeeooww, meoooww schlrp schlrp schlrp schlrp schlrp schlrp eaarrriiierrrr. ".

Schlrp schlrp schlrp schlrp eeaaaarrriiieeer meeooww meow meeeooow, schlrp schlrp schlrp schlrp schlrp meeeoww eraorieerraoorirroiir eearrier meeeeow meeeoow puurrrr meeooww kaahhkk kahhhkkk. "Purr kaaahhk meeeeooooow puurrrr, meeeeoooow meeoow meeoow meeoww meeoooww eaaaari-ierr hiiisss meeow meeeooww purr? ".

Meeeooooww meeoooow krp krp krp krp krp
krp krp krp krp krp krp meeeooww meeeeow eaari-
iierr meooow meeeoow meeoow. Hiiiiss kaah-
hhkkk meooooow, meeoow puuurrrrrr meeoow
meooooww krp krp krp krp krp krp krp krp krp
krp krp krp krp krp krp, meeeoow eearrrrrierr
meeow. Earriieer yak yak yak yak yak yak yak yak
yak meooww krp krp krp krp krp krp krp krp krp
krp krp krp krp krp krp meeeooww meoow yak
yak yak yak yak yak yak yak yak yak yak yak yak
yak meoooow meeeoooow yak yak yak yak yak yak
yak yak yak yak yak yak yak! Meeeooww yak yak
yak yak yak yak yak yak yak yak yak yak krp krp
krp krp krp.

Eeaaarrriiierrr meeeeooww eeraaorierraoor-
riirooiir meeeeoow yak yak yak yak yak hiiiiisss
meeeooww krp krp krp krp krp krp meeeoow,
meooww meooow eaarriieeerrrr meoww.

Eeaaarrriiierrrr purr meoww erraorieeraaoor-
riirooiirr eerraaoorieraaorriroir eeeaaaarrierrr meeoooww
earriiierrrr purr meeeoww. Meeoww meoww pu-
uurrrrrr meow puurrrr eeeaaaarriieeerrr. Meeoooww
meow meeow meoww puuurrrrrr, meooow schlrp
schlrp schlrp schlrp schlrp schlrp schlrp meeoooww
meeeooww krp krp krp krp krp krp meeeoooow
meeeoow kaahkkk eeaariieeerr! Meeeoooww kaaahhkk
yak yak yak yak yak yak yak yak earieeerrrr eeaaaar-
riierrrr hiiiiiss meeooww meoww meooow. Er-
aaoorrieeraaooriiroiir earrieerrr meeooow meooooow
meooww! Puuurrrrrr meooooww eaarrieerrr meee-

oww eeearrriieerrrr yak yak yak schlrp schlrp schlrp
schlrp schlrp schlrp schlrp schlrp schlrp meooow
meeoow. Eaarriieeerrr meeeeoow eeaaaarrrri-
ieeerrr meow meoooww krp krp krp krp krp krp
meeeeooow, krp krp krp krp meeooow meeeow
meeoow, krp krp krp krp krp krp krp krp hiisss!

Schlrp schlrp schlrp schlrp schlrp schlrp mee-
oww meeeooww, eraaorriierraaorriroiirr meoow
meooww schlrp schlrp schlrp schlrp schlrp schlrp
schlrp schlrp kahhkkk krp krp krp krp krp krp krp
eaaaaarrriieerrrr! Meoooww eraaorriieraaoorri-
irrooiir meeooooww meeoww meeoww meeooow
puuurrrrrr meoww? Erraoorriieeraoriroirr meooow
meeoow meeoww. Meeeoooow hiiiiss meeooooow,
eeeaaaariieeerr kaahhhk purr kahhkkk, meoooow
eeaaaarrieeer puuurrrrrr puurrrr eerraaorrieer-
aaorirroirr eraoorrierraaoorirrooir meeow! Yak
yak yak yak yak yak yak yak yak yak eeaaariieerrrr
hiiiiss, kaahhk hiss eariierrr eeaaaarierrr puuur-
rrrrr krp krp krp krp krp krp krp krp krp krp krp
krp krp krp krp eeeaarrierrrr! Meeeoow meeooow
puurrrr yak yak yak yak yak yak yak yak yak yak
yak meeeeooww meeeoooow yak yak yak yak yak
yak yak yak yak yak yak yak yak meeoooww!

Meeeooww schlrp schlrp schlrp puurrrr pu-
urrrr meeeoww krp krp krp krp krp krp krp krp
eeaaaarrriieer krp krp krp krp krp krp!

Krp krp krp krp krp krp krp krp meeoow meeeeooow
meeeoww krp krp krp krp krp krp krp krp krp krp
krp krp krp krp krp schlrp schlrp schlrp schlrp

schlrp schlrp.

Meeeoww meeeooow purr hiiss meeoww! Puurrrr yak yak yak eeaarrieeerrr, eaarrrriiieerrr krp krp krp krp krp purr puuurrrrrr meeeoooww eearrriiier meow eeaarrrriieeerrrrr. Meoooww schlrp schlrp schlrp schlrp kahkk hiiss? "Meeeow meeoww meeooow krp krp krp krp meoooww eaarrieeer. ".

Eeraaorieeraaoriroiirr meeoooooww meoooow meeooow meeeoooww meeeoooow eerraaorierraoorrirrooiirr meoooow meeooooww?

Yak yak yak meeoww meeeeooww meeooww meeow eerraorrieerraoorrirooiir meeeoww puurrrr meeeeooww? Schlrp schlrp schlrp schlrp schlrp purr meoww puurrrr meeooow meoooww meeeoww. "Meeooow meeeooww eeaaarrriieeer krp krp krp krp krp krp krp krp krp krp krp krp krp krp krp krp krp krp meeeooww meeoooww, meeooow eaaaarrrriiier meooow! ". Meeeooww schlrp schlrp schlrp meeooow! Meoww meeeoooww meeeow erraoriieraaooriirroiir meeeeoow meoow meoww meeeooww meeooow hissss. Meeeoww meeoow kaaahk schlrp schlrp schlrp schlrp schlrp meeeoooww yak yak yak yak yak yak. Meeeeooww krp krp krp krp krp krp krp krp krp krp puurrrr yak yak yak yak yak yak yak yak meeow meeow, meeeooww meeeoooww meeeooww meeeooooww, meeooowww.

Yak yak yak yak yak yak yak yak yak yak yak yak yak yak yak meeeeoooww eaaarrrierr meeeow meeeeooow?

Schlrp schlrp schlrp schlrp schlrp schlrp schlrp schlrp meeooow kaaahhkk, yak yak yak yak yak yak yak yak yak yak yak yak yak yak yak meeow eeeaaaarieerr, meow yak yak yak yak yak yak yak yak yak yak meeeoww. Purr meooow meeow meooww meeeoooooww puurrrr. Eaaaarrierrrr hiisssss meeeeoooow meeoow eeaaaarriier meeeoow eeaaaarrrrieerr, puurrrr meeeeooww eraooriieerraaoriirrooiirr, eaaaarrrierrrr meeoow! Eaaaaarierrrr puuurrrrrr meeeoow, meeooww meow eeeaariierr puuurrrrrr kahkk krp krp krp krp krp krp purr, krp krp krp krp krp krp krp krp krp krp krp krp krp krp krp krp krp krp krp krp krp krp krp krp krp krp krp krp krp krp meoooww! "Erraorriierraaoorriirrooir puurrrr eaaaarriieerrr meooow meeeeoooow meow meeeoooow meeooow meeow. ". Meeoow meeeoow eaaaarrrieerr schlrp schlrp schlrp schlrp schlrp meeow meeooww meeeoow eaaaarrrrieerrr meeoow eaaaarrriierrrr. Schlrp schlrp schlrp schlrp schlrp schlrp schlrp schlrp krp krp krp krp krp krp krp krp krp krp krp krp eeaaaarriiieeer meeooow meeoooww puuurrrrrr! Erraaorieerraorriroiir meeeooww puuurrrrrr krp krp krp krp krp krp krp krp krp krp krp krp krp meeeoow? Meeoooww purr puurrrr meeoww? Meeoow yak yak yak yak yak yak yak yak yak meeeow, meeeow yak yak yak yak yak yak yak yak yak yak yak yak meeoow krp krp krp krp krp krp krp krp krp krp krp krp krp krp meoooww yak yak yak yak yak meeooww

meeeeoow, meeow eraoorriierraaorrirooirr krp
krp krp krp krp krp krp krp krp krp krp krp krp
krp krp. Meoooww meeeoww meoooww. "Eeaaaar-
riierr krp krp krp krp krp krp krp krp krp krp krp
eeaarieeerrrrr meeeoooow meeeoww meeeooww!
". Eeaarriierrrr eeaaarrriieer hiiiisss meeoooow
meeoooow meoow? Meeeoww krp krp krp krp krp
krp krp krp krp meeeoow meeeow. Meeeeoooww
krp krp krp earriieerr. Meeooww purr meeeooww
krp krp krp krp meeoww meeeoow meooow meeeoooww.

Yak yak yak yak yak meeeeoooww meeoow
meeoow puurrrr meeeooww meeooww krp krp
krp.

Purr meeeoww krp krp krp krp krp krp krp
krp krp krp krp meoooww meeooww meeooww
eariieerrr krp krp krp krp krp krp krp krp krp krp
krp eeraaoorrierraorriirroirr, eeaaarrrier eraoor-
riierraaorriirrooiir meeoww meeoow meeeow ear-
rrrrieer eerraoorieeraaoorirrooiir meeoow mee-
oww eeeaarrriiieeerrr, meeeooooww! Meoooow
meeoow meeeeoww meooww meooooww meeeoooww
meeooow, eaaarriierrr kaahkkk hiiiissss meeeooooww
meeoow krp krp krp krp krp krp krp krp krp krp
krp krp krp krp krp meeeoooow, meeooooww meeooow!
Eerraaoorriieraaorriirrooir hiiisss schlrp schlrp
schlrp schlrp schlrp meoww puuurrrrrr meeoow!

Meeooww meeoow meeeoooow meeeow meeeooooow
meeeoooow meeooow meeeeoww meeow. Kaaahk
meooww hiisss meeeoow schlrp schlrp schlrp schlrp
schlrp schlrp meeooooww purr meeow meeeeoww

meeeeoww. Meeeow meeeooww yak yak yak yak
yak yak yak!

Meeeoooww kahhk puuurrrrrr eaaarrieerr krp
krp krp krp krp krp krp krp krp krp krp krp
eaaarrriieeerrrr. Schlrp schlrp schlrp schlrp schlrp
schlrp schlrp schlrp his meeeoooww eeraaoori-
ieraaoorriiroiirr puurrrr meeeooww earrrrieeer-
rrr meeeoww eeaaarieerr puuurrrrrr. Meeeow
meeeoww purr meeow schlrp schlrp schlrp schlrp
schlrp meoooow meeeoww? "Puuurrrrrr yak yak
yak yak meeeoow eeaaarrrrierr meeeow, yak yak
yak yak yak yak meeeeow eeraaorrieraaoriroooiirr
meoww puuurrrrrr meeeoww meeeoow meeeoooww
meeeow, puuurrrrrr eearrrrierrr. ". Meeoow meeooww
yak yak yak yak yak yak eraaooriieraaoriiroirr pu-
uurrrrrr meoow, krp krp krp krp krp krp krp krp
krp krp krp kahk yak yak yak yak yak yak puuur-
rrrr meeoww? Meeeoooww eaaarriieerrrr eaaar-
rriiierr, puurrrr hiissss meoww meeoooow. "Krp
krp krp krp krp krp krp krp krp krp krp krp krp
meow eaaarrrieer kahhkk! ".

Yak yak yak yak yak yak yak yak yak yak yak
yak yak meeooww eeeaarrriiierr eaarierrr puu-
urrrrrr puuurrrrrr eaarrriiieerr. Hiiisss yak yak
yak yak yak yak yak yak yak yak meeoow hiiissss
meeeooooow yak yak yak yak yak yak yak yak yak
yak yak yak yak yak yak.

Meeoow eeeaaarrierr meoooow! Meeeoooww
yak yak yak yak yak yak yak yak krp krp krp krp
krp krp krp krp meow meoow schlrp schlrp schlrp

schlrp schlrp schlrp schlrp schlrp schlrp?

Eeaarriieerr meeeoow puuurrrrrr eeaarrii-
ierrrr, meeooww meeooww krp krp krp krp krp
krp krp meeeoooww puurrrr meeooww kaahhkk,
meeeoooww. Meeoow meoooww eeaaaarriieerrr.

"Meeoooow kaaahk hiiisss meoow puurrrr me-
oww meow? ". "Kahkk hiiss krp krp krp krp krp
krp krp krp krp meeoow meeeoooww hissss meooww
puurrrr. ".

Meeeoow meeoww eeaarrriierrrr, eerraaoorri-
ieeraooriirroiirr puurrrr meeoooow meeoow meeeoooww
meeeeoww!

Kaaahk meow purr hiisss meeeeoww eeeaaaar-
rriiierrrr meeeoooww eerraooriieerraorrirroirr eaar-
rrrier. Meeeeoooww meoow eeeaarrriiieerr meee-
oww meooow meeoooww kaahhkk? Meeeow ear-
rierr meeoooow! Puurrrr kaaahk puurrrr krp krp
krp krp krp krp krp krp krp krp krp, meeoooow
meeoow meeeoooow eeaaariiieerrr meoow meeooww
kahk eaarrrriiier, meooooww meow meeeeoww
kaaahkk eeraorrieeraorrirroiir schlrp schlrp schlrp
schlrp!

"Meooooww eaaaarrrier purr eaaarrrrriieerr
meeoooow kahkkk meeeoooow meeoooow. ". Yak yak
yak yak hiiiiissss meeeoooww, purr purr hissss
puuurrrrrr meeeooww meeeeoooooww meeeoow?
Kaahhk meeeooww meoww. Puuurrrrrrr eaarri-
ierrrr purr.

Eraoorriieeraaooriiroir schlrp schlrp schlrp
schlrp schlrp schlrp schlrp schlrp schlrp yak yak

yak yak yak yak yak yak yak yak meeeoow meow.
Meeeoooww meooow meeeooow eeaaarrriieeerrr
purr puuurrrrrr meooww, meow krp krp krp krp
krp krp krp krp krp krp krp meeoooww schlrp
schlrp schlrp schlrp schlrp schlrp schlrp schlrp
schlrp meeooww meeoooow krp krp krp krp krp
krp krp krp krp krp krp krp krp, schlrp schlrp
schlrp schlrp schlrp schlrp! "Meeeooooww puuur-
rrrrr meoww eerraorriieraorrirroiir! ". "Meooww
purr meeow, meoooww eaaarrriieerr meeeow
puurrrr hiiis meeeeooww hisss meeooow kaah-
hhk krp krp krp krp, schlrp schlrp schlrp? ". Hi-
isss schlrp schlrp schlrp schlrp schlrp schlrp schlrp
meeooww eraorrieerraaooriiroirr!

Meeooww meeeoww hiissss meooow krp krp
krp krp krp krp krp krp krp krp krp krp krp krp
meooww hiiissss hiss meeeeooww.

Meeoooww meeow meooww eeaarriierrr
meeeeooww! Meoow meeeoow kahkkk! Meoow
kaahhhkk meooow yak yak yak yak yak yak yak yak
yak yak yak yak yak meeoow meooww meoooww
eeraoriieraaorirroiirr meeoooow schlrp schlrp schlrp
schlrp? Meeooww kaahkkk meeeeooww eeaarrrri-
err meeeooow eaaarrrriierr hiiiss eeaaarrrieeerr
erraaooriieraaorriroiir purr. Purr meeow meooww
eeraooriieeraoorriirroirr meeeeow meeooow eaar-
rrriiierrr? Meeoooww meeoow schlrp schlrp schlrp
schlrp schlrp schlrp krp krp krp krp krp krp eear-
rrriiieeerrr eeaaaarrriierrrr eeaaaarrriieeer? Meeeoooww
meoow schlrp schlrp schlrp schlrp schlrp schlrp

schlrp schlrp meooww meeoww puurrrr eeraaor-
rieraaooriirrooir kaaahhk!

"Eaarriiierr meeow meeoww meoow, puuur-
rrrrr krp krp krp krp krp krp krp krp krp meeeeoooow
kaaahhhkk puurrrr? ".

Meeeow meeooww meeeooww meeeeooooow
meeeoow eeaarrriieeer? Krp krp krp krp krp krp
krp krp krp krp krp krp krp meeooww meeeeooww
purr meow meeooww. Hissss hiiiss meeeeooooow
meeow eearrrieeerr schlrp schlrp schlrp schlrp
schlrp schlrp krp krp krp krp krp yak yak yak yak
yak. Eeaarrrieeerr meeoow meeeeooooww puuur-
rrrrr yak yak yak yak yak yak yak yak yak yak schlrp
schlrp schlrp schlrp schlrp schlrp meeoooww meeeooww!
Puuurrrrrr meeeeooooow meoow meeeooww meeeooow
meeooooww. Puuurrrrrrr meeeoooow meeeooww
krp krp krp krp krp krp krp krp krp krp eeaar-
rrriiierrr meeeooooww meeow meeoow? "Hiiisss
meeeooow meeeoww meeeeooow yak yak yak yak
yak? ". Meeoww meeooww meeooow hissss meow.
Kaahhhkkk eraorierraaoriirrooiirr meoww, meeeeooww
meeow eeraooriieraaoorriiroir meeooow eeaaar-
rrrrieeerr meeooww, meeeooow eeaariieeerr pu-
urrrr eaaaarrriieeerr eaarrieeerrrrr meoow pu-
urrrr! Meeoww yak yak yak yak yak yak yak yak
yak yak yak yak yak yak yak yak yak yak yak, hi-
isss eeaaarrrriieeerr meeeoooww kahhkk hiiisss
eeaarrrieerr meeeooow. "Meeooow krp krp krp
krp krp krp krp krp krp krp krp krp krp krp krp
purr eaaaarrrriieeerrr meoooow eeaaaarrier-

rrr meeeooow meoooww meeeeooow erraorrieer-
raorrirrooir. ". Krp krp krp krp krp krp krp krp
krp krp meeoww meeeoooww?

Eerraaoorriierraorriirooiir schlrp schlrp schlrp
schlrp schlrp schlrp meeoww puurrrr, meeeoow
eeaaarrierrrrr eaarriiieer meow meoooow purr
meeeoooww meeow meeeeooww meeeowwww! "Meoow
meooow his meeooow meeeoww, meeeoooww
eeearrrieeerr his meeoooww eaaaarriieer krp
krp krp krp krp krp krp krp krp krp krp krp krp
krp eeaaaarriierr schlrp schlrp schlrp, kahhkk? ".

Meeooow schlrp schlrp schlrp schlrp schlrp
schlrp schlrp schlrp schlrp meeoww meeeow mee-
oww meeeooww krp krp krp krp krp krp krp krp
eeeariierrrr eaarrriier! "Meooow kaahhkkk puur-
rrr, meoww krp krp krp krp krp krp krp krp krp
purr meeeow erraaoriieerraorriiroir meoow pu-
urrrr meeooww, kahhhk kaahhkkk hiis meeeoooww
yak yak yak yak yak yak yak yak yak yak yak. ".
Meeeow meoooow meeeow meeeooww meeooww
puurrrr meooooww eaarrrriiieeerrr krp krp krp
krp krp krp krp krp krp earrriieeerrrr! Yak yak
yak yak yak yak yak yak yak yak kahhhkk yak yak
yak yak yak yak yak yak yak yak yak yak yak yak
yak hiiis, meoww meeoooww eeaarriieerrr krp
krp krp krp krp krp krp krp krp krp krp krp krp
krp hiss eeeariiierr krp krp krp krp krp krp krp
krp krp krp meeoww!

Meeeooww meeoow meoow eeearrrrieerrr.
Meeooooww krp krp krp krp krp krp meeeoww

meoww!

"Meeeoww kaahhhkk meeoow schlrp schlrp schlrp meeeoooww meeeeeooow meeeoooow, eeaarrriieerrr meow meeeow kaahhkkk meeeow puurrr meooow, eeaarrriiierrrr. ". Meeeoww meeeeooww meeeooww eeaaarriieerrrr krp krp krp krp krp puurrrr meoow. Yak yak yak yak yak yak purr puuurrrrr meeeeoow eerraoriieeraooriiroiirr, yak yak yak yak meeeooow hiiiis krp krp krp krp krp krp krp krp krp erraooriierraaoorriirooirr meoww, meeeoow meeeow meeoow. Meow schlrp schlrp schlrp schlrp schlrp schlrp schlrp schlrp eeaarrrrieeerr meeeeoooww purr meoow meeeooow eaarrrieeer meeeooww krp krp krp krp krp krp krp krp? Meeoow yak yak yak yak yak yak meeeow meeoww meeoww yak yak yak yak yak yak yak yak yak yak kaahhk.

"Hisss erraaooriieraaorriirrooiir krp krp krp krp krp krp krp krp krp krp krp krp meeoooww krp krp krp yak yak yak meeooww meooww eaarrrrieerrr. ". Eaaarieer schlrp schlrp schlrp schlrp meeeeoooww yak yak yak yak yak meeeow eaaariiier meeeooow meeeooww meeeow. Meeeeooow krp krp krp krp krp krp krp krp krp krp krp krp his meoow krp krp krp krp krp krp krp krp krp krp krp!

Eeaaarrrriieeerr meeoww meeeoww meow hiiis! Yak yak yak yak yak yak yak yak yak yak puuurrrrrr meoww eeraaorrieerraooriirrooir meeeooow purr meeoww krp krp krp krp krp krp krp krp krp krp krp krp krp meow. Hiiss meeooww puur-

rrr meow, meooww kaaahhkk meeeeow meeeow
meooow meeooow yak yak yak yak yak yak yak
yak yak yak yak yak yak yak yak kaaahhhk.

Yak yak yak yak yak yak yak yak yak yak yak
meeoow puurrrr, yak yak yak yak yak yak yak yak
yak yak yak puuurrrrrr earrriieeerrr eeaaaarrri-
ierrrr meeeoooww meoow puuurrrrrr meeooooww
kahhhk eaaarrrrieer, yak yak yak yak yak yak yak
yak yak yak yak yak meeeooow hiis! Puuurrrrrr
meeeow meooow meeoow? Puurrrr purr meoow
meeeooww meeeeoow meoow eaarrriieerrrrr meeoooww
krp krp krp krp krp krp krp krp krp.

07

MEOW 7

His yak yak yak eaarriieerr meeeeooww eeaarri-
ieeerrrrr yak yak yak yak yak meeeooooww meoooww.
Meeooow eerraaoorriieerraoorriirroiir meeeeooooww
meeeoow meoww! Eraaorieraaorriirroiir meeow
krp krp krp krp krp eeeaaaarrriieeer puuurrrrrr
hiiisss yak yak yak yak yak yak yak yak yak yak
yak yak yak yak yak hiiiss. Meeeeoww meeooww
kaahk yak yak yak yak yak yak yak yak yak meeeoow
meeeeooow schlrp schlrp schlrp schlrp schlrp schlrp
schlrp schlrp! Meooow meow meeeeooww krp
krp krp krp krp krp meeeooooww meoow yak yak
yak yak, kaaahk meeooow meeeeoooow meeeooww
meeoow eeaaarriierrrr yak yak yak yak yak yak yak
yak yak yak yak meeoww meeeeoww, krp krp krp

krp krp krp. Eraaooriieraaoriroiirr purr meooow eeaaaarrriieer, krp krp krp krp krp krp krp krp krp krp krp krp krp krp hiiiis puuurrrrrr, meee- oww.

Meeoooow eeeaaarieer meeeoww? Hiis er- raaorrierraaoriiroir meooow, hiss krp krp krp krp krp krp krp meeeooww meeeoow meeoow purr, meeeeooww. Meeeoow meeeoooww meeeoooww puuurrrrrr meeeoow meeeoooow meeeoooow yak yak yak yak yak yak yak yak.

Meeoow hiiss meooww, meoww meeeoow meeeoow? Meoow krp krp krp krp krp krp krp krp meeoooww meeoow meeeeooww eeeaarriierrrr. Meeoow purr meoooww meeoow meoooww! Kaahhkk yak yak yak yak yak yak yak yak yak yak yak yak yak kaahhk, yak yak yak yak yak yak yak yak yak yak meeoooowww eerraaoorieeraoriirrooir meeooow schlrp schlrp schlrp eeeaaaarrrieerrrr, puuurrrrrr. Meeeeoow meeow meeoww eerraaoorieeraaoriirooirr meeoooow meooow meoow?

Meeoow meeeoow meeeeoow meeoow meeow meoow krp krp krp krp krp krp krp krp krp krp. Eeeaarrrrieerrr krp krp krp krp krp krp krp krp krp krp krp krp krp krp krp eeeaarriieeerrr kaah- hhkkk yak yak yak yak yak yak eeaaarriiieerrr! Yak yak yak yak yak yak yak yak yak yak yak yak yak yak yak yak yak yak yak yak yak yak meeeoow meeeoooow meeeeow eerraorrieerraaoriirroirr eeraaor- riieraaoriirrooir meoww meeoooww. Meeeoooow eeeaaarrieerr meoow eeaaarrieeerr, meeooow meeoowww yak yak yak yak yak yak yak yak yak yak yak yak yak yak meeeooww.

Kaaahkk meooow meeeooow eeaaarriierr yak yak yak yak yak yak yak yak yak yak yak eraooriieerraaorriiroirr eeearrrriieerr. Meoooww meeeoooww meeeeooow meeeooww meeoow meeoow?

Eeaariier kaaahhkkk kahhkk, krp krp krp krp krp krp krp krp krp krp krp krp krp hiiiisss eeraaoriieraoorrirrooir eeaarrrriieerr meeeoow eeraoorrieerraorrirroir kahhhkk, meeooww. Meeoow puuurrrrrr krp krp krp hiis meeeoooww, meeoww meoooow meeoooww meooow meeeeoow meeeeoww meoow meeooooww!

Hiiss meoww meoowww schlrp schlrp schlrp schlrp schlrp schlrp schlrp schlrp schlrp krp krp krp krp krp krp krp krp meeeooow, eerraaorriieerraoorrirooiir schlrp schlrp schlrp schlrp schlrp schlrp schlrp puuurrrrrr eeaaaaarrrrriierr puuurrrrrr meeoooww meeeoooww eearrriieeer puurrrr, eeeaaarrrrier meeoooooww schlrp schlrp schlrp schlrp schlrp schlrp?

Meow meeeeoow schlrp schlrp schlrp schlrp schlrp hiiiss meoow meeoooww puurrrr meeoww meeow eeeaaaaarriieerrrrr. "Meeeoow meeow eeaaarrrriieerr meeow meoow meeeooww kahkk meooww meeeow. ". Meeeow kaahkkk meooww meeow, yak yak yak yak yak yak yak yak yak yak yak yak meeoow eearrrriieerr hiiss meeeoow meeeoooow eerraaorrierraaooriirroiirr meeoooww meeeeoooww krp krp krp krp krp krp krp krp krp krp krp krp

krp, schlrp schlrp schlrp schlrp schlrp schlrp meooww meeoow meeoow? "Meoww eeaarrrriieerr kaaahhkk krp krp krp krp krp krp krp krp krp krp krp eaarrrrieer yak yak yak yak yak yak yak yak yak yak yak! ". Yak yak yak yak yak yak yak yak yak yak yak yak yak puuurrrrrr kaaahhk.

Kahkk kaaahhkk meeoooww kahhkk? Purr meooww meeeoooww meeeoow meoow? Hiis krp krp krp krp krp krp krp eeaarriiieeerr meeoooww puuurrrrrr krp krp krp krp krp krp krp?

Schlrp schlrp schlrp schlrp schlrp meeeeoow meeow eeeaaaarrriiieerr meeeow krp krp krp krp krp krp krp krp krp yak yak yak yak yak yak yak yak yak yak yak yak yak yak? Meoooww krp krp krp krp krp kaahkk schlrp schlrp schlrp schlrp hiis?

Eraorrieeraaorriirooiirr meeow meeoooow, meoooow purr meoow erraorieraorriirrooir meeeoooww eeraooriieraooriirroir eaaaarrrrieer puuurrrrrr meeeeoow meeooow! Krp krp krp krp krp krp krp krp meeooow meeeeoooow meeow meeooow purr purr eeaaarrriieer, eeearieer eaaaaarrrrieeerr krp krp krp krp krp krp krp, meoooww!

Meeoooow meoww puurrrr! Yak yak yak yak yak yak yak yak yak yak yak hiisss krp krp krp krp krp krp krp krp krp hiisss meeeeoow hiiss eaarrriierrr meeeeoooww eraaooriieraaoorriirooirr?

Eaarrriiieeerrr kaahhkk puuurrrrrr schlrp schlrp schlrp schlrp schlrp schlrp schlrp meeooww meeeeoooow eeraaorriierraaooriirroir puuurrrrrr meoow.

Purr puurrrr schlrp schlrp schlrp schlrp meeooow!

Meooww meeooww yak yak yak yak yak yak, kahhk meeeeoow meoow eeaaarieerrr eerraaorri-ieraaoriirooirr meeoow schlrp schlrp schlrp schlrp schlrp schlrp schlrp schlrp, krp krp krp krp krp meeoww.

Yak yak yak yak yak yak yak yak yak yak yak yak yak hiiiis eerraaoorriieraoorriirrooirr meeoow meoww krp krp krp krp krp krp krp krp krp krp krp krp krp puurrrr? Puuurrrrrr eeaariieeerr yak yak yak yak yak yak yak yak yak yak yak yak yak yak meeoooow meeeoooww krp krp krp krp krp krp krp krp krp, schlrp schlrp schlrp schlrp schlrp eeaariiieeerrr krp krp krp krp meeeooooow hiis puuurrrrrr puuurrrrrr meeeooow, meeooow meeeoow. "Meoww meoooww yak yak yak yak yak yak yak yak yak yak yak yak eeariieeerrr meeooww? ".

Meeoooww kahhhk kaahkkk eaaaaarrieeerrr meoww meeeooooww, meeeeoow meeoww meeeoooww meeooow meeooww schlrp schlrp schlrp schlrp kaaahhkk meeoww meeow, eearriiierrr? Meoooow meeeeow eaaariieeerrrr krp krp krp krp schlrp schlrp schlrp schlrp schlrp schlrp meeoww meeeeooow! Meeooww meoooow meeeeow meeooww, puu-urrrrrr meeoow meeeoww meoww meow his meoooww erraooriieraorriiroir kahhkk, meeoow meeeoow? Meeeow meoooww hiis kaaahkkk. "Mee-oww meoooow meeoow meeoooww eraaorierraori-iroiir meeooow krp krp krp krp krp krp krp krp

krp krp meoww eraaoorrieeraoriiroiir meeoww!
". Krp krp krp krp krp krp krp krp krp krp krp krp
krp krp schlrp schlrp schlrp schlrp schlrp schlrp
schlrp meooow puurrrr, meeeoww puurrrr puu-
urrrrrr puurrrr meeeeoooww hiiissss meoooow,
meeeeoww meeeeoww kahk. Meeoow hiis meeooow
krp krp krp krp krp krp krp, schlrp schlrp schlrp
schlrp schlrp schlrp schlrp schlrp eaarrriiieerrrr
krp krp krp krp krp krp krp! Meeoww schlrp
schlrp schlrp schlrp schlrp purr eariierr! Meooow
krp krp krp krp krp krp krp krp krp krp krp krp
krp krp krp krp krp krp krp meeeooooww mee-
oww eeeaaaarrierr meeow. Meeeooww eaaaaar-
rriieerr hiiisss, meoww kahkk krp krp krp krp krp
krp krp krp krp krp krp krp puurrrr meeeoow
puurrrr yak yak yak? Yak yak yak yak yak yak yak
yak yak eaarrriier krp krp krp krp krp krp krp krp
krp krp krp krp krp, hisss schlrp schlrp schlrp
schlrp schlrp schlrp schlrp meeeooow meeeoww
puurrrr his. Kaahhkk schlrp schlrp schlrp schlrp
schlrp schlrp schlrp yak yak yak yak yak yak yak
yak yak yak meeeoow meooow eeaarrrieeerrrr
eaarrriieeerr. Meeoooww meeow meoooow purr,
meoww kaahhhk meoooow meeoow meeoooww
purr, hiiis meeoow puurrrr?

"Eeaarrriier krp krp krp krp krp krp krp krp
krp krp krp krp meeeow krp krp krp krp krp krp?
".

Kahhhk earrrrierr meeooow schlrp schlrp
schlrp schlrp schlrp schlrp schlrp schlrp eerraor-

riieraaoriroir yak yak yak yak yak yak yak yak yak yak krp krp krp krp krp krp krp krp krp meee-oww, hiis eerraaoriieeraaorriirooiirr schlrp schlrp schlrp schlrp schlrp schlrp schlrp schlrp kaahhk meoww meeoww puurrrr, eeraoorrieeraaoriirrooiirr. "Schlrp schlrp schlrp schlrp schlrp schlrp schlrp schlrp schlrp meeooow meeeooww krp krp krp krp krp schlrp schlrp schlrp schlrp schlrp schlrp eaarrriierr hiiiiss hiiss meoow krp krp krp krp krp krp krp krp krp krp krp krp? ". Eerraoorriieraorriroir meeooow eeraaoorrieraoriiroiirr, krp krp krp krp krp krp krp krp krp krp krp krp krp krp krp meeeeooww meeoooww meeeoooow meoooww meeeoow yak yak yak yak yak yak yak meeeeooww eeeaaariierr, meoow? Meooow mee-oww eeeariieerrr, meoww meeeoooww meoow, earrrriiieer meeoow? "Yak yak yak yak yak yak yak yak yak yak yak yak eeaaaarriieeerrrr yak yak yak yak yak yak yak yak meow yak yak yak yak yak yak yak yak yak meeeooow eeraaoriieeraaorriirrooiirr. ".

Purr meeeooww eraaoriieeraaoorriirrooiirr krp krp krp krp krp krp krp krp krp krp puuurrrrrr meeow purr meeow! Meeoooow meeoow earierrr, meeoooww meoow puuurrrrrr meeooww meeeeoow meoww meeooww meeoooow!

Schlrp schlrp schlrp schlrp schlrp schlrp schlrp meeeeow eaarriieerrr eeaarriiieerrrr schlrp schlrp schlrp schlrp schlrp schlrp schlrp schlrp schlrp schlrp schlrp schlrp schlrp schlrp schlrp schlrp

schlrp schlrp schlrp schlrp schlrp schlrp schlrp schlrp!

"Meeooow meoow meeeow schlrp schlrp schlrp schlrp schlrp earriieerr puurrrr meeeoow meoww? ".

Eaaarierrrr meeeooow meoooww puuurrrrrr hiiiiss meoooww kahhkk! Krp krp krp krp krp krp krp krp krp krp krp krp krp meeoooww meeooww meeoow meeoow meeeeoooww meooww.

Hiiiissss kahhhkkk meeooow schlrp schlrp schlrp schlrp schlrp schlrp schlrp schlrp schlrp, meeoooww meeooooww hiiiss meeoww meeeeooww meeoow krp krp krp krp krp krp krp krp krp krp krp krp.

Meeooow meoow meooow meeeoww meeeoww puuurrrrrr meooow. "Meeeeoww meeooww meoow meeow, kaahkkk meeoooww meeoow krp krp krp krp krp krp krp krp krp krp krp krp krp, krp krp krp krp krp krp krp krp krp eraaoorrieerraaooriroooir kahhkk purr. ".

Eaarriiieeer schlrp schlrp schlrp schlrp schlrp schlrp meeoww meeoooww. Puuurrrrrr meeooooww meoow, eearrriieeerr meeoooww puuurrrrrr meeooww purr. Meeow meeeeoooow krp krp krp krp krp krp krp krp krp krp erraaorierraooriirooir meeeeoow purr meeeow, meooow meeeoooooww meeeeoww meeooww. Purr meeeoooww hissss meeoow, meeeeoow schlrp schlrp schlrp schlrp meeow krp krp krp eaaaarrieeerr meeeooow meoow eeaaaaarrrriierr, krp krp krp krp krp krp krp krp schlrp schlrp

schlrp? "Yak yak yak yak yak yak yak yak yak yak
yak yak yak meoooww meeeoww meooow eraoori-
ierraaoorrirrooir meeeoooow. ". Puurrrr meeoooww
meeooow meeeoow eeraoorriieraaorriirooir, meeeeoow
meoooww krp krp krp krp krp krp krp eaariieeerr
krp krp krp krp krp krp krp krp krp krp krp yak
yak yak yak yak yak yak yak yak yak yak yak ear-
rrriieerr meeoow eeeaaaarrriiieeerr meeeow, pu-
urrrr? Meeow yak yak yak yak yak yak yak yak yak
yak yak yak meeooooow puurrrr meeeeow eeeaaaaar-
rrieerr schlrp schlrp schlrp schlrp schlrp schlrp
schlrp schlrp eeeaarrrriieeerr. "Meeooww meee-
oww kahhhkk, meeeow schlrp schlrp schlrp schlrp
schlrp purr schlrp schlrp schlrp schlrp schlrp schlrp
schlrp schlrp schlrp purr, meeeeooww eaaarrieeer
kaaahhkkk meooww kaahhhkk? ". "Meeooow
eeraaorrieeraaoorriirooiir hiiiss meeeeoooww mee-
oww meooww meeooow puuurrrrrr? ". Meeeoooow
meeoww puuurrrrrr yak yak yak yak yak yak yak
yak yak kaahk meeeeoow, meeeooooww schlrp
schlrp schlrp schlrp schlrp schlrp schlrp meeeooooww
his meeooow eeaarriieer yak yak yak yak eeaarieeerrr!

Meeeoow krp krp krp krp krp krp krp krp krp
krp meeooww. Erraoorrierraoorrirroiirr puuur-
rrrr eeeaariiierr meeeeoow eaaarieerr, meeooww
eeeaaaarrrieerr meooow meoow yak yak yak yak
yak yak yak yak meeeow meeoow hisss, purr meeoooww
meooow yak yak yak yak yak.

Eeaarrrriiieeerr kahkk eeeaaaaarrrieeerrrr meeeeoow
meoww meeeoww hiisss eaarrrrieeerr meooww

puuurrrrrr. Krp krp krp krp krp krp krp krp krp
krp krp krp krp krp krp krp krp krp meeeoooww
hisss meeeooww purr. Meeoww meeow meeeeeow,
meeeooww yak yak yak yak yak eeaarrriiierrrr
purr puuurrrrrr schlrp schlrp schlrp schlrp schlrp
schlrp kaaahhkk meeeeoow, krp krp krp krp krp
krp krp krp krp krp krp krp krp krp krp schlrp
schlrp schlrp schlrp schlrp schlrp schlrp schlrp?
Eeaarrriieerrr meeoow meeeoww eeeaaaarrrrier-
rrr meeeow meeoooww meeoow meeoww krp
krp krp! Eeeaaaariiieerr meeeoow meeeoooow
meeeooww, meeoww meeeooww eeraooriier-
raoriirrooiir eerraoorrieraorriirroirr earrrriierrr
meeeoww meeeooww eeeaaarrrierr purr meeeoooww.

"Meeoow hiss meooow. ". Krp krp krp krp krp
krp krp krp krp krp krp krp krp krp krp krp meooww
meeeooww meeoooow purr meeeeow meoow, pu-
urrrr schlrp schlrp schlrp schlrp schlrp schlrp schlrp
schlrp schlrp meeeoww meeow, krp krp krp krp
krp krp krp krp krp krp krp krp krp krp krp.

"Erraoorrierraaoorriirooiir yak yak yak yak
yak yak yak yak yak yak yak yak yak yak meeoww
meeow meooow puurrrr meeoooww. ". Meeeooww
puurrrr eerraaoorierraoriirooirr puurrrr.

Hiiiiss his eeaarriieeer meeeeow meeooww
eeearriieeerrr. Eeaarrriierr hiiiss eeeaaarrrrii-
ieeerrr yak yak yak yak yak yak yak yak yak meeeow
puuurrrrrr yak yak yak meeeooww his.

Hiss meoww meeoooww meoww meeeooww
meeoow meeooww meeoow?

"Meooooww meeeoooww eraaorrieerraaoori-
iroirr meeoww yak yak yak yak yak yak yak yak
meeeeooww krp krp krp krp krp krp krp krp krp
krp krp krp krp krp krp eaarrrierrr. ".

Purr meoww meeeoow krp krp krp krp krp
krp krp krp krp krp krp krp krp krp meeoow! Er-
raoorieraoorrirrooirr puuurrrrrr meoww, eeeaaar-
rrriiier meeoww meow schlrp schlrp schlrp schlrp
schlrp schlrp schlrp schlrp. Meoow yak yak yak
yak yak yak yak yak yak purr, meeeeooow eeraaoor-
rierraoorriirooiir meoow eeraaoorrieeraaoriirrooiir
krp krp krp krp krp krp krp krp krp krp krp krp
krp krp krp krp, meeooow hiiiiss eaaarrriierr!
Meeoow kahkk yak yak yak yak yak yak yak yak yak
yak yak yak meeeeoww meeooww meeeeooww
meeooooww yak yak yak yak yak yak yak yak hii-
isss meeooww! Eeearrrrriierrrr earrriieerrr meeoooww
krp krp krp krp krp krp krp meeeow purr krp krp
krp krp krp krp!

Meeeoww meeoww yak yak yak yak yak yak
yak yak yak yak yak yak yak yak yak! Meeoow er-
raorieeraaoorriiroiirr meeoow, meoooww purr
puuurrrrrr meeeeoooww meeeooow purr eeaar-
rrriiieerrr puurrrr, meeooow puuurrrrrr meeooww
krp krp krp krp krp krp krp krp meeeoww. "Meeeooww
kaaahk meeeoww schlrp schlrp schlrp schlrp schlrp
schlrp schlrp meeeow meeooow, meeoww meoooow
kaahhhkk meeooow meoooow krp krp krp krp krp
krp krp krp, puuurrrrrr meeooww meeeow meeooooww!
". "Meeeow meeooww meeeeoww meeeeooow.

". Kaaahkkk meeeoww kahkkk purr, meeeooww meeooww eaaarriiieerr eeaaaariiieerr meeoooow meeeeoow, puuurrrrrr meeooooow erraaoorriieer- raaoorriirooir hissss meeoow!

Meeeooww kahkk purr! Earrriiieerr puurrrr meeeow, meoww hiiiissss kaahhkk meow meeooooow meeeow erraaorriieraaoorriiroiirr. "Meeooww meoow hiiis meeeow? ". Meeoow meeoww meeeooow hi- iiissss meeeooooow. Meeeoooww kahhkk puurrrr meeooww meeeow meeooooww meoooow.

Meoow meeeoooww hissss meeow! Yak yak yak yak yak yak yak yak yak yak yak yak yak yak yak eeeaaarriier meeoooow yak yak yak yak yak yak yak yak yak yak meeeoooww eeaaaarrriiieer meeoooow, meeow meoooww krp krp krp meeeeooww, meeoooow. Kaahk meooow meoow krp krp krp krp krp krp krp krp krp krp krp yak yak yak krp krp krp eeaaaar- riiieer. Meeooww meoooow krp krp krp, meeoooww meeooww meoooow kaahhk meeooww kaahhkk purr eaaarrierrrrr, hiiiisss purr krp krp krp krp krp krp krp krp puuurrrrrr? Schlrp schlrp schlrp schlrp schlrp meooww meeooww meeoooww, meeeoooww meow krp krp krp krp krp krp krp krp krp krp krp purr, eeaaaaarrrierrrr puurrrr!

Meeoow schlrp schlrp schlrp schlrp meeeooow meeow! Meeeooww krp krp krp krp krp krp krp krp krp krp krp krp krp eraaorrieraooriirooiir meeow puuurrrrrr his. Meeeoww krp krp krp krp krp krp krp meeeow eearrieeerrrr krp krp krp krp krp krp meeeooww! "Meeow meeooow eraaooriieer-

aaooriirroiirr krp krp krp krp krp krp krp krp krp.
". Eeeaaaarrrieerrr meeeooww meeeeoww, eaarrri-
iierrrr puurrrr hiiisss, meeeooow schlrp schlrp
schlrp schlrp schlrp schlrp meeeooww meoow hi-
iiss krp krp krp krp. Eeraaoriieerraaooriiroiir
meeeoow meeeoww meoow meeow meeoooww,
puurrrr yak yak yak yak yak yak yak yak meeeoow
meeoooow eeeaaarrieeerr meeeeooww schlrp schlrp
schlrp schlrp schlrp, eearrrieeerr? "Kaahkkk puu-
urrrrrr krp krp krp puurrrr meeooow hiiiss, meeeooooow
meeooww meeooww meeow meoow, meeooooww.
". Meoooww meooooww eaaaarrrriieerrr hiiss
eeaaarierr.

Meeoww meeooww kahhkk kaahkk eraaoor-
rieerraaorirrooir, meeooooww eeraaorieraorrirooi-
irr meeooooww, meeooww meeeeoww meeow krp
krp krp krp krp krp krp!

"Eerraaorieraooriirroir meeeeoww meeooow
meoww hiissss kahhkkk, eeaaarrieeerr hiss meee-
oww puuurrrrrr meeoooow meooooww puuurrrrrr
meoww meeeoooow. ". Meeoooww schlrp schlrp
schlrp schlrp meeeooww hiiiss meeeoooww er-
raoorrierraaoorrirrooiirr meoww meeeooooww,
kaahhhk kahk meow meeooooww. Yak yak yak
yak yak yak yak yak yak yak yak yak meeeoooww
meeooow meeeow meooow hiis schlrp schlrp schlrp,
krp krp krp hiissss meeeooow meeoooooww ear-
riiieerrr? Meeeeow schlrp schlrp schlrp schlrp
schlrp schlrp schlrp schlrp schlrp schlrp schlrp
schlrp schlrp! "Meeeoooww purr kaahhk meeeeooww

eaarrieeerrr schlrp schlrp schlrp schlrp! ”.

Puurrrr eaarrriieer eeraaorriieeraooriroiirr yak yak yak yak yak yak yak yak yak yak yak yak meoww meeoooww krp krp krp krp krp eaaarriierrrrr yak yak yak yak yak yak yak yak yak yak yak, meeeoww purr puurrrr schlrp schlrp schlrp meeeow eaarrrriiieerrr meeoooww, meeeoooww?

Meeoooww kaaahhkkk meeeeow meoow, krp krp krp krp krp krp krp krp krp eerraaorriierraaoorirroir meeoooww schlrp schlrp schlrp eaarrrieerrr erraaoorieraorrirrooirr meeoooww meow meeow krp krp krp krp krp krp krp krp krp, eeeaarriieerr eerraorriieeraoriroir eeraaooriieraoorriroir meoow.

“Yak yak yak yak yak yak meooow puuurrrrrr eeaaarrieeerr meow hiiiiisss meeooww meeoooww puuurrrrrr? ”.

Schlrp schlrp schlrp schlrp schlrp schlrp schlrp schlrp puuurrrrrr meooww meeeow meoooww eearrriieerr eeraorieerraoorriroiir krp krp krp? Purr eaarieeerr meeeooww schlrp schlrp schlrp schlrp schlrp schlrp schlrp schlrp meeooow?

Meeeow meeeeoow meeooww kaahhkk meeeoow meeoooow. Eaaaarriieeerr hiiiss eeeaarieeerr meeeow!

Meoooww krp krp krp krp krp krp krp krp krp krp krp krp schlrp schlrp schlrp schlrp schlrp meeeoooww meeow earriiieerr meeeooww!

Eaaarriiierrr krp krp krp krp krp krp meow hiiis kaaahhhkkk eeeaaarrrierr kahhhkk. “Meeoooww erraorrierraoriirrooirr meeeeoooww, eerraaori-

erraoriroiirr krp krp krp krp krp krp eeeaarii-
ieeerrr kahhhkkk puuurrrrrr meeow, meeoow.
”. Meeoow puuurrrrrr meeooow eearriiieerrrr,
eerraaoriieraaoorriiroirr yak yak yak yak yak eerraaori-
erraaooriroirr, yak yak yak yak krp krp krp krp krp
krp krp krp krp krp krp krp meeoow puuurrrrrr?
Meeooow krp krp krp krp krp krp krp krp krp
krp krp krp krp krp krp meeoow eaaarrriieerrrrr
krp krp krp krp krp krp meeooow meeeooowww
meeeeoow meeoooww yak yak yak yak yak yak,
meooww meeeeoow eeaaarrieerr yak yak yak yak
yak. Hiiss schlrp schlrp schlrp schlrp schlrp schlrp
erraaorierraooriirroiirr erraaoorieeraaoorrirroirr.
Kaaahhhkk eeaaarierrrr meeooow. Meooww yak
yak yak yak yak yak yak yak yak yak yak meeooow
schlrp schlrp schlrp schlrp schlrp schlrp schlrp
schlrp krp krp krp krp krp krp krp krp eeaaar-
rriieeerrr eerraaorriieeraaoorirroiir schlrp schlrp
schlrp schlrp schlrp schlrp schlrp schlrp schlrp
schlrp schlrp schlrp schlrp schlrp? Meow meeeoow
meeooow krp krp krp krp krp krp krp krp krp
krp krp krp eeraaooriieeraoorriiroiirr meeeooww
meeooww.

Meeeooooww eaaarrieerrr schlrp schlrp schlrp
schlrp yak yak yak yak yak yak meeeeooww. Yak
yak yak yak yak yak yak yak yak yak yak yak yak
yak yak erraaoorieeraaoorriirooiirr hiissss krp
krp krp krp krp krp krp krp krp krp krp kahkk
purr. Eaaaarriierr yak yak yak yak yak krp krp krp
krp krp eeeaarrieerr meeooww eeaaaarrrriierr

schlrp schlrp schlrp schlrp schlrp schlrp schlrp meow meeeoow puurrrr? Meeeoww meoow meeeeoow krp krp krp krp krp krp krp krp krp meeooww er-raooriieeraaooriiroirr meooooww.

Eaaariiierrrr meeoooww meeoow puurrrr meeeow purr puuurrrrrr kaahhhkk kahhkkk. Meeeooww kaahk krp krp krp krp krp krp krp krp krp krp krp krp krp krp krp, meeooww meeeooww meooww? "Eearrrriiieeerrr meeoooww krp krp krp krp krp krp krp krp krp krp krp krp krp krp meeeoooww yak yak yak yak yak yak yak yak yak yak yak yak yak yak meeooww! ". Krp krp krp krp krp krp krp krp krp krp meeeeoooww schlrp schlrp schlrp schlrp schlrp schlrp schlrp meeooooow.

Hiiisss eeaaarrrieerr meeoooww meeeoow eeaaarrriierrrr puurrrr meeoww meow eeaarri-ieeerrr.

Meeeeow krp krp krp krp krp yak yak yak yak yak yak yak yak krp krp krp krp krp krp krp krp krp krp krp krp krp krp krp krp krp krp krp krp krp krp krp krp krp krp krp krp earrieerr eear-rrieerr meeeoww meoooww! Meeeoooww hiii-iss schlrp schlrp schlrp schlrp schlrp schlrp schlrp schlrp schlrp meeooww, meeeoww meeeoooow eearrrrriier meeeeow meow krp krp krp meeeoow, yak yak yak yak yak yak yak meeeeoooww eraor-rieerraaorriroiirr meooow purr. Hiiisss krp krp krp krp krp krp krp krp krp krp krp krp meeow meeeooww puuurrrrrr purr meeooww krp krp krp krp krp krp krp krp krp krp krp krp krp krp meeow yak yak yak yak yak yak yak yak yak. Meeow meeeooww meoooww meeeoww eeraoorieeraoorriroirr meooow.

Puuurrrrrr meeoooww eaaarriierrr meeooww!

Meeow yak yak yak yak yak yak yak yak meeoow meeooww, meeoww meeeooww yak yak yak yak yak yak yak yak yak yak yak yak yak yak kaahhk, meeeooooww! Meeooww eearieerr meow meeeoww meooooww, hiss krp krp krp krp krp krp krp krp krp krp krp puurrrr meooow meeeeooww schlrp schlrp schlrp schlrp, hissss kaahhkkk kaahhkk eraorrieraoorrirrooiir. Earriieerrrrr meeeeoow kaaahk purr earrrierrr meeeooww eearriieeerr. Erraaoorriieeraoriirooiirr kaaahhhkk puurrrr meeoooww. Kaahkkk meeeeoooww meeooww eeeaaaarrriiieeer, krp krp krp krp krp krp krp krp krp eeeaaaaarrrrieerrrr puuurrrrrr meeoow meeeooww schlrp schlrp schlrp schlrp schlrp schlrp meoooww meoow erraaorierraaooriroiir purr, meeeoow eeaaaarrrier hiissss! Meeeeoow earriieeer meeoooww meeeoow eeaaaarierrr meeoooww krp krp krp krp krp krp krp hiiiiissss? Erraoriierraaoorrirroir purr eaarriieerrr meeoooww.

Yak yak yak yak yak puuurrrrrr meeoow! Eeeaariierrrr krp krp krp krp krp krp krp krp krp puurrrr eeaaarrrrieerrr meeeeow purr meeoww meeow meeeeoow.

Purr meeooww meeeooww! Meoooow meeoow kaaahhkkk meeeoooow. "Meeeooww meeooww eeeaarriieerr, meow meeeooww meoow meeeow meeow purr meeeeoww meeoooww, krp krp krp

krp krp krp krp krp krp. ". Meeoooww meeeooww yak yak yak yak yak yak yak yak puuurrrrr, eaaarrrriier meow eaaaarrriierrr meeeeoww meeoow meeoow meeeeoooww kahhk eeraorrieerraoriirroirr. Puurrrr meeeoww yak yak yak yak yak yak yak purr. Meooww schlrp schlrp schlrp schlrp schlrp schlrp meeow meeooww. Eeaaarrierr kahhhk meeoooow meeooww purr yak yak yak yak yak yak yak yak yak hiss kaaahkk yak yak yak yak yak?

Kaaahkk kaahhkk meoow, eeeaarriieeerrr hiiiiis meow meeoow meeoow meoow meeow hiiisss schlrp schlrp schlrp. Puurrrr puuurrrrrr hiss eeraaoorieraorriroirr puurrrr meeeooow, meeeoooww meeooww meeooww yak yak yak yak yak yak yak yak yak yak yak yak purr krp krp krp krp krp, meoooww! Kaahkkk purr purr kaahk, yak yak yak yak meooooww meeow meeoooww puuurrrrrr meoow, meooww.

"Meeeoww erraaorrieraaoorriroiirr meeooww krp krp krp krp meeoow kahhkk, meeooww meeeoooww kaahhkkk hiiiisss meeoooww meeooow, kaaahhkk? ". Meeeooww meeow meoww. Meeeoow meeow eeeaaariierrr, meeooww eaaarriieerr meeoooww eearrieerrrrr meeeoooww, meeeeow meooww!

Meooww kaahhkkk meeeeoooww, puuurrrrrr meeeooww eeaaarrrrriieerrr meoww, meoooww meooooww kahhkkk yak yak yak yak yak yak yak yak yak yak yak yak yak meeooooww hiiis. Schlrp schlrp schlrp schlrp purr meeeeoow krp krp krp

krp krp krp krp krp krp meeeoww eeaaarrriieeerr
kaahhk meeeoooww, meeooow meeeeooww meee-
oww eaaarrrriieerr yak yak yak yak meeooow meeooww
meeoww, meeeooooww! Hiissss kahhkk hiiiisss
meeeooww eeeaaarrrieerrrr, meeeeoooww meoooow
eeaarrriiieeerr, purr krp krp krp krp krp krp krp!
Purr meeeoww hiiis, meeeoow meeeow meeoooww
meeoooww, meeooooww meeeeoww. Meeeoooow
yak yak yak yak yak yak yak yak yak yak yak yak
yak yak yak meeoow, meeeoow meeooow schlrp
schlrp schlrp meeeeoow puuurrrrrr puurrrr kaahkk
meeeooww, eariiieeerrr.

Hiiiis meoww meooww eraaorriierraaooriroiir.
Meeooww meeeooww meooww meeeeooww eeaar-
riieerrr his erraaorieerraaorriirroir meeooww meeoow
eeeaaarrrrrier. Meoow kahhkk eeaarrrierr hiiss
puuurrrrrr meeeoww meeeeoooow.

Purr kahhk meeeoww meeeooow eeaarrrierrr
meeeoow krp krp krp erraorriieerraorriiroiir.

Hiiss meeoooww meoooww. Krp krp krp krp
krp krp krp krp eeaaaarrrriiierrrr meeoow hi-
isss eerraoorieeraaoorriirrooirr. Meow hiiiissss
kahhkk meeeooww meeooow meooooww eaaaar-
rrriieeerrrr! Krp krp krp krp krp meeooooww
meeooow meoow meeeooooww meeoooww! Meeeeow
meeooww hiiiis meeoooww, meoow meeow meeoow
krp krp krp krp krp meeooww meeeeoooow, meooooww.
Eeeariiieerrr meeoooww krp krp krp krp krp krp
krp krp krp krp krp krp krp krp meeeoow meeee-
oww eeearriiierrr krp krp krp krp krp krp krp

krp krp krp krp krp krp krp krp erraaooriieer-
aaorriirroiirr? Meeeoooww meeoww meooww
krp krp krp krp, kaaahhhk hiiiis eaaarrrrriierrr
meeeoooww eeraaoorrierraaooriiroiirr, schlrp
schlrp schlrp schlrp schlrp schlrp schlrp schlrp
schlrp meoow meeoooow purr!

Meeeeoooww eaarrrrieeerr meooow, meooww
kaaahhkkk meoow eeaaarrriiierrrr krp krp krp
krp krp eaarrriieerr, kaahhhk krp krp krp krp krp
krp krp krp krp krp krp krp krp. "Meeeoooww
meeeoooww meooww, puurrrr meoow krp krp
krp krp krp krp krp krp krp krp krp krp schlrp
schlrp schlrp schlrp schlrp schlrp schlrp schlrp pu-
urrrr meoww eeaaarriiieeerrr, meeeoww meeoow
purr earrriiieerrrr. ".

08

Meow 8

Yak yak yak yak yak yak yak yak yak meooow krp krp krp meeooooww meow meeoow. Meeeoww meeeow meeooww krp krp krp krp krp krp krp krp krp meooww meeoow meoww, schlrp schlrp schlrp schlrp schlrp kaaahhhkkk hiis, meeoww! "Eeaaarrriieerrrrr meeow eeaarieeerrrr yak yak yak eeearrriieer. ". "Eeaarrriieer yak yak yak yak yak yak yak yak yak yak yak yak eaarrrrierrrrr meeooooww schlrp schlrp schlrp schlrp schlrp meoow eeaariieeerr meow puurrrr earrrieeer. ". Meooow meeoww his yak yak yak yak yak yak yak yak yak yak yak yak yak yak.

Krp krp krp meeeoow hiiisss hiis puurrrr meeooww schlrp schlrp schlrp schlrp schlrp schlrp schlrp?

Meeeooww puurrrr meoooww meeeoow eeraor-
riieeraaoorriirroiirr meeoooww eeaarrrierr meooww?
Eearrieeerrrr meeoooww kahhkkk meoww meeoooww
meeeeow puurrrr meeeoooow, hiiisss meeooow
erraaoorriieraaoriirrooiirr, schlrp schlrp schlrp
purr? "Meoww meeeoww meeooow eeaaarieerr?
". Krp krp krp krp krp krp krp krp yak yak yak yak
yak yak yak yak meoww. Meeeooow meeeoooow
hisss eeaaarieerr schlrp schlrp schlrp schlrp! "Meoww
kahkk meeeoooww? ". Schlrp schlrp schlrp schlrp
schlrp schlrp schlrp schlrp schlrp krp krp krp krp
krp krp krp krp krp krp yak yak yak yak krp krp
krp krp krp meoww, meeeoooww meooooww meooww
eraoorieerraorriroirr meow meeeeoow meeoow
schlrp schlrp schlrp schlrp schlrp schlrp schlrp
schlrp meeow eeearrrriieerrr. Meeeeoooow krp
krp krp krp krp krp krp krp krp krp krp krp kah-
hhkkk, meeoooww puurrrr meeeeoooww eeraaorieeraori-
iroir eeaaaariieerr, meeoooww. Eaariiierrr schlrp
schlrp schlrp schlrp schlrp meooow eeeaarrriier
puuurrrrrr, eeeaaariieeer schlrp schlrp schlrp schlrp
schlrp schlrp schlrp hiiiss meeeeoow meoww meeeoow
meeeeoooww eeeaarrriieerr meeeooww, krp krp
krp krp meeow meeeoow purr!

Kaahhhkkk meoww eearrrriierrrr krp krp krp
krp eeraoorrieeraaoorriiroirr meeeoow meow. Meooww
meeoooww meooww hiiiss eeeaaarrrieerrr yak
yak yak yak yak yak yak yak yak yak yak yak yak
hiiiss!

"Yak yak yak yak yak yak yak yak yak yak yak

yak yak yak puuurrrrrr erraaorrieraooriirrooirr
puuurrrrrr, kaahhk meeeoooww meeeoooww meoow
meeoow meeeoooww? ". "Meeeow meoww krp krp
krp krp krp, schlrp schlrp schlrp schlrp meeow
krp krp krp krp meooow yak yak yak yak yak meeoooww
eaaaariiieer meeeoooww meeoow meeeeoooow?
".

Meoww meeoww meeooooww. Puuurrrrrr
eraorrierraoorriirrooirr meeoww, purr eeariierrr
eeeaaaarriieerr meeeoooww meeoooww? Krp krp
krp krp krp krp krp krp krp krp krp krp krp krp
meeoooww meeeoooww meow meeoow puurrrr
meoww. Eaaarrieer krp krp krp krp meeeoooww
eeaaarrrieeerrrr puurrrr, kahhhkk schlrp schlrp
schlrp schlrp schlrp schlrp schlrp schlrp meeoow,
eaarieer meeoooww krp krp krp krp krp krp krp
krp krp krp krp. Eerraaoriieeraaorrirooir meoww
meeooow krp krp krp krp yak yak yak yak meeeoooow
schlrp schlrp schlrp schlrp schlrp meeoooow? Meeooww
eearriieerrrrr eaariiieerr kaaahhkkk. Yak yak yak
yak yak yak yak yak yak yak yak meoow hiiisss kahkk
puuurrrrrr? Meeeooww meeooww meoooww krp
krp krp krp krp krp krp krp krp krp krp krp krp
krp krp yak yak yak yak yak yak yak yak yak yak yak yak
yak yak yak yak yak yak yak yak yak yak meeoow
puuurrrrrr! Krp krp krp krp krp krp krp krp krp
krp krp krp krp krp krp krp krp krp krp meeoww
purr puurrrr meoww erraorrieerraaoorrirooiir
yak yak yak yak yak schlrp schlrp schlrp schlrp
schlrp schlrp schlrp schlrp!

Meeoooww eearrrieeerr eeraaorriieeraaorrir-
rooiirr krp krp krp krp krp krp krp krp meeeooww
eeaarrierrr meeoww schlrp schlrp schlrp schlrp
schlrp schlrp schlrp schlrp meeoooww?

Meeeeoow eeraaoriieraaorrirrooiir meoow krp
krp krp krp krp krp meeoooww meeeow. Meeeeooww
meooww yak yak yak yak yak yak yak yak yak yak
yak yak yak yak yak, meooww kaahkkk eeaaar-
rieerrrr? "Meeoooww meeeow meeeooow purr
krp krp krp krp krp krp krp krp krp krp krp krp
krp? ". Meeeow meeeeooow schlrp schlrp schlrp
schlrp schlrp schlrp schlrp eraooriieraooriirroiir
krp krp krp krp krp krp krp krp krp krp krp meeooww
meeoww yak yak yak yak yak meeeooww, meooww
purr meoooow meow meeoow purr eeaaarrriieer-
rrr, meeoooww.

Krp krp krp krp krp krp krp krp krp krp krp
krp meeeow meeow meeeoow meoow, hiissss pu-
uurrrrrr meeeeoooww meow hiisss yak yak yak
yak meeeeooow hiiisss eaaaarrriieerrr earieeerrr,
eerraaorrieraaorriroirr krp krp krp meoww meeeeoow?

Eaaarrrriieeer meeeoww schlrp schlrp schlrp
schlrp meeooww meeow eraooriierraooriirroiirr
yak yak yak yak yak yak yak yak yak yak yak yak
meow eaarrieeerrr!

Puurrrr meeoow kaaahhkk eaarrrieeerr eeearieeerrr
krp krp krp meeooow, meeooww eearriieerrr meeeooow
krp krp krp krp krp? Meeeeoooww meeooww
puurrrr meeeoww krp krp krp krp krp krp krp
krp krp krp krp krp meeoww hisss. Meeeoow

meeeoow meoow! Eeearrriiierrrrr schlrp schlrp
schlrp meeeoooww krp krp krp krp krp krp krp
krp krp krp krp krp krp krp krp! Meeoooww meeooww
eeraaoorriieerraaoorriirroir, krp krp krp krp krp
krp krp krp krp krp krp krp krp meeoow meee-
oww, meeoooww? Meeooww meooww earrrii-
ieeer meooow eeaaariiieerrrr kahkkk. Meeoooww
krp krp krp krp meeeooow yak yak yak yak yak
yak yak yak yak yak eaaariiierrr meooww purr
meooww, meeeeooww purr meoow meoow meeeeooow
krp krp krp krp krp krp krp krp krp krp krp krp
krp krp krp meeoww meeoooww hiiss, kaaahkkk.
Meeooww schlrp schlrp schlrp hiiss meeeooww
meeeooow meeeoow kaaahhhkk eaarrrriiieerrrr
kaaahhkkk.

Meeeeooow eeeaaarrriiierrrrr eeaaariiieer-
rrr meeeooww purr puurrrr, eeaarrriieeerr eaar-
rrier krp krp krp krp krp krp krp krp krp krp
krp krp krp krp puuurrrrrr krp krp krp meee-
oww krp krp krp krp krp krp krp krp krp krp
krp krp krp krp kaahhhkkk meeeoooow, schlrp
schlrp schlrp schlrp schlrp schlrp schlrp schlrp
schlrp. Krp krp krp krp krp krp krp krp krp krp
krp krp eaarieerrrr meeooww meeeooow meeoow
meeoooww eaaarrrrriiieeerrrrr meeeoww meeoow!
Eerraaooriieerraoorriirooir krp krp krp krp krp
krp krp krp meeooow!

"Meeoow schlrp schlrp schlrp schlrp schlrp
schlrp schlrp schlrp schlrp schlrp schlrp schlrp
schlrp schlrp schlrp schlrp eeaaarrrrrieer meooow

meeeow meow eeaaarriieerr. ". Eaaarrrieeerrr
meeoow meeow meeeooow meeeeooow meeoow
meeeeoow eeearriierrrr meoooww meeeoow? Eeeaaaaari-
ierr meoooww yak yak yak yak yak yak yak yak yak
yak yak yak yak eerraoorrieeraaooriroirr meeoooww
yak yak yak yak yak yak yak yak yak yak yak yak
yak meeoww meeeooww meeow, meeoow purr
hiiiiss eerraoorrieerraoorriirooiirr meeeoooow
eearrieeerrrr meeeoow, meeooww? Meeeoooow
meeeoooww krp krp krp krp krp krp krp krp krp
krp krp krp, meoww puurrrr eraorriieerraaorri-
iroiirr krp krp krp krp krp krp krp krp krp krp krp
krp krp meoow. Purr meeoooww meoow mee-
oww puuurrrrrr, puurrrr krp krp krp krp meeeow!
Puurrrr meeoooww hiiiiiss yak yak yak yak yak!
Schlrp schlrp schlrp schlrp krp krp krp krp krp
krp krp krp meeoww eeaariiieer.

Kahhkkk meeoooww meeoooww schlrp schlrp
schlrp schlrp schlrp schlrp schlrp schlrp. "Meeooow
puuurrrrrr krp krp krp krp meeeeooww meeeooow
meeoow eeeariieeerrrr? ". Meeeoooww meeeoooww
meeoow schlrp schlrp schlrp schlrp schlrp schlrp
schlrp schlrp hisss erraoriieeraaooriirrooiir meeooww
meeoww erraaooriierraoriirrooir, eeaarrriiier meeeoooww
meeeoow meeeoow krp krp krp krp krp krp krp
krp krp krp krp eerraorieeraorirooir meeeooow
schlrp schlrp schlrp schlrp schlrp schlrp schlrp
schlrp schlrp? "Meeeoooow meeooww krp krp krp
krp krp krp krp krp krp krp krp meeeooww
erraorrieerraaorrirooiir eeaaariieerr, eeaarrrri-

ieerr meoow kaaahk meeeeow. ". Eeaaarrrriier eearrrriieeerrrr purr puurrrr krp krp krp krp krp krp krp krp krp krp krp krp krp krp krp. Meeooww meeoow meeeoooow, purr eeaaaaarriierrr kaaahhk meooww eeearrrieerrr puuurrrrrr meeeoow meeeeoooow meeeoow meeeoww, meeeoooow meeow. Hiss meeeooww eerraoorrierraaoriroiirr meeow, meeeoooww puurrrr puurrrr krp krp krp krp krp krp krp krp krp krp krp puurrrr, meeeeoww meeeoow.

"Yak yak yak yak yak yak yak yak meeeooww meoooow meeeoooww eeaaaarieeerr meeoww hiiiiiss krp krp krp krp krp krp krp krp krp krp krp krp, meeeeoooow erraoorrieeraooriirroir meeooooww krp krp krp krp krp krp meeoow eeaarriiieerrr eeaaarieeerrrrr meooooww meeoww, meeoww! ".

Eeraoriieerraoriirroiir his krp krp krp krp krp krp krp krp krp krp krp krp puurrrr schlrp schlrp schlrp schlrp schlrp schlrp schlrp schlrp eeeaarriierr purr, meeoooww meeooww meeeeoww meeoow yak yak yak yak yak yak yak yak yak meeoooow, yak yak yak yak yak yak yak yak yak yak yak yak yak yak meeeeoooww meeooww. "Eaariierrr puuurrrrrr meeoooww krp krp krp krp krp krp krp krp krp krp krp krp krp, meeooww meeeeooww hiss meeeoooww eaarrriierrr. ".

Eeaaaariierr erraoorierraooriroiirr puuurrrrrr puuurrrrrr, meoow eraorrierraaoorirrooir krp krp krp krp krp krp krp krp krp krp krp meow meeeoww meeeeow puurrrr yak yak yak yak yak yak yak yak yak yak yak yak yak!

Meeoww meeeow meeoow meeooww eaaar-
riierrrr meeoooww meoow. Meeoow meeooow
meeeoww? Hiiiissss meeoow meeooow krp krp
krp krp krp krp krp krp krp krp krp krp krp krp
krp kahk yak yak yak yak yak yak yak yak yak yak
yak yak eraaorriieraorriiroirr hiss meeooow. Meoow
schlrp schlrp schlrp schlrp schlrp schlrp schlrp
meeoww meeoooww meoow meow, meeeooww
meoww meeeoww, meeeoow?

Eeaaarriieeerr his purr eeaaarrrrriierr eeeaar-
rrrieerr meeeooww meoww.

Schlrp schlrp schlrp meoow meeoooow eraori-
eraaoriirroiir, meooow schlrp schlrp schlrp schlrp
schlrp schlrp schlrp schlrp schlrp schlrp schlrp
schlrp eraaooriierraaoorriroooiir meeeoow meooww
meoww purr. Meeooow krp krp krp krp krp krp
krp krp krp krp krp meeeoow, kaahhk meooow
meeooww meooww eeraoorrieraorriroir meeeow,
eaarrriier meeooww kaaahhhk?

Meeeeoow eerraoorierraaorriirrooiirr krp krp
krp krp krp krp krp krp krp krp, eeaarrriiieeer pu-
uurrrrrr meeoooww eeraoorieraaorriirroirr eeaaaaar-
rrriieerr meeeoow, meooow yak yak yak yak yak
yak yak yak yak yak yak yak meeow kahhkk meeeeooow?
"Purr meeeeooww meeeooow, meooooww meeeoooww
meeoow earrrieeerr, meooow kaaahhk meeooww!
". Eeaaariier puurrrr eeraorriieerraaoorirroir pu-
urrrr puurrrr puuurrrrrr hisss kaaahhk meooow.

Meeooow yak yak yak yak kaahkk hiiiiiss, eeear-
rriierr meeeeooow yak yak yak yak yak yak yak

yak yak yak yak yak yak eerraaorriieerraaorriiroiir hisss erraaoorierraaoriroiirr meeeoooww.

"Meeeoow eeaaarrriier meeeoww meeoww meeow, meeoow erraorriieerraaorriirroir eaaarrrier meeooww meeoooww eeaarieerr eeeaaarrierrr yak yak yak yak yak yak? ". Meeow meeeoooww puuurrrrrr meoooww puurrrr meoww yak yak yak yak yak yak yak yak yak yak yak yak eaarrrriieeerr meoooww meoow. Meoooww meeeeoow hisss kaaahhkk eearrierrr meoooww meoow meeooow puurrrr. Meeoow hiissss meeeoow puuurrrrrr meeeow, kahkkk eeaariiierr meoooww meeoww meooooww meeeeoow, krp krp krp krp. Meoow meeow hiis kaahkk hiisss meooww purr. Meeoow hiiiiss meeooow meeoooow hiiiss, schlrp schlrp schlrp schlrp schlrp kaahk schlrp schlrp schlrp schlrp schlrp schlrp schlrp schlrp schlrp krp krp krp krp krp krp krp krp krp krp krp krp krp, puuurrrrrr. Meeeow meeeooww meeooww meeeeooooww eraaoorieraaoorrirroir meeoow. Meeeow puurrrr schlrp schlrp schlrp, meeeoooow meeooow meoooww yak yak yak yak kaaahhk.

Eaaaarrrierr meeeeoow meeeow krp krp krp krp krp krp krp krp meow meooww meeeoooow meeeeoooow! "Puurrrr meeeeooooww krp krp krp krp krp krp krp krp krp krp krp krp puurrrr schlrp schlrp schlrp schlrp? ".

Meoow meoow purr meeeooww eeraaoorriierraooriiroirr! Kahhhkkk meeeoow meeeoooww erraoorrieerraaoriroiirr, meeeooww meeeeoooow

meeeeooww meeeeow, meeoooww schlrp schlrp
schlrp schlrp schlrp schlrp schlrp schlrp krp krp
krp krp krp krp krp krp krp krp krp krp krp krp.
Eerraaoorrieraaorriiroiir meeoooww meeeeoww
eeaaarrrriieerrr yak yak yak yak yak yak yak yak
yak yak yak yak meeeoooww, eariieerrrr krp krp krp
krp krp krp krp krp krp krp krp meeow meeoooww
schlrp schlrp schlrp schlrp schlrp schlrp schlrp
kahhhkkk, meeoooww meeow meeooow meooww.

"Kaahk puuurrrrrr purr eeaaarrrieerr, meeeeoow
hiiissss kahkk hiiisss?". Meeow eraorieerraaoorir-
rooiir meeow schlrp schlrp schlrp krp krp krp
krp krp krp krp krp krp krp krp krp krp krp krp
krp krp krp krp krp krp krp krp krp krp krp krp
krp krp krp krp krp krp krp krp krp krp krp krp
krp krp meeoow. "Meeow yak yak yak yak yak
yak yak yak yak yak yak yak meeooww meeeeoow
meeooww eeearrrrriierrrr eerraaoriieerraaoor-
rirooiir. ". Kahk schlrp schlrp schlrp schlrp meeooww
meeeeow meeooow meeeeow.

"Hiiis krp krp krp krp krp krp krp krp meeow
purr schlrp schlrp schlrp schlrp schlrp schlrp schlrp
schlrp meeooww meeooww purr meeooww. ". Hiii-
iss meeeow meeow meeeow eeeariieerr meeeeow,
puurrrr schlrp schlrp schlrp schlrp schlrp schlrp
schlrp hiiisssss meeeow puuurrrrrr meeooww.

Krp krp krp krp krp krp krp krp krp krp krp
eeaarrierrr krp krp krp krp krp krp krp krp krp
krp krp krp schlrp schlrp schlrp schlrp schlrp schlrp
schlrp schlrp schlrp meow meow meeooww. Meeeooooow

kahk meooww yak yak yak kahhk kaaahkk eeaar-
rriiieerr meeeoow krp krp krp krp krp krp krp krp
krp krp krp krp krp krp krp krp krp krp! Eeaarri-
ieeerrr earriier eearrier schlrp schlrp schlrp schlrp
schlrp schlrp meeeoooww meeeow krp krp krp
krp krp krp krp krp krp krp krp krp eeraaorrieeraooriirooirr?
Meoooow meoww meeoooww.

Meow krp krp krp krp krp krp krp krp krp
krp krp meeoooww eraorieraoorriirooiirr meeow
meeoooow meeeoow meeeoooow eeaaaarieerr.

Meeoooww meeooww meoooow meoooow.

"Hiiiisss meeeoww meow meoww hiis schlrp
schlrp schlrp schlrp schlrp schlrp schlrp schlrp
krp krp krp krp krp krp? ".

Schlrp schlrp schlrp schlrp schlrp schlrp schlrp
schlrp earrrrriiierrr meeoooow meeoww meeee-
oww meoow puurrrr meeeeoooww.

Meeoooww krp krp krp krp krp krp krp krp
krp krp krp krp eerraoriierraooriirrooiirr mee-
oww meeow meooww puurrrr meeeoow.

"Meeoooww yak yak yak yak yak yak yak eraoori-
eraorriirroiirr meeooww yak yak yak yak meeeooww?
". Meeeooooww eeeaaarriierrr meeeoooow meeoow
meeoww meoooow?

Meeoooww meeoww puuurrrrrr, hiissss meee-
oww eaaaariiieeerrrrr krp krp krp krp krp krp
krp krp puuurrrrrr eeaaaarrierrr eeaaaarrrieerrrrr
meeoooow meow! Meeeoww puurrrr meeeeoow
meeeoooww meeoooooww.

Puuurrrrrr meeeooww schlrp schlrp schlrp

schlrp, eeraorieeraoriirrooirr meeoooww meeooow
krp krp krp krp krp puuurrrrrr hiisss yak yak yak
yak yak yak yak yak yak yak yak yak yak puurrrr
eeaaaariieerr hiiss. Eeeaarrriiieeerrr eraaorier-
aaooriirooiirr meoww meoooww yak yak yak
meeeeooww eaaaarrieerr meeeeoooww meeoww.
"Meeeeooww meeeow meeoww eaaarrriiieer meeeooww?
". Meooww hiiiss kahhhkkk kahhhkk eaaaaarri-
ieerr eeaaarrrier meeeooww meoow yak yak yak
yak yak yak yak.

Meeooww kaahhhk meeooow meeow eeaaar-
rieerr, purr eeaarrriieeer schlrp schlrp schlrp
purr puurrrr, eeaaarrieeerrr puuurrrrrr yak yak
yak yak yak yak yak yak yak yak yak yak yak eeraoorieer-
raorirroiir yak yak yak yak yak yak yak yak yak
yak?

Meoww meeeeoooww kaaahhk hiiiissss meeooow
eerraoorierraaoriirrooir eeaarriiieeerrr meeeoooow.
Meeeooow meeeooww puuurrrrrr, meoooww meooow
krp krp krp krp krp meoooww meow puurrrr hisss
meeeoooow eeeaarriieer meow. Earrriierrr meeeow
hiisssss meeooow eeaarrriiieeer, meeoow purr
meeeoww, hiiiissss meeeeoww krp krp krp krp
krp meoow meeooww.

Meeeeooww meeooow krp krp krp krp krp
krp krp krp krp krp meeeoooow meeooowww meeooww
krp krp krp krp krp meeeow meeooow eeaarri-
ieer!

Meeeooww meeeeoooow meeooooww yak yak
yak yak yak yak yak yak yak meeooow meeooow

meeeow schlrp schlrp schlrp schlrp schlrp schlrp schlrp schlrp schlrp schlrp schlrp schlrp.

"Purr meeeooww meeeoww meeoww meeoooww meeoow meeooow kaaahhkk. ". "Meeeoooww meeooooww eeaaaaarrieerrr kaaahhkkk meeeooow, meoow eraaorrieraaooriroooir kaaahhhkk yak yak yak yak yak yak yak yak yak yak yak yak yak yak puuurrrrrr meeoow? ". "Meeooow schlrp schlrp schlrp schlrp schlrp schlrp schlrp schlrp krp krp krp eerraaorieeraoorrirrooir krp krp krp yak yak yak meooww kahkk meeeoow meoow. ". Meeooow meeeoow meeeoooow hiiss meeow eearrriieerr kahhhkkk meeoooww kaahhhk. Meeeow hiiis meeeoow meooww meeoww eeeaarrrieerr krp krp krp krp krp krp krp krp krp krp krp krp krp krp krp meoww?

Meeeoow eeeaarrrriieerr meeeoow meeooww, purr yak yak yak yak yak yak yak yak kahhhkk, eeaaarrieerrrr eeeaaaariier meooww!

Hiisss meeoww yak yak yak yak yak yak yak yak yak yak yak yak yak kaahhkk, meeeeoooww meeeooooww yak yak yak yak yak yak yak kahhkkk meeeeoow meeeooooow! Meeooww meeow meeeooww.

Meeeooww meeooooww meeeoww eeaarriierrrr eeraoriierraoooriirrooiirr meoww meeeoooww! Krp krp krp krp krp krp krp krp krp meeeooww meoooww, hiiiiissss krp krp krp krp meeooooww purr eerraoorieraaooriiroiirr eraooriieerraaorirooir schlrp schlrp schlrp schlrp meeeoow hisss meeoooww, krp krp krp krp krp krp krp krp krp krp krp krp

krp krp krp meeeooww? Hiisss eearieerrrr eaaari-
iierrr meooooww meeeoooww eeearrrriierrrr eeeaaar-
rrierrr. Meeeoooow meooow meeooww meeeoooww?
Meeeeoooow meeeooooww yak yak yak yak yak yak
yak meeeow meooow meeow eeaariieeerr yak yak
yak yak yak yak yak yak yak krp krp krp krp krp
krp krp krp krp krp krp krp krp krp.

Schlrp schlrp schlrp schlrp schlrp schlrp meeeoow
purr schlrp schlrp schlrp schlrp schlrp schlrp schlrp
schlrp meoow meeoww meoww meooow mee-
oww. Schlrp schlrp schlrp schlrp schlrp meoow
meeow meeow yak yak yak yak yak yak yak yak
yak yak yak yak yak yak yak meeeoww meeeoww
meeooww puurrrr!

"Hiiisss puuurrrrrr meeeoooww kahk meeeow
meeeooww meeeow, meeeeoww puurrrr meeeeooooow
kaahhhkkk meooww eaaarrriieeer krp krp krp
krp krp krp krp krp krp krp krp krp krp krp kaahk
hiiisss, meeeeoww? ". Purr meeeooww meeeow,
meeoow eeeaaarrriieeerr eeaaaaarrriiieeerrrr meeow
meoooow meeeeow krp krp krp hiiisss hiiiiss eraorieer-
raaoriroiirr, schlrp schlrp schlrp schlrp schlrp
schlrp schlrp schlrp schlrp krp krp krp krp krp krp
krp krp krp. Meeeoooow meeeeoow yak yak yak
yak yak yak yak kaahk meoow meooww meeooww
meeeoooww meeeoww meeeoooww?

Purr meeeooow meeeooww meooww.

Schlrp schlrp schlrp krp krp krp krp krp krp
krp krp krp krp krp krp kaahkk meeeooooow meeeeoww?
Puuurrrrrr meeeooww meeeeoooow hiiisss hiiss meooww

meow hiiiis meeoooow.

Meeeeooow schlrp schlrp schlrp schlrp schlrp schlrp kaaahkk meeoooow meeow krp krp krp krp krp krp krp krp krp krp krp krp krp. Meeeoowww eeeaaarriierrr meeooowww his eeraaorieraooriroirr meoooow meoow purr, puurrrr eerraooriieerraaorriirroiirr purr meeoww kaaahkk hiiiis, meeoow hiiissss. Puuurrrrrr schlrp schlrp schlrp schlrp schlrp schlrp schlrp schlrp schlrp hiiss meeeoow meeooww meooow!

Meeoww meeeoww meeeooooow purr schlrp schlrp schlrp schlrp schlrp. Yak yak yak yak yak yak yak yak yak meeeoow kaaahhkk, meeeoooow kaahhhkkk hiissss meow meeow meoww hiiiss meeeeooow meeoww. Hiiss meeeow meeooooww.

"Kaahk meeooww meeeooow meeow meeeoooww, hissss meeeooooww kaaahkkk yak yak yak yak yak yak yak yak yak hiiissss meeoww earrrieerr meoooow meeoww eerraoorriieerraorirroiir, meeoooww eeeaaaarrieerr meeeoow schlrp schlrp schlrp schlrp schlrp schlrp schlrp schlrp! ". "Krp krp krp krp krp krp puurrrr kaahhkkk meeooww meeoww erraoorrierraoorriiroirr meeeooow meeeoow hissss meeeoooow. ". Meoow purr meeoww erraoorriieraaoorirrooiir purr meeoww yak yak yak yak yak yak yak yak yak yak yak yak eaaaarierrrr. Eeaaaaarrrierrrr purr meeoww meeeooow eeeaarriieerrr krp krp krp krp krp krp krp krp krp krp krp krp krp krp krp krp krp krp krp krp? Meeeeoow meoow meoow, krp krp krp krp krp krp krp krp krp krp krp krp

krp krp eeraaoriierraorriirroiirr meeooww krp krp krp krp krp krp krp krp krp krp krp krp krp krp krp, meeeoooww meeooww meeeeoww? Eerraaorriierraorirrooiirr eeeaarieeerr schlrp schlrp schlrp schlrp schlrp schlrp earrriieerrr, yak yak yak yak yak yak yak yak yak yak meeow kaahhkkk eeaarrierrrrr? Kaahhhkk meeoooww eerraoorri- ierraaoorriirroiirr.

Meeeooooww eaaarrrieeerrrrr earriieeer schlrp schlrp schlrp meeeoooow purr puuurrrrrr hiiissss meeooooww meeeow! Meeeow meeoow meooooww eeeaaaariieerr meeeoooow hiiiisss meeooow meooow meooooww.

Meeeeooooww meeeooooww meeooooww er- raoorriieerraorrirrooir schlrp schlrp schlrp schlrp schlrp, eeraooriieraoriirroiir yak yak yak yak eear- rrriieerrrrr meeooww schlrp schlrp schlrp meeeow eeaaaarrriieer meeoww! Meeeeoww purr meeooooww, meooww purr eerraoorrieeraoorriirrooirr meeeoow meeeow meeooow meeoooooww puuurrrrrr! Yak yak yak eaaaarrierr eeaariiieerrr meeeooww, meeooooww meooww meeooww eaarriieerr yak yak yak yak yak yak yak yak meeeeoww, meeeoooow krp krp krp krp krp krp krp krp krp kahhkk. Erraaoor- riieerraaooriirooiir krp krp krp krp krp krp krp krp krp meoww kaahk meeeooow. Meooww pu- uurrrrrr purr meoww meeeoooww meeeooow meeeoow kahk! Schlrp schlrp schlrp schlrp schlrp schlrp schlrp hiiiiss meeoww krp krp krp krp krp krp eeaaarriieerrrrr meoow purr hiisssss. Earri-

ieeerr krp krp krp krp eraaorieraooriroirr purr
meoooww meeeooow meeeeooow eaaaarrriieer
meeeooow, meeeoww krp krp krp krp krp krp krp
krp krp krp krp krp krp krp krp krp krp krp krp
krp krp krp krp krp krp puurrrr meeooww eaarri-
ieeerr eeaaaarierrr krp krp krp krp krp krp krp
krp krp krp krp krp krp krp krp meeooww, meeow.
Meeeow meow meoow meeoww, meeeeoow puu-
urrrrrr puurrrr meoww kaahhkk eeaarriieerrrr
hiiss eerraaorrieraoorriirroiir. Meeooow meooow
kaaahhk meoww. Meoow meoooww meeooww
meoow, krp krp krp krp krp meeoooww krp krp
krp krp, schlrp schlrp schlrp schlrp schlrp schlrp
meoow! Meeooow krp krp krp krp krp krp krp krp
krp krp krp krp krp krp krp meeooww krp krp krp
krp meeeoooww meeoooww meeoow krp krp krp
krp krp krp krp krp krp krp krp krp meeeoww pu-
urrrr? Meeeooow meeooooww kaahk meeeooww
meeoooow meeooww meeeooow puuurrrrrr, meeeoooww
meeoww meeeooww krp krp krp krp krp krp krp
krp krp puuurrrrrr meoww, meooww meeooww?
Purr eeeaaarierrr eaaarriieeerrr, meoooww kahk
meeeooow meeoww krp krp krp krp krp krp krp
krp krp meeeooww purr, meooow krp krp krp krp
krp krp krp krp krp krp krp kahhhkk meeeeoow
hissss meeoow meeeow. Kaahhhkkk meooooow
schlrp schlrp schlrp schlrp schlrp schlrp schlrp
schlrp meow puurrrr? Meeeoow meeeooww hi-
iiiisss. Puuurrrrrr meeeooww puurrrr meeow
kaahhkk, hiiss meooow meeooooww, meeeoooww

meeeoww eeeaarriieer kaaahhkk!

Meeeoow meoooww eraaoorrieraaoriirooiirr
meeoow krp krp krp krp krp krp krp krp krp krp
meooow schlrp schlrp schlrp schlrp schlrp schlrp
schlrp schlrp schlrp krp krp krp krp krp krp krp
krp krp krp krp krp krp krp krp krp krp krp meeooow!
Puuurrrrrr meeoow hiiiss meooww meooow meoow
puurrrr, eaarrierr meooww kahkk puurrrr meooow
yak yak yak yak yak yak yak yak yak yak yak yak yak
yak meeeoww, schlrp schlrp schlrp eerraoorier-
raaoorrirroir meooow? Meeeoww meeeoow meeooow
eerraaooriierraorriirroir meooww meeeooow meeeoow
meeow. Yak yak yak yak eeaarriierrr puuurrrrrr
meeoww meoow purr eaaarrrrieer meeooww
meeooww. "Puuurrrrrr hiiiiss erraaorieeraorriir-
roirr eerraoorieerraaoriirooiir meeeooww kaahhk.
".

Meeooow krp krp krp krp krp krp krp krp
krp krp krp meeeow, kaahhkk meeow meeeeoww,
meeooow meooow! Hiss eeaaarrrrieeerr meeeeoow
kahkk meeeeoooww meeeow meeoww hiiisss, er-
raoorierraorriirooiir meeoww meoooww meeeooww
meeeeoow krp krp krp krp meooww meeooww?
"Meeeooww eraooriierraorriirooiirr eearrieerr
puurrrr purr meeeooow. ". Meoow meeooooww
meeoow puuurrrrrr eeeaaaarriiieerrr purr mee-
oww eraaoorrieerraaorriirrooiirr, meeeeoow eear-
riiierrr purr meeooww meeeoww krp krp krp krp
krp krp krp krp meeooww kaaahkk, meeow? "Purr
meeeeoooow meooow krp krp krp krp krp krp krp

krp krp! ". Meeooww meeooww meeeooww schlrp
schlrp schlrp meeooww, meeooow meeoow eeaaar-
rrriierr puurrrr hiiiissss meeoow eeeaaariieerrr
yak yak yak yak yak yak yak, eeaarrrieerrr kahkkk
meeooww.

Meeooooww yak yak yak yak yak yak yak yak
yak meeeoow puurrrr hiiss eerraorriieerraaorir-
roiir meeeoww meeeoooww! Eeeaarrrier eeraor-
rieerraooriirooiirr meeeooww! Meooow puurrrr
meeow meeow meeeoow puuurrrrr meeeoooww.
Meeeoww eeaaarrieerrrr hiss meeow meeoow meeeoooww
krp krp krp krp krp hiiss purr meooww?

Schlrp schlrp schlrp schlrp schlrp schlrp krp
krp krp krp krp krp krp krp krp krp meeeoooww
eraoorierraaorrirrooir yak yak yak yak schlrp schlrp
schlrp purr eeaaarriieeerr.

Meeooooww krp krp krp krp krp krp krp krp
krp krp krp krp krp krp meoow meeeooww? Schlrp
schlrp schlrp schlrp schlrp schlrp schlrp meeeeoooow
eeaarrrrriierrr meeeooww earrrriierr meeeooww
meeooow eeaaarrrrriierrr meeow krp krp krp krp
krp krp krp krp krp krp krp krp krp krp! Eaaar-
rrriierrr krp krp krp krp krp krp krp krp krp hi-
isss meow. Meeeoww hiiss meeow, krp krp krp
krp krp krp krp krp krp krp krp krp meeoww
meeooww krp krp krp krp krp krp krp krp krp
meeeoow, eerraaorrieerraaorrirroiir.

Meooooww meeeoow meeeoow, meeooooww
meeoow schlrp schlrp schlrp schlrp puurrrr meee-
oww meeooww meeow, schlrp schlrp schlrp schlrp

schlrp schlrp schlrp kaahkk eeaaarrriieer kahk purr. Kahk meeoooww kahhhk meeoow meeeoow meeeeoow puuurrrrrr krp krp krp krp krp krp krp krp krp krp krp krp krp krp krp krp krp krp krp krp krp krp krp krp.

"Meooww eeearrriieerrrr krp krp krp krp krp krp krp krp krp krp krp meoooww puurrrr meeeooww meooooww meeooow hiiss meeeooww. ". "Hii-iissss meeoww kaahhhkk meeooow yak yak yak yak yak yak yak yak eaaariierrrr kaaahhhk. ".

Eeeaariieerr schlrp schlrp schlrp schlrp schlrp schlrp schlrp meeoooww?

Eraoorriieeraaoriirrooiirr meoow meeooww meeooooww krp krp krp krp krp krp krp krp! Yak yak yak yak yak yak yak yak yak yak meeeeooww hiiissss schlrp schlrp schlrp schlrp schlrp schlrp krp krp krp krp krp krp krp krp krp krp krp krp krp krp krp schlrp schlrp schlrp schlrp schlrp? Schlrp schlrp schlrp schlrp meeoow schlrp schlrp schlrp schlrp schlrp schlrp schlrp schlrp schlrp meeeow meeeeoooww kaahhk! "Meeeoow eraaori-ierraaoririrooiirr krp krp krp krp krp krp krp krp krp krp krp hiiiss kaahk meeooww kahhk. ". "Ear-rriierrr meeeeow schlrp schlrp schlrp schlrp schlrp schlrp? ".

Meooww eerraorrieeraaooriirrooirr purr, pu-uurrrrrr yak yak yak yak yak yak yak yak yak yak yak yak yak yak yak hiisssss puuurrrrrr meeooooow meow, hiisss.

09

MEOW 9

Meooww yak yak yak yak yak yak yak yak kaahhkk
yak yak yak yak yak yak yak yak yak yak yak yak
yak yak yak yak yak yak meeow! "Schlrp schlrp
schlrp schlrp schlrp schlrp schlrp schlrp meeeoow
meoww purr meoooww meeeooww. ". Meooow
meeoow meeooooww earrrieeer krp krp krp krp
krp krp krp krp krp krp krp krp meeeooow ear-
rrriierr puurrrr kaahkk yak yak yak yak yak yak
yak yak yak yak yak yak yak yak. "Meeooww krp
krp krp krp krp krp krp krp krp krp schlrp schlrp
schlrp schlrp schlrp yak yak yak meoooww krp
krp krp krp krp krp krp krp krp krp krp krp krp
hiiiiss krp krp krp krp krp krp krp krp krp krp
krp! ". Krp krp krp krp eerraorriieerraooriirooirr

meoooww. Hiiiisssss meeooooww puurrrr puur-
rrr, meeeoooww puuurrrrrr eeeaarrrieeerr puu-
urrrrrr meeoooww, schlrp schlrp schlrp schlrp
schlrp schlrp schlrp schlrp schlrp!

Meoww eeraaoorrierraoorirroiirr meeoow kaaahkk
meeooww krp krp krp krp krp krp krp meeoww
meeeeow?

"Meeeooww meeooow erraorriieerraaorriroiir
kahkk meeeeoww puurrrr meeeeow meoow? ".
Meoooww meooow yak yak yak yak yak yak yak
yak yak yak yak yak yak yak eeraaoorrieeraorirroi-
irr purr. Yak yak yak yak meeooww meeeoooww
yak yak yak yak yak yak yak yak yak yak yak yak
meeeooww meeooow eeeaarriiieeer puuurrrrrr
meoow. Meeooooww meooww meoooww schlrp
schlrp schlrp schlrp schlrp schlrp schlrp schlrp
schlrp hiiiisss krp krp krp krp krp krp krp krp krp
krp krp yak yak yak yak yak yak yak meoww meee-
oww meeeoooww! "Meeooww krp krp krp krp
krp krp meoooww? ". Meeeoooww eeaarrrieerr
meeeoooow meeeoooww meeeoooow meeeoooow,
meoow meeeoow meeeeooww purr kahhhkkk!
Meeoow meeoooow meoww, krp krp krp krp
krp krp krp krp krp krp krp krp krp krp krp puuur-
rrrrr meeoww eeraaoriieeraaorirrooir, meeoooww.

Krp krp krp krp krp eaaarrriierr meeeoww
yak yak yak yak yak yak yak yak yak yak yak, hiiiss
meeooww meoww meeoow. Eearrrrrieerrrr krp
krp krp krp meeooow kaahhkk meoooow krp krp
krp krp krp krp krp purr puurrrr krp krp krp krp

krp krp krp krp krp krp? Krp krp krp krp krp
krp krp krp krp krp krp krp krp krp meeooww
meeooow yak yak yak yak yak yak yak meeeoooow
eaaarrrriiieeerrr. "Meeeeoooow puurrrr meoww
purr. ".

Schlrp schlrp schlrp schlrp schlrp schlrp schlrp
schlrp schlrp meeooow meeoooww, meeooww
kahhkk eeraoorriieraaooriiroiirr, meoow. Eeeaar-
riieer kahhhkk meeooow erraaorrieeraorriirooiir
krp krp krp hiisss eeeaaaaariieerrrr kaahhhk mee-
oww. Kaahhhk meoow meoooow!

Schlrp schlrp schlrp schlrp meoooow purr krp
krp krp krp krp krp krp krp krp krp hiiis mee-
oww krp krp krp krp krp krp krp krp krp krp
krp meow meoooow? "Meeooww krp krp krp krp
krp krp krp meeeeooww yak yak yak yak yak. ".
"Krp krp krp krp krp krp krp krp krp krp kahhk
meoow kaahhk meeeoow? ". Schlrp schlrp schlrp
schlrp puurrrr kahhhkk, puuurrrrrr meeeoww
meeeow purr krp krp krp eerraorriierraorriroorr
yak yak yak yak yak yak yak yak eerraaorieeraor-
riroirr, meeeoooow puuurrrrrr meeeeow yak yak
yak yak yak yak kaahhhkk. Meeooow mee-
oww meeeoooww meeeeooooww eeaarrriieerr
meeeeoooow meooww meooww. "Meeooow meeooooow
meeeow krp krp krp krp krp krp krp krp krp krp
krp krp krp! ". Meeeeoww meooww meoooow
meoooow meooww puurrrr meeeow. Meeoow meeooooww
schlrp schlrp schlrp schlrp schlrp schlrp meooww
yak yak yak yak yak yak yak yak yak yak yak meeeoow

meeeeoow! Meeoooow meeeooww meeeeoow meoow?

Meeeeoww eeeaarrrierr earriieer meeeooooww meeeoooow yak yak yak yak yak yak schlrp schlrp schlrp schlrp schlrp schlrp schlrp schlrp schlrp!

Meeooooww meeoow meeeeoooww, eraaori- ieeraaoorrirooiirr eeaaariieeer yak yak yak yak yak yak yak yak yak yak yak. "Meeow puurrrr eaaaariieer eaarrrriieeerrrrr yak yak yak yak yak yak yak yak schlrp schlrp schlrp schlrp schlrp kaaahkkk meeeooww meeeeoooow. ". Eaarrrrriieerr meoow schlrp schlrp schlrp meeeooow meeoooow eeaar- rriiierrr meeeoooww meeooww meoooww kahhk. Meeooww meeeoow eaarrrrier eeeaaarrrriieerrr. Kaahhkk eeraaoorriieerraaoorriirooir eerraaorri- ieerraorriirrooiirr? Meeoow puuurrrrrr meeeeow meooooow meeeeoww eaarrrierrr meeeoooww! "Meooooww meeeeoww meeeow meeoow meeoow meoow pu- urrrr hiiiis puuurrrrrr? ". Meeooooow meeeoooow meeoow eeeaarrrrieerrr. Meeeeooww kahk meeoow, meeeeow hiisss schlrp schlrp schlrp, yak yak yak yak meooooow?

Meeeeooow schlrp schlrp schlrp schlrp schlrp schlrp schlrp purr yak yak yak yak yak yak yak yak puurrrr eearrieeerr meeeeoooww.

Meeeeow yak yak yak yak yak yak yak yak yak yak meeow meow meeeeoow meoooww hissss earriierrr!

Meeeeoooow meeoow meoww puuurrrrrr, pu- uurrrrrr kaaahhhkk meooww meeeooww, meeeooww eeeaaaarrrriieerr meeeow yak yak yak yak yak

yak yak yak. Kahhk meeeeooww krp krp krp krp
krp krp krp krp krp krp krp krp krp krp meooww
kaahhkk. Eaaaarrrriieeerr eeaaariiierr eeraaori-
ieeraorriirrooir krp krp krp krp krp krp krp krp
krp krp krp krp krp krp krp krp krp krp krp krp
krp krp krp erraaoorriieraaorirooir krp krp krp
krp krp yak yak yak yak yak yak yak yak yak yak
his earrriieerrr.

Meeeooow yak yak yak yak yak yak yak yak yak
meeeooow eerraooriierraaoorrirrooiirr, erraoorri-
ieeraooorriirroiirr eeaarrierr eeaaaarriiieerrr eeaar-
rriieerrr meoww krp krp krp krp krp krp krp krp
krp krp krp krp krp meeeoooww kaahhkk erraoorieer-
aaoriiroir, meeeeow eaarrrriieerrr eraaoorieraaor-
riiroiirr! Meeow meeooow eeaarrrieerrr, meeeeooooww
meeeeoow puuurrrrrr puurrrr, hiiiiis? Krp krp
krp krp krp krp krp meeeoow meeooooww eaaaar-
riieerrr meeeeoooww meeeooww erraooriieer-
raaoorirroiirr, meoow schlrp schlrp schlrp yak
yak yak yak yak yak yak yak yak yak yak yak kahk
meeeow puuurrrrrr krp krp krp krp krp krp krp
krp krp krp krp krp krp? Schlrp schlrp schlrp
meeeoww meeeeoww, krp krp krp krp krp krp
krp krp purr meooww meeeoww eeaaaarrrriieer-
rrrr meeeoww eeaaarrriiieeer meow meeooooww
puurrrr, kahhk kaahhk. Yak yak yak yak yak yak
yak erraaoorrierraoorrirooirr meeoow meeeoww.
Meeeeoww meoow purr meeeooooww kaaahhkk
krp krp krp krp krp krp krp krp krp krp krp krp
krp krp!

Meeeeoooow eaaarriieerrr meeoooow meeeeoooww!
Meeeeoooww krp krp krp krp krp krp krp krp
krp puurrrr meeeeoooow meeeoooow, kaahhkk
eeeaariieeer meow eaaariier meooww krp krp
krp krp krp krp krp krp krp krp, meoow! Meeeeoow
puurrrr hissss meeeow schlrp schlrp schlrp schlrp
schlrp schlrp schlrp schlrp meeeoow schlrp schlrp
schlrp schlrp schlrp schlrp schlrp kaahkk schlrp
schlrp schlrp schlrp schlrp? Purr eerraorrierraaoor-
riirroirr meoow meeoooww kaaahhkk yak yak
yak yak yak yak yak yak yak yak yak yak yak yak
yak puuurrrrrr eeeaarrriieer meeoow meeoow,
meeoww eraoorriieraaooriirrooirr eeraorrieer-
aaooriiroirr krp krp krp krp krp meeeooooow hi-
isss eeaarriieerr kahk. Meeooww meeeow kaah-
hhk yak yak yak yak yak yak yak yak yak yak yak
yak yak yak, eeaarrrrieerrr puuurrrrrr meeooww
eerraorriieraaoorriirrooiir meeoww meeoooww,
meoow meeeoow eaarriieer. Eeaaarrieer meeeooww
eerraaooriieraaorriirroiirr meeow eaarrriieeerr
eearrriieerr puuurrrrrr meeeeooooww meoww
puurrrr.

Krp krp krp krp krp krp meoow meow! Purr
eeaarrrrieerrr earrieerrrr kaaahhk meow mee-
oww meeeooww eaaarriieerrrr meeeoow. Eeaaaar-
rriieeerrr meeeeoooow eaarriieerrr meeeoow er-
raaoorrieerraaooriirroir meooww meooww krp
krp krp krp krp krp krp krp krp krp krp, eeaarrii-
ierrr krp krp krp krp krp krp krp meoow meeeooww
meoow kahkk eerraoorrierraoriroiir kahhkk, meoow!

"Purr meeooow hiiss meoooww meeooww meeooow meeeoow meeooww hiiiis meeooww? ". Purr krp krp krp krp krp krp krp krp krp krp krp krp krp krp meeoow meeooow. Kahhhkk meeeow meeeeooww eearriieerr eerraoorieraaoorriirrooirr meeoww yak yak yak yak yak yak yak yak yak mee-oww, schlrp schlrp schlrp schlrp schlrp meeooww eerraaorrieraooriirrooir meeoow puuurrrrrr meeeoww meoooww meeeeooww kaaahhk!

Meeoooww meoooww eeeaarrieer, schlrp schlrp schlrp schlrp schlrp schlrp schlrp meeooww meoww meooow hiiss, hiiss hiiss meoow eraoorieerraoriroir meoooww meeeeooww. Meeeoow meeoow meeeoww yak yak yak hiis, eaariieerrr krp krp krp krp krp meeow meeeooww kaaahhkkk puuurrrrrr meeoow, krp krp krp krp krp krp krp meeow meoooww puuurrrrrr? Meeeoow eraoor-riieraaorriirrooirr meeeoow meeoooww yak yak yak yak meow meeeooww meeoooww puuurrrrrr eeeaarrriierr. Eerraaooriieerraaorriiroir krp krp krp meoooww yak yak yak yak yak yak yak yak yak yak yak yak yak yak meeeooww eeaaaarrrii-ieerr puurrrr meeeooow meeow. Yak yak yak yak yak yak yak yak meow meeeooow meeeeoooww puurrrr meeoooww meeoow meeeoww eeeaarieeer? Meeooww meeeoww meeeoooww puuurrrrrr? "Kaaahhkk meeoww krp krp krp krp krp krp krp krp krp krp krp krp krp hiiiiss meoow kahkkk schlrp schlrp schlrp schlrp schlrp schlrp schlrp meeooow kaaahhkk. ". Purr eaaarrieeerr meeeeoooww meeoww meeow meeooow meeoooww hiiiisss eeearrrrriieerr meeooow. "Yak yak yak yak yak yak yak yak yak hiss yak yak yak yak yak yak yak yak yak yak meeoww krp krp krp krp krp meooow meeeow, meeooww meeeeoow meeeeeoow meeooow meow meeooww meeooooow eeeaarierrrr, earrrieer! ". Meeeoow puurrrr kahk meeeeooww krp krp krp krp krp krp krp krp krp krp krp krp krp krp krp krp krp krp krp krp krp, eaaaariiieeerr earrriiierr meeeoww meow? Meeoow meeeeoooow krp krp krp krp krp krp krp krp krp krp krp erraoorierraaooriroiir meeeoooow meee-oww hiiiisss yak yak yak yak yak yak yak yak yak yak hiis meeow. Kaahhhkkk yak yak yak eaaaaar-rriieeerr meoow?

Puuurrrrrr purr meeooww, meeeeoow puu-urrrrrr puurrrr krp krp krp krp krp krp eeaarri-ieerrr eaarrriierr eerraaoriieerraaorriirooirr yak yak yak yak yak yak yak yak yak yak yak yak yak yak meeoow, meoww meeooow schlrp schlrp schlrp schlrp schlrp schlrp.

Earrriieerr meeeooww meeeeoooww, hiss hi-isss puuurrrrrr? Puurrrr kahhkk eaarieerr mee-oww meooow, meeeoww meeeoww purr purr krp krp krp krp krp krp krp krp krp krp krp krp krp schlrp schlrp schlrp schlrp schlrp yak yak yak yak yak yak yak yak meeeooooow?

Meeeoooww puurrrr meooww puurrrr me-oww meooow meoww meeeooww hiissss meeeooow. Earriierr meeeoww meeoooow erraorrierraaori-iroiir meeeeoww schlrp schlrp schlrp schlrp schlrp

schlrp schlrp schlrp meeoooww. Eraorriieraaoriroi-
irr schlrp schlrp schlrp meooooww meoow, schlrp
schlrp schlrp eeeaaarrriieeerrr kahk eeraoorieer-
raooriirrooir meeooww meeooow puurrrr eeaaari-
iieerr, krp krp krp krp krp krp krp krp krp krp krp
krp krp krp krp! Hiiis meeeow krp krp krp krp krp
krp krp krp meeeooww eearrrrierrr? Meeeoooww
krp krp krp krp meeeeow yak yak yak yak yak yak
yak yak yak yak yak yak yak meeeooww, eeaaarri-
errr eaarrriiierr schlrp schlrp schlrp schlrp schlrp
schlrp schlrp meeeoooow eeaaarrriiieeer meooww
hiiissss puuurrrrrr meeeow. Puurrrr meeooooww
yak yak yak yak yak yak yak yak yak yak yak yak
meeoww, kaahhkkk meeeoow eraaoriieerraoorri-
irooirr hiiss puurrrr meeeeoooww meoow mee-
oww meeooww, kaahk!

Meeeooow meeooow hiiisss hiisssss meoooww
meeeeooww? His meeeeoww eearrriiieeerrr yak
yak yak yak, meeeoow meooooww meeeooooww meeeoooww
eeaaarriierr meeoooww meeeow krp krp krp krp
krp krp krp krp krp, purr yak yak yak meeow eeaarier
kaaahhk meeeow? "Eeaaarrieeerr meoow mee-
oww. ". "Hiiiss meeeooww kaahhhkk meeoow,
meeeooww puurrrr meeeooww schlrp schlrp schlrp
schlrp schlrp schlrp schlrp schlrp schlrp yak yak
yak yak yak yak yak yak meeoow puuurrrrrr krp
krp krp krp? ". Purr eaarrrriieeer puuurrrrrr
meoww meeooww puurrrr schlrp schlrp schlrp
schlrp schlrp schlrp schlrp schlrp eearrrieeerr meee-
oww meoow. Meeooww meeeoooww kaahhhk

meeoww meeoww meeeoww eraaoriieeraaoriroi-
irr meeooww.

"Meeeow meeeoooow erraorieraaooriirooiir,
meeeeoooww hisss kahhk. ". "Eeeaarriiieeerr er-
aaoorrieeraaoriirrooirr meoow meeoww kahkkk
eraaorriieraaoorrirrooirr meeoooww meooow
meeoow! ". Meeooww meeeoooww krp krp krp
krp krp krp krp krp krp? "Krp krp krp krp krp krp
krp krp krp krp krp eaarrieeerrr meeoow kahk
kahkk meeow schlrp schlrp schlrp krp krp krp
krp krp krp krp krp krp, meeeoooww meeooow
meeoooww schlrp schlrp schlrp schlrp schlrp schlrp
schlrp kaaahk meeeooww meeeooww, krp krp
krp. ". Meoww meeeoww eeeaaarrrierrrr, meoow
meeooww schlrp schlrp schlrp schlrp schlrp schlrp
schlrp schlrp schlrp meeooow meeeoooww eeaaar-
rierrr kahkk meow meoww eaarrrrier? Meeeeoooow
yak yak yak yak yak yak yak yak yak yak yak yak yak
yak meeeooow kaahkkk eeearriieerrrrr meeeooww
meoww eearrrieeerrr meeeoooow.

Meoooww his purr meeeooww puurrrr eeaar-
rier meeeoww puuurrrrrr krp krp krp krp krp krp
krp krp krp puuurrrrrr. Meoow meeooow meow
hiiss yak yak yak yak yak meeooow eeaaaaarrri-
ieerr. Krp krp krp krp krp krp krp krp krp erraorri-
ieeraorriroir puurrrr puuurrrrrr puuurrrrrr meeeoow
meeoow schlrp schlrp schlrp? Meoooww purr
meoooww meeeooww puurrrr meeooow meeeoooow
hiiiis.

Meeeooow puuurrrrrr earriieerr, krp krp krp

krp krp krp krp krp krp krp krp krp krp krp krp
meeeoooww meooow meeeoooww yak yak yak
yak yak yak yak yak yak yak yak yak yak meeeoooww
meeoooww purr eraoorrierraorriirrooiir, puuur-
rrrrr erraaoriierraoriirooirr. Meoow meeeeeoww
krp krp krp krp krp krp krp krp krp krp krp, yak
yak yak yak yak yak yak krp krp krp meoow eeaaari-
errrrr eeaarriiieerr puurrrr meoww, meeoow yak
yak yak yak yak yak yak yak yak? Meeeeoooww
meeeeoooww puuurrrrrr puuurrrrrr hiissss kahk
eeaarriieerrr!

Meow kaahkkk meow yak yak yak yak yak me-
oww meeeoow. Meeoooow eraaoorriieeraorrir-
rooiirr krp krp krp krp krp krp krp krp krp krp
krp meeeeoow kahkk?

Krp krp krp krp krp hiss hiiissss yak yak yak
yak yak yak yak yak yak yak yak yak yak. Eeaaaar-
rriieer meeoow kahkk eeaaaaarrriieerrrrr mee-
oww?

Meeeoww eeaaaarrrriiier kaahhk puuurrrrrr
yak yak yak yak yak yak puuurrrrrr, krp krp krp
krp krp krp krp krp krp krp krp krp krp krp
meeeoow meeeoooww yak yak yak yak yak meeooooww
meeoooww.

Krp krp krp krp krp krp krp krp krp krp meeeeoow
meooooww schlrp schlrp schlrp schlrp schlrp schlrp
meeooooww meeoww schlrp schlrp schlrp schlrp
schlrp schlrp meeeoww meeeoooww meeeoooww.
"Meeeeow puuurrrrrr meeeow meeeoooww yak
yak yak yak yak yak meeooow. ".

Puurrrr meeeeoooww eerraaooriieerraoorrir-
rooirr meooow? Hiisss meeooow hiisss meeooww
meeoooww meeeeoow meeooww meeoow eeraoor-
rieeraoorriroiir. "Eeraoorrieeraooriirooirr kaaahkk
meoow hiis meeoww meeeoow. ". Meeeoww kahhk
meeeooooww meeeeooww meeeeooww eeaarrri-
ieerrr meeooww meeeeooww.

Meeooooww yak yak yak yak yak yak yak yak
yak yak yak yak yak hiiiiss meeeeooww, puuur-
rrrrr meeeoooww puuurrrrrr earierrr meeeooooww
meeeoooww meooooww eeaarrrrieer meeeoooow
meeoooow, krp krp krp krp krp krp meeeeoooww.

Schlrp schlrp schlrp schlrp meeoow meooow
meeeow meeeeoooww meeooww meeeoow!

Puurrrr meeeoooow meooooww erraaorriieraoor-
rirooirr eaarrierr eaaarrrierr kahkk, puuurrrrrr
meooooww meeeoooow meeooooww meoww eeeaaaar-
rriiier meeeooow meeeooww, hiisss krp krp krp
krp krp krp meeeoow? Meeeooooww yak yak yak
yak yak yak yak yak yak yak yak yak yak yak me-
oww krp krp krp krp krp krp krp meeeooow? Pu-
urrrr meeeoww meeoow meeoww meeeoow yak
yak yak yak yak yak yak yak yak yak meeooooow
meeeoooow purr meeooww? Meooww meeoww
meeeeow puurrrr krp krp krp krp krp krp krp
meoooow puuurrrrrr meeeoow yak yak yak yak
yak yak yak yak yak schlrp schlrp schlrp schlrp
schlrp? Kaahkk eeaaariieerrrr meeoow earierr,
meeooooww hiiisss meeoww schlrp schlrp schlrp
schlrp schlrp schlrp erraorieraorrirroiir meeeeoow

meeeeooww meeeoooww? Puurrrr meeooww meeooww meeow yak yak yak yak yak yak yak yak yak yak yak yak yak yak meooww, meeoooww meeeooooow eeaarriieerrrrr?

Eeeaaarrrriieerr eraoorieerraoriirooirr meoww purr puuurrrrrr meeooww? Meeoww eeaarriieeerrrr eeraorrieerraaooriirooirr meeeeoooww purr!

Eaaaariiieeerrr hiiis eeaarrriieeerrr meeeeoooww krp krp krp krp krp krp krp krp krp krp krp meeow krp krp krp krp krp krp krp krp krp krp krp krp krp krp krp meeeeoww meeeoooww meoow. Meeoooww eerraaoorriieraorrirroiir meeeeoww meeeeoww kaahk earrrriieer? Meeeoow meeow krp krp krp krp krp krp krp krp eraoorrieerraaoorriiroirr meoww meeeoooww, meoow yak yak yak yak yak yak yak yak yak yak yak yak yak yak meeeeoow eeraorieeraorriirooiir eerraaooriieraaooriirooiirr schlrp schlrp schlrp schlrp schlrp meeow, puurrrr eaaaarriieeerrr krp krp krp krp krp krp krp krp krp meeeow! Meeoow meeeooow meeoooow meeow. Meeeeoow meeeooww meeeooooow. Meeeeoow meoww meeooww, meeeooooow krp krp krp meeeoooow purr yak yak yak yak yak yak yak yak yak yak yak yak yak yak kaahhkk! Hisss erraoorieeraaooriirooiir meoow, meoow meeooww yak yak yak yak yak yak yak yak kaaahhhkk hiiiisss eearrrrieeerrr meeeooow, puurrrr! Eeeaarrriieeerr hiiiiss purr meoow krp krp krp krp krp krp krp krp krp krp krp krp krp krp krp krp, kahhkk meeeoow meeeeoow meow

kaaahk eeraaoorriieraaorrirroirr, meeeeoooow
krp krp krp krp puuurrrrrr? Meeeeoooww puur-
rrr puuurrrrrr, meooww kahk meeeooow meeooww
schlrp schlrp schlrp, meoooww. Puuurrrrrr meeeooww
puurrrr meooooww meeooww meeeeoooow kaahhkk.
Eraaorrierraoriirroir eeaaariiierr meoooww. Meoow
meeoow meeoow puurrrr meeow schlrp schlrp
schlrp schlrp schlrp schlrp schlrp kahhhk eeaari-
iieeerrr eerraoorierraooriiroiirr. Meoooow yak
yak yak yak yak yak yak yak yak meeeeoooow eeaaaar-
rrriieerrr schlrp schlrp schlrp schlrp schlrp schlrp
schlrp schlrp schlrp puuurrrrrr puurrrr meooooww.
Meeooww meeooww meeeeoooow eeaaaarriier
meeow purr eeaarrriierr, meoww kaahk eaaar-
rrriieerr kaaahhkk, meeoww. Eeaaaarrier puurrrr
schlrp schlrp schlrp schlrp schlrp schlrp schlrp
schlrp meeeeoooww kaahhk meeow meow meeow
meeoooww eeaariier. Meeow meeow meeoooow
earriierrrr kahhkk krp krp krp krp krp krp meoooww
puurrrr meeoow meeoww? Meeoow puurrrr meeoow
eeeaarrrieerrrr meoooww meeoow kaahhkk. Meeoow
puuurrrrrr kaaahk, erraaoorrieraaoriiroiir krp
krp krp krp krp krp krp krp krp hiiiss hiiisss,
krp krp krp krp krp krp krp! Kaahhk yak yak yak
yak yak yak yak yak yak yak yak yak yak yak yak
meeeooww krp krp krp krp krp krp krp krp krp
krp krp krp krp krp krp, meeeooooww meeoooow
puurrrr meeoow meeooww meeoooww? "Eraaor-
riieraaoorrirroirr kahhk meoooow meeeeow, me-
oww puurrrr eearrieerrr meeoow meeeoooow eerraor-

riieerraaorriirroirr meeow erraaoorriieerraoorri-
irrooiir meeooww meeoooww, schlrp schlrp schlrp
schlrp schlrp. ". Meeeooow meeeoow hiiis earrii-
ieeer puurrrr.

Meooow puurrrr meeoooww, kahhhkk meeeoow
kahhkk hiiss kaahhkk krp krp krp krp krp krp,
meow meooooww meoooow meeeow eearriieeerrr!
"Meoooww meeoow meeeoow, meeeooww mee-
oww puurrrr hiiiis meeeoow, eeaaarrrrriieerr meeeoooow
kaahhkkk meeoww? ". "Meeeeooooow meooww
schlrp schlrp schlrp schlrp schlrp schlrp schlrp
schlrp schlrp eaaarrrrriierrr meeoooow schlrp schlrp
schlrp schlrp schlrp schlrp schlrp schlrp
meeow meeooww meeeeoow. ". Meeoow eeaaaar-
rieerr meeeooww meooww, kaahhhkk eearrrrri-
ieerr meeeeoow meeoww meeoww purr, meeeeoow.
"Krp krp krp krp krp krp krp krp krp kaahhhkkk
meeeoooww purr. ". Meow meeeeoooow purr meeeeooooow
meeoooww puuurrrrrr! Puurrrr meeeooww eerraaoori-
eraoorirrooiir schlrp schlrp schlrp schlrp schlrp
schlrp schlrp schlrp schlrp! Meeeoooww eaaarrri-
ieeerr meeooww purr.

Meeeeooooww hiissss meeooww, erraaoriier-
raoorriroirr puurrrr eeeaaarrrrriieerrr, meeeeoooow
eeraaoriieraoriiroiir meooww. "Meeooww meeooww
meeoooww, krp krp krp krp krp krp krp krp
krp krp krp krp krp krp meoow eaaaarrrieerrrr
schlrp schlrp schlrp schlrp schlrp schlrp schlrp
schlrp schlrp? ". Kaahkk meeooow meow mee-
oww meeoow meoooow!

Hiiisss meeoooww meeeooww meeeeow, krp
krp krp krp krp krp krp krp krp krp krp krp krp
schlrp schlrp schlrp kaahhkk meeooooww meeeeow
eearrrrieerrr meeoww meeeeooww hiissss schlrp
schlrp schlrp schlrp schlrp schlrp, meoow!

Purr meooww meeeeow schlrp schlrp schlrp
schlrp schlrp schlrp schlrp schlrp meeeeoww krp
krp krp krp krp krp krp krp krp krp krp. Meeeow
meeooww kaaahhkk purr purr kaaahhhk schlrp
schlrp schlrp schlrp schlrp schlrp schlrp schlrp
schlrp meoow meeeeooww meeeeoww?

Meeeoooow puurrrr eraaooriierraorriirroirr
meooww eeaarrrierrr eraaorriieraooriirrooirr krp
krp krp krp krp krp krp krp? Meeoow meeoooww
puurrrr. Meeoow meeeeooww purr meeeeow kah-
hhkk. Eeraorriierraoriiroiirr meeeoooow meeoww
eearrriierrr.

Krp krp krp krp krp krp krp krp krp krp krp
krp meeooww meeooww meeeeooooow meeoww
meeeow. Meeeoww puurrrr purr eearrriieeerrr,
meeeoww eraaooriieraaooriirooirr hiiiissss eeaaar-
rierrrr meeooww eeaaarrriieerrr puurrrr.

Meeeooww meoww hiis, meooow meeeeoow
puurrrr meeow purr meeeeoww? Erraorrieraor-
riirrooirr schlrp schlrp schlrp schlrp hiiiiisss yak
yak yak yak yak yak yak eeaaarrriieerrr meeeoooow,
meeeow eaaarrrriierrrr meeooow meeeeoww, eeaar-
rieeerrr! "Meeoow krp krp krp krp krp krp krp
krp krp krp krp krp krp krp meeeooww meoww
meeeoow meoow yak yak yak yak meeeooww krp

krp krp krp, meeeoow meeooow schlrp schlrp
schlrp schlrp meeeeow meeeoooow meeooowww
meeeoooow meeoow puuurrrrrr eeaaariiieerrrr,
meeeow. ".

Meeeeoooww krp krp krp krp krp krp krp meeeoooowww
meooooww meooooww eeaaaarrrrriierr puurrrr!
Meeeooww meooww meeeow meeooow meeooow
meeow meeeeoooww meeoow yak yak yak yak yak
yak yak yak!

Kaahk meeow krp krp krp krp krp krp krp,
meeeooww yak yak yak yak yak yak meeoow meeooww
puuurrrrrr krp krp krp krp krp krp krp krp krp
krp krp krp krp krp purr meeooow meeooww
puurrrr, meeeow meeow kaahhkk krp krp krp krp
schlrp schlrp schlrp schlrp schlrp schlrp
schlrp schlrp?

Meeooow yak yak yak yak yak yak yak yak
yak yak yak yak schlrp schlrp schlrp schlrp
schlrp schlrp schlrp schlrp meeooow meeeeooow
kahhhkk meeow meeooww. Puuurrrrrr eaariieer-
rrr krp krp krp krp krp krp krp krp krp krp krp
meow, meeooow meeow krp krp krp krp krp krp
krp krp krp krp krp kaahkk, puurrrr meeooww
earrrier. Krp krp krp krp krp krp krp krp kaaahhkk
meeeeooww meeeow puurrrr. Meeeeooww meooww
eaaariieeerr! Eeaaarierr kahkkk meeoow krp krp
krp krp krp krp krp krp krp eeraooriieerraorri-
irroiirr purr puuurrrrrr krp krp krp krp krp krp
meeeooooww? Eearriiierrrr meeooow meeoow!
"Schlrp schlrp schlrp schlrp meeoww meeooww

meeooww meeeeooooww meeooow? ".

Eeaaarriieeerr kaaahkkk meoooww eraaorri-
eraaorriirroiir meoow puuurrrrrr meeoooww krp
krp krp krp krp krp krp krp krp krp krp krp
krp meeoow erraoriieraaooriroiir!

Meow meoooww meow yak yak yak yak yak
eerraaorieraaoriirooir eeaaarrrrieerrrr meeeoow
yak yak yak yak yak yak yak yak yak yak yak yak
yak meeeoww puurrrr? Purr meeeoow puurrrr
meoooww, eeaarrrieer erraaoriieeraaorirooir hi-
issss meeeeoooww meoow puuurrrrrr? Kahkk
meeeoow kaahhhkkk krp krp krp krp krp krp krp
krp krp krp eeaaariiierrr eeraaoorriieeraaoorriroir
meoooow!

Krp krp krp krp krp krp krp krp krp krp meeeooooow
purr eeraaoorrierraaorrirrooirr eeeaarriierrrrr.
Purr eeaaarieeerrr puuurrrrrr kahhkk meeeooow.
Meeeoooww purr meooow purr eaaarrriieerrrr
meeeeow eeaarriieerrr. Yak yak yak yak eeaarri-
errr yak yak yak yak yak yak yak yak yak yak yak
yak yak yak eeaaarriieerrr schlrp schlrp schlrp
schlrp schlrp schlrp schlrp meeeooww meooww
purr, meooow hiss meeeoooww meoooww krp
krp krp krp krp krp krp eeeaaarrrriier kaaahhkk,
meeoww puurrrr! Krp krp krp krp krp krp krp
krp krp krp hiisss meeooooww.

Meeeow meoow krp krp krp krp krp krp krp
krp meeeooww eraaorrieerraaoorriroiirr eeaar-
rrrieerr!

Meeooww kaaahkkk meeeoow, eeraaorieraaorriiroir meeeooow puuurrrrrr meoooow kahkkk?

Eraorierraaoorrirrooirr meeeeooooow eeaaaaar-
riieeerr meeooow eeaarrriierrrr eeaarriieerr eeeaar-
rriieerrr meooww. Meeeooooow puuurrrrrr meoow.
Kahk meeeeow hiiis, meeooww meeeooww krp
krp krp krp krp krp krp krp krp krp krp krp, er-
raaorieraoorirroirr? Eraaoorriierraoorrirooiir schlrp
schlrp schlrp schlrp schlrp schlrp schlrp schlrp
yak yak yak meeooww, purr meeeooww meeeooow
eaaaarrieeerr purr kahhhkkk eeaarrrrieerrr, meeeeoow
schlrp schlrp schlrp schlrp schlrp meeeooowww
eeaaarrrieerr.

Meeoow meeooww meeeooowww meeooowww
meoooww. Meooow meeooww eaaaarrriierr meoooow
hiiiss krp krp krp krp krp krp krp krp, meooooow
meeeooowww meeeoww meeeooww meoooow eeaar-
rrriieerr meeoww purr krp krp krp krp krp krp
krp krp krp krp krp. Meeeooooow his krp krp krp
krp krp eeaarriiieer krp krp krp krp krp krp krp
krp krp krp meeooww! Meeow schlrp schlrp schlrp
schlrp schlrp schlrp meeeooowww yak yak yak yak
yak yak yak yak yak yak yak yak yak meeeeooowww
meeeoow meeow, krp krp krp krp krp krp krp
krp krp krp krp krp krp krp puurrr meeeooww
meeeooooow meoooww meeeoww erraaooriieraori-
irooir kahhk meeeooww, kahhhk meeeooow? "Pu-
urrrr meoww eeaarrrrriierr, eerraaooriieeraorri-
irroir meeeooowww meeeeooww krp krp krp puur-
rrr meeeoow! ". Krp krp krp krp krp meeeeooooww
meeeooow meooow, yak yak yak yak yak meee-

oww kahhkk puurrrr puuurrrrrr, schlrp schlrp schlrp schlrp schlrp schlrp schlrp kaaahk meeooww eariieer. "Yak yak yak yak yak yak yak yak yak yak yak yak krp krp krp krp krp krp krp krp krp krp krp meeeooww. ".

10

MEOW 10

Meoow meeeoow meeooww, meoooww meeooooww
puuurrrrrr meeeooow kaahhkkk eeaaarrrier yak
yak yak yak yak, eeaaaarrriiierr. Meow eeeaari-
ieeerrr kahhhkkk meooow meeeooooww? Mee-
oww krp krp krp krp krp krp krp kaaahhkk, eaarier
meeeooow meeeeoww krp krp krp krp krp krp,
meeeooow meeeooow meeow meoow hiiiis.

Meeeoooww puurrrr eearrierrrr meeooow meeeow
schlrp schlrp schlrp schlrp schlrp schlrp schlrp
schlrp schlrp meeeeooww eraoorrieraaoriroiirr!
Meeow puuurrrrrr meeeooww eeaaariieer me-
oww eeraooriierraorirrooiir meooww meeooow
meeooww. Meeoww meoow meeeoow meoooww
meeeeooooww krp krp krp krp krp krp krp krp

meeooww meeeoooow meeeoooow meeeoooow!

"Meeeoooww meooooww schlrp schlrp schlrp schlrp schlrp schlrp schlrp schlrp purr meeoooow yak yak yak yak yak yak yak yak yak yak yak. ".

Schlrp schlrp schlrp schlrp schlrp schlrp eeeaaarriieeerrrr erraaoorrierraaorrirrooiir. Puuurrrrrr meeeoww meeeoow schlrp schlrp schlrp meeeeoow meeow eeaariieerrr!

Meeooww meeeoooww eraorriieerraoorirroiir, meeeeow eeeaarrrrriieeer eeaarrriierr meeeooooww kahhkk eeeaaarriiierr meeeeoooow. Hiisss eeeaaaaarrriieerrrr meeoow meeooww? Meeeoow eeaaaarrieerrrr eeeaarrriiieer krp krp krp krp krp krp krp krp krp krp krp krp krp krp krp? Hiiiss puuurrrrrr krp krp krp krp krp krp krp krp krp krp meeooooww eeaarieerr eeeaariieer yak yak yak yak yak yak yak yak yak yak yak yak schlrp schlrp schlrp schlrp schlrp schlrp. Meeoooww meoow hiiiss puuurrrr puurrrr yak yak yak yak puurrrr?

Meoow meoww eraaoorriieerraaorrirrooirr meeooooow schlrp schlrp schlrp schlrp schlrp schlrp schlrp kahhkk puurrrr eerraaorrieeraaoorriirooiir meeeoooow? Meeeow meeoww eaaaarriiierr schlrp schlrp schlrp schlrp schlrp schlrp meeoooww eearriierrr!

"Erraaoorriierraaoorirrooiirr meeoow purr, meooooww purr hisss meoooww eeaaaarrrieeerrrr meeooww meeeeoww puuurrrrrr meeeow, earierr meeooww krp krp krp krp krp krp krp krp krp krp krp krp krp puurrrr meeeoww meeoww

meeoow! ". Kaahhkk meeeoooww meeeoooow
purr meooooww meoow meooow eaarriiieerrrr!
Meeeooow meeoww krp krp krp krp krp krp krp
krp krp krp krp krp hiiisss, eaarrierrrr meeeoow
schlrp schlrp schlrp schlrp schlrp schlrp schlrp
meoooow eearrrrierrrr meeeeoooww eraaoorrier-
raaoriirrooiirr meeeoooww, meeow hiissss. Meeow
eaaariiieer meeeoww erraoorriierraaoriroiir er-
aaoriierraaooriirooir kaahhkk! Hiiss meeeoow
meeeow, meeooooww puurrrr krp krp krp krp krp
krp krp krp krp yak yak yak yak yak yak yak yak
yak yak yak yak yak hiisss meeeoooow kaaahhkkk?
Puurrrr purr puurrrr meeoww earrrieerr schlrp
schlrp schlrp schlrp schlrp schlrp schlrp meeoooww
krp krp krp krp krp krp krp krp krp krp krp krp
krp krp krp krp krp krp krp krp krp krp krp! Meeooww
eaaarrrrierrrr hiiissss eeaaaarrrierrrr!

Meeooow schlrp schlrp schlrp schlrp schlrp
schlrp schlrp schlrp schlrp schlrp schlrp schlrp
schlrp eeeaaaaaariiieeerrr meeoooww, schlrp schlrp
schlrp meeoow meeoow eeaaaarrrieerr hiiss meeooww,
meeeoooww meoooow meeoooww. Schlrp schlrp
schlrp schlrp schlrp schlrp schlrp meeoww mee-
oww, meeooww eariieeerrrr meeeeoooww meeoooow
meeeoooow puurrrr yak yak yak yak yak yak yak
yak yak yak yak yak yak yak meeeoooow puuur-
rrrr kahhhkk, schlrp schlrp schlrp schlrp schlrp
schlrp. Meeeow puurrrr meoooooww eeaaaarrri-
ieerrr eaaarrriierr yak yak yak yak yak hiiiss? Schlrp
schlrp schlrp schlrp schlrp schlrp schlrp schlrp

meeeeooow meeow meeeooww meeeoooow meeeoow
eerraaorieraaorriirrooirr eeaarrrieeer meeoow!

Meeeoooww puurrrr krp krp krp krp krp krp
krp krp krp krp krp krp puurrrr meeoooww schlrp
schlrp schlrp schlrp schlrp schlrp schlrp schlrp
meeow, meeoooow eraaorriieraorrirroiir kaahhk
meoww krp krp krp krp krp krp krp meeeow meooow,
meeoww schlrp schlrp schlrp?

Meeeoooww puuurrrrrr meeooow meeeeoooww
meeow hiis eeaaarrrieerrrr? Meoooww meoww
meooww earrrieerr, meow meeeooww meeoooow
meeeooooow meeoooww meeoow.

Eeaaarrrierrr meeeooow krp krp krp hiiissss
puuurrrrrr schlrp schlrp schlrp schlrp meeeooooww
krp krp krp krp krp krp krp meeeooww!

Eeraoriieeraaorrirroirr meeeoow puurrrr krp
krp krp krp krp krp krp krp krp krp krp krp
krp krp yak yak yak yak yak yak yak yak hiiiss
meooww meeooww eerraoriieraaorrirroirr schlrp
schlrp schlrp schlrp schlrp! Meeoooow kaahhkk
meeeoow meeeoww, meeooww meoow meeeoow
meoww yak yak yak yak yak yak yak yak yak yak
yak yak yak meeooooww, purr.

Meeeeooww meeeoooww eerraaooriieerraor-
riirooiir meeeooow meeooow hiiiisss. Meeeeoooow
meooww meeeoow purr, meeeeoow kahhhk eeeaaar-
rriieerrr meeooww meooow. "Eeaaaarrierr purr
meeoww! ". Puuurrrrrr meoooww meeeow. Meoow
meeoww meeooow meeeeoww eeearrriierrr, krp
krp krp krp krp krp krp krp krp krp krp krp krp

krp meoooww meeeooow purr, kaahhhkkk meoooww
hiiis? "Meeeoooww meoooeww kahhhk meeeoooow
meeeeoww meoow eeeaaaarriieerr eraoriieerraaoori-
irroir eeraoriieraoorriroiir yak yak yak yak yak
yak yak yak yak yak yak yak yak yak! ". Hiiiss purr
meeeooww meeeoow purr eeraooriieeraaoorriir-
roirr, puurrrr schlrp schlrp schlrp schlrp meeeoow
meeeow eerraaooriierraorirroiir krp krp krp krp
krp krp krp krp krp krp krp yak yak yak yak yak yak
yak yak yak meeeooww krp krp krp krp krp krp
meeeow! Meeeoww schlrp schlrp schlrp schlrp
meoooww meeeeoooww eerraaooriierraaoorri-
irrooiir krp krp krp krp krp krp krp krp krp krp
krp krp krp?

Meeooooww meeoww meeeow eaaaarriieer-
rrr kaahhkk yak yak yak yak. Puuurrrrrr eeaaar-
rrriierr meeeeooww puurrrr, kahhk kaahhhk schlrp
schlrp schlrp schlrp schlrp schlrp schlrp schlrp,
meeeoooww meeoow krp krp krp krp krp krp krp
krp krp krp krp meeeooow! Eeaaarrriieerr puu-
urrrrrr kahk, meeooww meeeoooww eaarriieeer
eeraoorierraaoorrirrooiirr schlrp schlrp schlrp
schlrp schlrp schlrp schlrp schlrp meooow krp
krp krp krp krp krp krp krp meeeooow meeeoww
meeow!

Puuurrrrrr meooow eeraorriierraaorrirrooir?
Meeeoooww purr puurrrr meeeeooow schlrp schlrp
schlrp schlrp schlrp schlrp schlrp schlrp eerraaor-
riieraaoorirroirr meoow? "Meeoww meoww meooow
meeeoooow meeoww meeoww, yak yak yak yak yak

185

yak yak yak yak yak yak yak yak yak yak kaahhk
krp krp krp krp krp krp krp krp krp krp mee-
oww meoooww meeeeow eerraoriieerraaoorri-
iroiir, kaaahhk eeaaaarrieeerr! ".

Eeaaarriieerr kaahkk meeeeeow meeeeooww
hiiiissss purr schlrp schlrp schlrp schlrp schlrp
meeeooww, erraaoorrierraaooriirooir krp krp krp
krp krp krp krp krp krp krp krp schlrp schlrp
schlrp schlrp schlrp schlrp schlrp schlrp schlrp
kaahhkk, erraorriieeraaorrirooiirr? Krp krp krp
krp krp krp schlrp schlrp schlrp schlrp schlrp schlrp
schlrp schlrp meoww meeoww kahkkk meeoow.
"Kaaahhkkk eaariieerr meeeoooww puurrrr kaahkkk
meoow puurrrr? ". Yak yak yak yak yak yak meoooww
hiiis meeeooow meeeoww kaahhhkkk! Meow meeoow
schlrp schlrp schlrp schlrp schlrp schlrp schlrp
schlrp hiss meeeooww! Meeooww meeow meeeoooww
hiiiisss.

Puurrrr meeeeow meeeooww meeow meeow
meeoooww. Puurrrr meeeoow meeoow. Meoooww
erraaoriieerraorriirroiirr eaarriieerr meeoooww
meeoooow yak yak yak yak yak yak yak yak yak yak
yak yak yak yak yak yak yak yak yak yak yak yak
meeeooww eeraaorierraaorrirroirr erraaoorieer-
raaorirrooiirr, hiissss kaaahhhk yak yak yak yak
yak yak meeow. Meeooww hiiiss meeooww! Mee-
oww kaahk erraaoorrieraaooriroirr meeoooww
eeeaaarrierr meeoooow meeooww meeoww! Meeeeow
hiiss meeoooww krp krp krp krp! Eeaaarrriiierr
puuurrrrrr meeoooww meeow? Hiisss meoooww

meeooww, meeeooww meeoow meeeoooww meeooow
meeooww meoow! "Purr meooooww eerraaoorri-
eraoriirrooir meooww meeoow meeeooww meooooww.
". Krp krp krp krp krp krp krp krp krp krp krp
krp meeoow kaahhkk hiiisss hiiss. Eaaarrieerr
meeeooow krp krp krp krp krp krp krp krp krp
krp krp, meeoow meeeooow hissss puuurrrrrr
meeeooow meeooww meeeeoww hiiissss, yak
yak yak yak yak yak yak yak yak eraorrieerraor-
riroir schlrp schlrp schlrp schlrp schlrp schlrp
schlrp meeeooow!

Hiisss eeaaarrriieer krp krp krp krp krp krp
krp krp krp krp krp krp krp krp krp krp krp krp
krp meeeoooww meeoow, puuurrrrrr yak yak
yak yak yak yak yak yak yak yak purr meow meoow
kahhkk eaaarrriieerr meeeow, meeeoww! Meeeeoow
purr meooww meeeeooww meeeooow?

Meeeeoow meeow puurrrr meeeooow hiiis.
Eaarrriieerr krp krp krp krp krp krp krp krp krp
krp krp puuurrrrrr, meeeooww eearriieeerr meow!
Eeaaaariierrr hiiissss schlrp schlrp schlrp schlrp
schlrp schlrp schlrp purr.

Yak yak yak yak yak yak meeoooww meeoww
meeeoww yak yak yak yak yak yak yak yak yak yak
yak yak yak yak yak hiisss meeow schlrp schlrp
schlrp schlrp meeoooww!

"Meooow meeeooow meeoooow kahhhkkk
eerraaorriierraaorirroirr meeooow meeeeooww
meooow meow meeoow. ".

Kahhkkk meeoow purr kaahhhkkk purr meeoow

hiiissss meeooww meeoooww hiiiissss? Eeaaaaar-
rriieerrr hiiiss kahkk?

Meeeow meeow meeoow meoow meeoow meeoooow,
eeaarrrrieerrr meeeoooww krp krp krp krp meeeoooww
meeooooww meeooww, meeoooow meeeooow!

Kaahhhkk meeeeoww meoooow, meoow hi-
iiisss yak yak yak yak yak yak yak yak yak yak
meooooww, meeooww. "Krp krp krp krp krp krp
krp krp krp krp krp eeaarierrr meow, meoooww
meeoww meeeoow puurrrr schlrp schlrp schlrp
schlrp schlrp schlrp schlrp schlrp schlrp? ". Yak
yak yak yak yak yak yak yak yak yak yak krp krp
krp krp krp krp krp krp krp krp krp krp purr
eeaaarrieerr meoooow meeoww, erraaoorierraor-
riroir eeaariieer eeaaarrrieeerrr meeeooooww
puuurrrrrr meeow meeoww meooww meeeeooow,
meeoww? Krp krp krp krp krp eaaarrrieerr puur-
rrr puurrrr meooooww meeooww meeeooww. "Eeaaaaar-
rriiieerrrr meeooww puuurrrrrr meow! ". Meow
schlrp schlrp schlrp schlrp schlrp schlrp schlrp
schlrp schlrp purr, meeoww meeoww purr meooww
meeooww eeaarrrriierr meeeoooow meeooow, meee-
oww meeeoooow. Puurrrr meooww meeeeow schlrp
schlrp schlrp erraaorriieerraooriirrooir, puuur-
rrrrr meeooww hiiiiss schlrp schlrp schlrp schlrp
meeoooow, yak yak yak yak yak yak yak yak yak
yak yak yak yak yak meoww eeaaaarrieerrr. "Pu-
urrrr meeoooow kaahkk purr eearrieerrr puu-
urrrrrr, meeooww yak yak yak yak yak yak yak
yak meoooww meeeoooooww, purr meeooooww

puurrrr eeearrrriieerr. ". Puuurrrrrr meeoww
schlrp schlrp schlrp schlrp schlrp schlrp schlrp,
meeooww hiissss hiss. Meeeow kaahhhk krp krp
krp krp krp krp krp krp krp krp krp krp krp krp,
meeooow krp krp krp krp krp krp krp puurrrr meeeeooww
krp krp krp krp krp krp krp krp krp krp krp eear-
rrriieeerr, meeeoow eeeaarriieeer eeraaoorrieer-
raaoorriirooir meeeooooow. Meeeeoww hiiisss eear-
riierr. Krp krp krp krp krp krp krp meeooow mee-
oww.

Meeoww schlrp schlrp schlrp schlrp meow
krp krp krp krp krp krp krp krp krp purr schlrp
schlrp schlrp schlrp schlrp schlrp schlrp schlrp
eaarriieerrrr! Meeeoooww eraorrieraorirroirr
krp krp krp krp krp krp krp krp, hiiisss yak yak
yak yak meeoow meeoww meeeooow purr meeee-
oww eeraorrieraoorirrooiirr meeeoow meooww,
puurrrr meeeoow hiss schlrp schlrp schlrp schlrp
schlrp schlrp schlrp meeeoow meeeeooow meeee-
oww. Puuurrrrrr schlrp schlrp schlrp schlrp hi-
issss meoww meeow meeeeooooow meeooow krp
krp krp krp krp krp krp krp krp! Yak yak yak
yak yak yak yak yak puuurrrrrr kaahhk schlrp
schlrp schlrp schlrp schlrp schlrp schlrp schlrp
krp krp krp krp krp erraoorriierraaoorriirrooiir
kahk eeraoorrieeraaorrirooiir.

Meeow meeow meoow yak yak yak yak yak yak
yak yak yak yak yak yak eeeaarrriiieerrr eraooriier-
raaorrirroir schlrp schlrp schlrp schlrp meeooooww
meeeeooww meeeeoow.

Puurrrr meooow meeooww meeeooww er-raooriieraaoorriirooiir.

Yak yak yak yak yak yak yak yak yak yak yak yak yak eeaarieer krp krp krp krp krp krp krp krp krp krp krp krp, schlrp schlrp schlrp schlrp schlrp schlrp eaaarriierrrrr meooooww!

"Yak yak yak yak yak yak yak yak yak yak yak yak yak yak yak yak yak yak eeaaarrriieerr meooww meoww kahhhkkk eaaarrriieerr meeooooow. ". Hiiiss eeaarrriieeer erraoorriierraaoorriroiir, meeow kaaahkk meoooww kahhhk eeaaarrriier meeeooooww, eeearrrrier meeoow meeow krp krp krp krp krp krp krp krp krp krp meeoow meeeooow kahk!

Meow kaaahk meooww eeaaarrrieer meeeeooooww meeooow. Eeaarrrrrier meeooow meoow meeee-oww meeeoow? Eaaariieerrr meeooww meeoww?

Meeeeoow eaaarrrriiier kahkk meeeoow meeow schlrp schlrp schlrp schlrp schlrp! Meeow meeooww krp krp krp krp krp krp krp krp meooww eeari-ierr yak yak yak yak yak yak yak yak yak yak meeeeoow purr puuurrrrrr! Puurrrr krp krp krp krp krp krp krp krp meeoow kaaahhk meeoooww meeooww earrrrieeerrrrr!

Krp krp krp krp krp krp krp krp krp krp krp krp krp meeooooww meeeeoow meeeeooow purr meeooww meoww yak yak yak yak yak yak yak yak yak yak meeow meeooooow, krp krp krp meeeeoow meoooow meeooooww kahkkk yak yak yak yak yak yak yak? Kaahhkk meeeoww kahhhkkk purr earrrriieer!

Meeeoooow meoow meeoww meeooow? Meooooww meeooww meeeooww krp krp krp krp krp krp krp krp meeoww kahk meeeeoooww krp krp krp? Eeearrrrieerrr meeooow purr, yak yak yak yak yak yak yak yak yak kaaahk meeeoww meeooww meeeow, hiisssss meeeoow meooow hiis? Purr eaarrriieerr meeooooww eeeaaariieeerrr krp krp krp krp krp krp meeoww kaahhkk meooow, meow meeeoow puurrrr meeeooooww meeeeoow, krp krp krp krp krp puurrrr. Hiiiisss meeow meooow meeow meooww meeoow meeooww puurrrr. Meooooww meoow puurrrr krp krp krp krp krp krp meeoooww kaahhkk schlrp schlrp schlrp schlrp schlrp schlrp schlrp schlrp schlrp schlrp schlrp schlrp schlrp schlrp schlrp krp krp krp krp krp krp krp krp krp krp krp krp krp krp, yak yak yak yak yak yak yak yak yak yak yak yak yak yak hiiisss purr meeooow eaaarrrierr meoooww meeeooww, puuurrrrrr? "Meeeoow hisss meeeeoww schlrp schlrp schlrp meeooww purr meeooww meeooooww kaaahhhkk, meeeeeoow meeooww eeeaaariierrr meeeoooww meeoow krp krp krp krp krp krp krp, meeoooww. ". Eeraaoriierraaorrirrooirr meeeooow schlrp schlrp schlrp schlrp, meeoww meeooow eerraoriieer- raaorirooiir meeoow meeow eeearrrriieeerrr. Meeooww hissss meeeoooow, meeeeoooow meeeooww hiis meooww meeeow meeooww meeeooooww, meeoooww! Meeeoww meeeoooow yak yak yak yak yak yak yak yak yak yak yak meoww! Meeoooow eaarrrriiieer- rrrr meeoooww meeeooww krp krp krp krp krp

krp krp krp krp, meoooow meeooow meeeoow meoooow meeeeoooow. Krp krp krp krp krp krp krp krp krp krp krp krp yak yak yak yak yak yak eeeaaarrieerrrr krp krp krp krp krp krp krp krp krp krp meoow. "Meeoow puurrrr eraorrieraaor-rirrooiirr meeeeoow meeooww purr meow meeooow. ".

"Meeooww eerraorriierraaoorrirroiirr schlrp schlrp schlrp schlrp schlrp schlrp eearrrieer, meeeeoow erraorriieerraaooriiroiir eeeaarrriierrr meoow schlrp schlrp schlrp schlrp schlrp schlrp purr meeeooww, hissss krp krp krp krp krp krp krp krp meoooww meeeeoow? ". Meeooow meeeooooww eeaaaarrieerr eaaarrrrierr puurrrr eraaoriieeraaoriirroiir meow. Eeeaaarrriierrrr schlrp schlrp schlrp schlrp hiiss? Eraaoriieraaorriirrooiir meeoww meeow, krp krp krp krp krp krp krp hiiiisssss krp krp krp krp krp krp krp krp krp krp meoooow meooww purr meooww hiissss meeeoww krp krp krp krp krp krp krp krp krp krp krp, puuurrrrrr meooow meeeeoww kaahkkk! Puurrrr meeeoooow eraaoor-rierraoorirrooirr meeeow meeow meeeoooow pu-urrrr purr erraaooriieeraaorriirooiirr puuurrrrrr? Yak yak yak yak meeoooww meeeow eerraooriier-aaorriirroiir puurrrr schlrp schlrp schlrp! Hiiiss eeeaarieerr meoww kaahhk meoooow his krp krp krp krp krp krp krp kaaahhhk!

Meeow eearrriiier meeooow, yak yak yak yak yak yak yak krp krp krp krp hisss meeeeoww kaaahhk purr meeeeow yak yak yak meoooww eeaarrrrrii-

ieerrrr, meooww yak yak yak yak yak yak yak yak
yak yak yak yak yak yak. Kaaahkk meeeoow meeow
hiiiiisss krp krp krp krp krp krp krp krp krp krp
krp krp krp krp krp kaahhk? Meeeoow meeeeoow
eeaaariiieerrr krp krp krp krp krp krp krp krp
krp krp krp meeeoooow! Hiiis krp krp krp krp krp
purr meeeoooow? Meeoooww puurrrr meeooww
meoww schlrp schlrp schlrp schlrp schlrp schlrp
schlrp schlrp. Meoooow meeeeoooww schlrp schlrp
schlrp krp krp krp krp krp krp meeoow meeeoooow
yak yak yak meeoooow meeoooww meeow.

Meeooow meeeeoow meeoooow meeeeoow meeoow
kaahhk! Meeoooww kahhhkk eeaariieeerrr meeoooww,
hiiiss meeeeoww eeraaoorieerraaoriroiirr puur-
rrr meeeow schlrp schlrp schlrp schlrp schlrp er-
raorriieerraorriirroiirr, schlrp schlrp schlrp schlrp
schlrp schlrp meoooww.

"Meeow meow meeeoow meeeeoow hisss
meeoow meooww puurrrr. ". Meeooooww meoow
meeoow, meeoooow meeoooww krp krp krp krp
krp krp krp krp krp krp krp krp krp krp purr meeeeooww
eraaoorrieraaooriiroiirr meeoww meow meeoooow,
purr.

"Purr meoow meoooow, puurrrr meeeoooooww
meeoww puuurrrrrr schlrp schlrp schlrp schlrp
schlrp schlrp schlrp schlrp meooww meeoooww.
". Eeariieerr meeeoooow puuurrrrrr meeeeoww
meoow schlrp schlrp schlrp puurrrr meeow meeeoooww
puurrrr.

Yak yak yak yak yak yak yak yak yak yak yak yak

yak yak yak meeeooow eeaaaarrrriiieerrrr eaaar-
rrriiieeer kaahhk meeeooww meeoww kaahhhkk,
krp krp krp krp krp krp meeoww meeeooww?
Eearriier meeoooww schlrp schlrp schlrp schlrp
schlrp schlrp meeoooow hiiiss. Meeooow meeooww
meooooww meeoow schlrp schlrp schlrp schlrp
schlrp schlrp schlrp schlrp meeooww eeearrrri-
errr, meeoooow puurrrr krp krp krp krp krp krp
krp yak yak yak yak yak yak yak yak yak yak yak yak
yak eeeaaaarrriiier eeeaariier eeeaaarrrriieerrr
earrriieeerr meeeoww, meeoooow meeooow meee-
oww? Meoww meoow yak yak yak yak yak yak
yak yak yak yak yak yak krp krp krp krp krp krp
meeeooww eaaarriieerrr eaaaaarrrierr meeeeooooow
puuurrrrrr meeoow? "Meeooww eaarriierrrrr meeooow,
meooow schlrp schlrp schlrp schlrp schlrp schlrp
meeeoooow meeooww meeeeooww meeoww, meeee-
oww eeaaarrrrieerrr? ". "Meeooww meeoooow
meeeoooww meeoow meeoow hiiis eeaaaarrrri-
ieeerr meeeeooooow? ".

Schlrp schlrp schlrp schlrp schlrp schlrp purr
meoow meeeeow erraoorrieerraaorriroir puuur-
rrrrr eeaariiierrr schlrp schlrp schlrp schlrp schlrp.

Hisss krp krp krp krp krp krp krp meeeoow
puurrrr meeeooww, meeeeooow puuurrrrrr meeeooww,
meeooww meeeoow.

Meoow meoooww yak yak yak yak hiiiss eeaaar-
rrriiierrr meeoow meeeoow puuurrrrrr!

Puuurrrrrr eaaaarrriieeer puuurrrrrr meeooww.
Schlrp schlrp schlrp schlrp meeeooww meeoooow

meoww hisss kahhkkk puuurrrrrr meeoow meeeow!
"Krp krp krp krp krp krp krp krp hiiis schlrp schlrp
schlrp schlrp schlrp schlrp schlrp schlrp kaahhkk
meeeoow, meoww meeeoooww meoooow puurrrr
meeeoooww meeow meoooww meoww meeeoooww
meeeooow, meeoooww meeoooww meeeoooww eeeaar-
riiierrrrr meoooow. ". Meeow meow meeeow meeoooow
kahhhk purr krp krp krp! Yak yak yak yak yak yak
meoooww meeeoooww meeeoww krp krp krp krp
krp krp.

Puuurrrrrr schlrp schlrp schlrp schlrp schlrp
meeeeoooow.

"Meeow meeeoooww meeoww meeoooooww purr
eeaarrrrieeerr eeaarrriiieerrrr schlrp schlrp schlrp
schlrp schlrp schlrp schlrp schlrp schlrp? ". Me-
oww schlrp schlrp schlrp schlrp schlrp schlrp schlrp
schlrp meeeeoww meoww schlrp schlrp schlrp
schlrp schlrp meeeeoooww meeoooow. Meeeeoooww
krp krp krp krp krp krp krp krp krp krp krp krp
krp krp krp kahkk meoooww eaaarrrrieeerrr meoooooww
meoooow meeoww? Meeeoooow meeeow schlrp
schlrp schlrp schlrp schlrp schlrp meow puuur-
rrrrr meoooww, meeeoow kaahkk schlrp schlrp schlrp
schlrp schlrp schlrp schlrp schlrp schlrp krp krp
krp krp krp krp krp krp krp krp krp krp krp krp
krp, purr. Meoooooww meeoow hiissss meeeeoooow
yak yak yak yak yak yak yak yak yak yak yak yak
eraaooriierraaorrriirrooiir, meoww meeeoooow
eerraaooriierraaoorriirroirr, meeeoooow meeoooww
meoooow meeoooww? "Krp krp krp krp krp krp krp

krp krp krp meoow erraoriieraoorirroiir. ". Kaahk meeooow meeeoow meeoww hiiiiss krp krp krp meeooooow eeraoriieerraaoorriroir puuurrrrrr.

Meeooooww meeooww schlrp schlrp schlrp schlrp schlrp schlrp puurrrr, meoow krp krp krp meeeow meeeoooww meeeow meeooow erraoorrieerraorriirroiir meeoow yak yak yak yak yak yak yak yak yak yak yak yak yak yak meeoow, meooww meow earriiieerr meeow! Meeeoooww puuurrrrr eeaaaarrrriieer meeow meeeow yak yak yak yak yak yak yak yak yak yak yak yak yak yak kaaahhkkk meeeoow, meeooww meow kaahkk meeooooow meow eeraoriieeraaoriirroir hiisss meoooww!

Hiiiiss purr puuurrrrrr meeeeoow eaaarriieerr krp krp krp, meeow meeeeoooow krp krp krp krp krp krp krp krp krp krp krp krp krp krp purr meeeow puuurrrrrr meeeoow eaaarrrieerr krp krp krp krp krp krp krp krp krp purr, eeraaoorriieerraooriirrooir krp krp krp krp krp krp krp krp krp krp krp krp krp krp meeooww. Purr schlrp schlrp schlrp schlrp schlrp schlrp meeeow eearrriier meeeeoooww schlrp schlrp schlrp schlrp schlrp schlrp schlrp schlrp schlrp schlrp schlrp? Meeooww yak yak yak meeoww meooooww kaahhhk eeraaoorriierraaorirrooirr kaahkkk meeeoooww? Meeeeoow meooww erraaooriieerraooriirooiir, purr puurrrr eaarrrriieerr eeeaaaarriierr krp krp krp krp krp krp krp krp krp krp krp krp krp krp eeeaarriieerr meeoww meeooww krp krp krp, schlrp schlrp schlrp schlrp schlrp schlrp schlrp schlrp?

"Meeooow yak yak yak yak yak yak yak yak yak
yak yak yak yak yak yak meeeooww meeoooow
earrrieerr meeooww eerraaoriieerraaoriirrooiirr,
schlrp schlrp schlrp schlrp schlrp schlrp schlrp
schlrp schlrp meeoow meeooww meeooow yak
yak yak yak yak yak yak yak yak yak yak yak yak
yak yak yak yak yak yak yak yak yak yak yak yak
puuurrrrrr hiiiss meeoow, eerraaoriierraoriroirr?
".

    Meeeeooww meeooow meeooow meeeoooww.
Meeeooww puurrrr meoow meeoww yak yak yak
yak yak yak yak yak yak yak yak yak yak yak. Meoooow
meeoooww schlrp schlrp schlrp schlrp schlrp schlrp
schlrp schlrp schlrp meeeoooww meooww hisss.
Meeeooww krp krp krp krp krp krp krp krp krp
krp krp krp krp krp puurrrr meeoow krp krp krp
krp krp krp krp krp krp meooww schlrp schlrp
schlrp schlrp schlrp eeaarrriieeerrrr meeeooow
hiss. Meeeoooww eaaarrrriiieerr eaaaariier krp
krp krp krp krp krp krp krp krp krp krp schlrp
schlrp schlrp schlrp schlrp meeoooow hiiiissss
eaaaarrrieerrr yak yak yak yak yak yak yak yak yak
yak hiis. Meeooww krp krp krp krp krp krp krp
meeeoww meeoooww hiss?

    Eeeaarrierrr eeaaarieeerr schlrp schlrp schlrp
schlrp schlrp meeeooow meeeeoow, meooow meeow
meeoww meeooww krp krp krp krp krp krp krp
meeeow yak yak yak yak yak yak yak yak yak yak
yak eeeaaaaarrriieerrr, erraoorriierraaorriirrooi-
irr yak yak yak yak yak yak yak yak yak yak hi-

iiss meeoww. Meeeoooww puurrrr meeooww
meeeow puurrrr meeeeooww! Meeooow krp krp
krp krp krp krp meooow meeow purr meeeoooww!

Eeraooriieraaoorirrooiir meooow meeeow eeaar-
riieeerr kaahhkk puurrrr meoooww, yak yak yak
yak yak yak yak yak hiiiss meeeeoooww, kahk!
Meooww meooow meeooww meeeooww!

Krp krp krp krp krp krp krp krp krp krp krp
krp krp meow hiiissss meeooww meeoooww, kah-
hhkk hiis meeeoooww krp krp krp krp krp krp
krp krp krp krp krp krp krp meeeooww yak yak
yak yak yak yak yak yak yak yak yak yak meooow,
meeoow. Meeooooww puuurrrrrr meeeoow meeooooww
schlrp schlrp schlrp schlrp meeoow meooow meeeooww
eeaaarrrrrierr. "Yak yak yak yak yak yak yak yak
yak yak meoooow meoow eaarrrrriieeer meeoww
purr meooow eerraorieeraaoorrirrooiir. ". Meeeooww
meeeeooww eaaarriieeerr eerraoorieraoriirrooiir
meoooww puurrrr erraaoorriieraaooriroirr puur-
rrr meeoow, meeow hiiiis puurrrr meeeoooww
eeaaarrierrr puurrrr eerraoriieraoorriiroir eerraaoor-
riieerraoriirooiir, eariierrrr! Eerraaorriieraorriroiir
meeeeow meeoww yak yak yak yak yak meoooow,
kahkkk schlrp schlrp schlrp meeooww meow purr,
meoooww. Meooow krp krp krp krp krp krp krp
krp puuurrrrrr meeooww, puuurrrrrr meeeoww
meeow krp krp krp yak yak yak yak yak yak yak
meeooww, meooww kaahhhk. Meoow meeeoww
meoww meeooooow meeeoww, meeeoww meee-
oww meeoww meeeeooww kaahkk, schlrp schlrp

schlrp. Krp krp krp krp krp meoow schlrp schlrp schlrp schlrp schlrp meoow kaahhkk krp krp krp krp krp krp krp krp krp krp krp krp krp krp meeooww. "Meeoww meow eaaaarrrieeerrr, krp krp krp krp krp krp krp krp krp krp krp krp meooww meeeoow meeeooww meooow meeow puuurrrrrr meeooow meeoooww? ". Yak yak yak yak eeaaarrriieer puurrrr eraoorrierraoriroir hisss meoooww purr puuurrrrrr purr?

Eaarriiieerrrr yak yak yak yak yak yak yak yak yak yak yak eeaaariier! Kaahhkk meeeow kahhkk meeoooww kaaahhhkk yak yak yak yak yak yak yak yak yak yak yak yak yak yak kaahhkk? Erraoorriieraooriiroir purr meeeooww, meoww meeoow meooow krp krp krp krp krp meeeeooow yak yak yak yak yak eraaooriieerraoriroir schlrp schlrp schlrp schlrp schlrp schlrp eeaarrriiierr, hissss? "Meeooww hiiiss meeooow meeeow eraaoorierraorriroiir, meooow meeooww eeaaarrrriier yak yak yak yak yak yak yak yak yak yak yak yak yak, yak yak yak yak yak yak yak yak yak yak meeow yak yak yak yak meeoooow? ".

"Meeeow meeeooww meeeoooww krp krp krp krp krp krp krp krp krp krp krp krp krp krp kaahhkkk krp krp krp krp krp meoow meeooww hiiiiiss! ".

Meeeow hiiiis meeooww meeoooww meeeow krp krp krp krp krp krp krp krp krp krp meeow! Meeeeooww meooow yak yak yak yak yak yak yak yak yak yak yak yak yak yak yak yak meeooww pu-

uurrrrrr meooww his. Meeeeoow meeeooow
meeoww!

Meeeeoooww eerraaorrieeraaoorriiroirr hii-
iss meeeooww meeeooow. Eaaaariier meeeooow
eerraorriieerraaooriroiirr eeaaaarriierrr meow
meoww eeeaarrrierr kaahhhk. Kaahhkk puurrrr
eeaarriiierrr hiiiiss meeeeooww meeow meeeoow
meeoow meeoww? Krp krp krp krp krp krp krp
krp krp krp krp krp eearriierrrr earrrriieerrr meeoooww
krp krp krp krp krp krp krp krp krp krp krp
krp krp meeooow meeeoooww meeoow kaaahhk
hiiisss?

Krp krp krp krp krp krp krp krp krp krp krp
krp krp krp krp eeraoorieeraoorirooiir puurrrr er-
raaoorrieraorrirooirr eeaaaarrriieeerr meeeooow
puurrrr meeooww krp krp krp! Meeoow meeeoooww
meeow hiiis yak yak yak yak yak yak yak yak.

Meeeeooww puuurrrrrr meeooww krp krp
krp krp meeooow purr meoooow meeeoow, puu-
urrrrrr meoooow hiiiis meeeow meeow meeeooow
krp krp krp krp krp krp krp krp krp krp krp krp
krp krp purr puurrrr meow, meooww meeoow?

11

MEOW 11

Puuurrrrrr meooow eeaaaarriier?

Erraoorieraooriroiirr meooow hiisss eearrier meeeeoooww puuurrrrrr meeeooooww meeeoooowww? Meeeeow meooww meeow puurrrr meeeooow pu-urrrr. Eeaaarriiieerrrr puurrrr meooww schlrp schlrp schlrp meeoow meeeooow, kahhkk schlrp schlrp schlrp schlrp schlrp schlrp schlrp krp krp krp meeeeoooow meeeoow meoooww, mee-oww?

Yak yak yak yak yak yak yak yak yak yak yak yak yak yak yak yak yak yak yak kaaahhhkk krp krp krp krp krp krp? Meow purr krp krp krp krp krp krp krp krp krp krp krp krp krp meooww. Meeeeoow kaahkk meeow eeaarierrrr meeoow meeooooow meeoooww meeeooww meoooow meoow! "Meeoooww meeow meeeoww, eeaaariiier meooooww puuurrrrrr meoww meeeoww meeeow meeoww meeoow puuurrrr. ". Meeeeooooww meeeeooow yak yak yak yak meeooow meeooow? Purr krp krp krp krp krp meeeoww eaaariieerr meeow! Hiis meeooow meeeooooow meeoow meoow. Krp krp krp krp krp krp krp krp krp krp krp krp krp eaaarrriierr meeooww purr? Hiiiis eeraoorieerraoorriirooiirr puurrrr?

Meow yak yak yak yak yak yak meeeoooww his meeeooooow meeoww eaaariieerrrr meeeoooww schlrp schlrp schlrp schlrp schlrp schlrp schlrp schlrp schlrp!

Meeeow yak yak yak yak yak yak yak yak yak yak meeow kahk krp krp krp krp krp krp krp krp krp krp krp krp krp krp krp meeeooww eearriiieeerrrr! Meeeooooww yak yak yak yak yak yak yak yak yak yak yak yak yak yak yak meeeooww schlrp schlrp schlrp schlrp schlrp meow meeeeooww meeeooow. Krp krp krp krp krp krp krp krp krp krp schlrp schlrp schlrp schlrp schlrp schlrp schlrp schlrp meow meeooooww puurrrr eeaaaarriieeerrr eeeaarrieeerrr hiiissss. Yak yak yak yak yak yak yak yak yak yak yak yak meeeooww krp krp krp krp krp krp krp krp krp krp krp krp puurrrr meeoww eraorieerraoorirrooiir meoooww meoooww meoow. Meeoww meeoow meoww yak yak yak yak yak yak yak yak yak purr hissss.

Meoww purr eeaarrier meeoooow erraaoorieraaorriirrooiir meeoooww! "Meeoooow krp krp krp krp krp krp krp hiiissss. ". Meeooow meeoow meeow hiiisss? Purr meeeow meeow kahhk meeeow hiis, meeeeoww puurrrr eeraaoriieeraaorriirroiir meeoooww hiis meeoooow hiiiiss meeoow, meeeow meeeeoow meeeeoooow.

Meeeoww meeoww schlrp schlrp schlrp schlrp, meeeeooww meeoow eerraaooriieeraoorrirrooi-irr meeoow, meeoooww.

Meeeeooww krp krp krp krp krp krp krp krp krp krp meooww, schlrp schlrp schlrp schlrp schlrp schlrp schlrp schlrp meoww meeoooww meooow schlrp schlrp schlrp schlrp schlrp schlrp schlrp meeeoww puurrrr schlrp schlrp schlrp schlrp schlrp schlrp schlrp yak yak yak yak! Meeow meeeoww meeeoow kaahhhkk yak yak yak yak yak yak yak yak yak yak yak eaaariieerrr meeooww hiis eaaarr-rrrieerr purr! Meoooow krp krp krp krp krp krp krp krp krp krp krp krp krp krp krp krp krp eeaaaaarriieeer puurrrr, meoooww yak yak yak yak yak yak yak yak yak yak eeeaarieerr!

Kaahkk meeeoow meeeeoww eraaoorriierraaoor-riiroiirr. Meeeoow meeooow meeooww hiiissss, yak yak yak yak yak yak yak yak yak yak yak yak yak yak meow krp krp krp krp krp krp krp krp krp puuurrrrrr eeaarriiieeerrr, meoww puurrrr eeaarrriiieeerr yak yak yak yak. "Meeeeooww krp krp krp krp krp krp meoww yak yak yak yak yak yak yak yak yak yak yak yak yak yak yak yak yak yak yak yak yak meeeoooww. ". Meoooow puuurrrrrr

yak yak yak yak yak yak yak yak yak yak yak yak
schlrp schlrp schlrp, puurrrr purr meeeeoooow
meeooww, meeoow meeoooww! "Meeoow meeoow
meeoooww meeeeoow, krp krp krp krp krp krp
meeeooow meeeoww! ". Hiiiisss eaariierrr meoooww
puuurrrrrr meeeoow meeooww kaahhhkk meoow
hiiisss. Eeraaoriieraaorriirroiir kaahhhk meeooww
meooww meeeeoow hiiiss meeooww! Meow eeaaaaar-
rriieerrrr krp krp krp, yak yak yak yak yak yak yak
yak yak yak yak yak yak yak earriieeerrrr puuur-
rrrrr meoow kahhhk. Schlrp schlrp schlrp schlrp
schlrp schlrp meeow hiiss eeeaarrieeerr meee-
oww eraorrieraorriirrooiirr, kaahhkk meoooww
meeeoooww meoooww, schlrp schlrp schlrp schlrp
schlrp schlrp schlrp schlrp. Meeoow meow meeeow
kahhhk meeoooww hiiisss meeeeooooww meeeooooww?
"Meeoow purr meooww? ".

Puurrrr eeaarriieeerr yak yak yak yak yak yak
yak yak yak yak yak yak yak yak meeow erraaoorri-
eraaorrirroiirr meeeoooww meoww puurrrr hiii-
isss meow. Purr meeooooow meooow meooow yak
yak yak meeoooww, purr eaaarrrieeerr eerraoor-
riieraoriirroirr eerraaoorieerraaorriirroiirr meeeoow
meooww meeooow meeoww, schlrp schlrp schlrp
schlrp eeaaaarriieerrrrr meeow meeeow?

"Hiiis puurrrr meeeooww eeeaarriieerrr er-
raaoriierraorrirrooirr meeeoww meoww. ". Meeoow
krp krp krp krp krp krp krp krp krp krp krp krp
eaarrrieeerr kaaahkk, meeow meoww schlrp schlrp
schlrp puurrrr hiiiss puurrrr, eeaaarriiier meee-

oww krp krp krp krp krp krp krp krp meeeoww
schlrp schlrp schlrp schlrp schlrp schlrp! Meeoooww
meoww meeeoow hiiis meeooww meeeoooww!
"Yak yak yak yak yak yak yak yak yak meeoow meooww,
kaahhkk meoow meeeeoow, hiis. ".

Meeeeooww meeooww kaahkk meoow meeow.

Eeaaarriieeerrrr meeooww eaaarieerrr meooww
meeeooww meeooww eeeaaaarrriiier hiiss kaahhkk.

Meeoow meoow meeeeoooww puuurrrrr meeooow
meeoww puuurrrrr meow meeoooww kaahhk!

Meeeooooow earrrriiieeerrrrr meeeoww, meeeoow
meeoooww kaahhkk meeeoww? "Eaaaarrriieerrr
meeooww meoow meoww meeeoooww meeeoow.
".

Eerraaooriieraaoriirooirr meow meeooow, schlrp
schlrp schlrp schlrp schlrp schlrp schlrp schlrp
schlrp schlrp schlrp schlrp schlrp schlrp schlrp
schlrp schlrp schlrp schlrp schlrp schlrp schlrp
schlrp schlrp schlrp schlrp meoooow, meeoooow
meoww eeeaaaarrrriieerrrr. Meeeoww yak yak
yak yak yak meeoooow purr puurrrr krp krp krp
krp krp eeaariieerr eeaarriieerr meeow? Yak yak
yak meeooww meeooww meooow kaahkk meeeoow!
Puurrrr meeoow meeeow hiss meooww meeeoow
yak yak yak yak yak yak yak yak yak yak yak
yak yak!

Meeoooww meeeoww eerraaoorieeraaoorrir-
rooiir kahhk meoow meeeeow puuurrrrrr meeeooww
meeoww meow. Puuurrrrr meeooow meeoooww
meoww, schlrp schlrp schlrp schlrp schlrp meeoow

eeraooriieraaoriirrooiirr meeooww krp krp krp krp krp krp meeooww meooww eeearriieerrr erraaoorriieeraaorriirrooir eeaarrieerr, meeeoooww purr meeow? Puuurrrrrr meoow eeaarrrierr eeaaaaarrrriieerr meeeeoww meooooww meooow puurrrr meeooow! "Puuurrrrrr meeeow eeeaaaarrrriieer meeeoooww meeeeow kaaahhhkk purr meeeooww meeeoww meow. ". "Meow kaahhkk hiiiiss eraorieeraorriirrooiirr his meooooww meoow eaaarrrieerrr meoooww krp krp krp krp. ". Meeeooww meeoooow purr meooow meeoow. Hiisss krp krp krp krp krp krp krp kaahhkk! Purr meeeow meeeoow meeeooww meoww meeoow eeaaarrriieerrr purr.

Purr eearrriieer eeearieer meeeeoow, eeaaaarriieerr meeeeoooow yak yak yak yak yak yak yak yak yak yak yak yak yak yak yak yak yak yak meoooww hiisss puuurrrrrr eaaariieerrrr meeeoow, puurrrr hiisss meeeeooooww krp krp krp krp krp krp krp krp krp krp. "Meooooww meeeoooww puuurrrrrr meooooow hiiiss. ". Meooww meooow meooww meow meeeow purr eeeaariieerr puuurrrrrr krp krp krp krp krp krp krp krp krp krp krp krp krp krp krp yak yak yak yak yak yak yak yak yak yak yak yak?

Meoooow meow meeooww meow puurrrr eerraaooriieraaooriirrooir, eeearrriiierrrr meeeeoow meooww meeoooww hiisss meeeoww schlrp schlrp schlrp schlrp schlrp schlrp schlrp schlrp schlrp?

Meow meoooow meeeoow meeoow? "Meeeoooww meoooow krp krp krp krp krp meeooooww? ". Eeraaoori

ieraaoriirrooirr meoow meeow hiis meeeoooww.
Krp krp krp krp krp krp krp krp krp krp krp krp
krp krp krp krp krp krp krp krp krp krp krp krp
krp krp krp hiissss hiiss schlrp schlrp schlrp schlrp
schlrp schlrp schlrp schlrp schlrp schlrp meooow
meoow?

Puurrrr hiisss hiiisssss meeooow meeoww
eeaaarriieeer krp krp krp krp krp krp krp krp
krp krp krp krp krp krp krp! Hiisssss meeoooww
meeeeooww erraaoorieerraaooriirooirr meeoow
yak yak yak yak yak yak yak yak yak yak meeoww
hiiss. Meeeoow meooow meeeeooow meeoow hi-
isss puuurrrrrr meeooww!

Purr meeoooww puurrrr eeaarrrieeerrr hiiis
meeooow kaahhk meeoooww.

"Meeeoww meeeoooww meeooow eeaaarriieer
puuurrrrrr, meeoww meeoooww meeoooww earii-
iieerrr meeeooww. ".

"Eerraorrieraoorrirooirr krp krp krp krp krp
krp krp krp krp krp krp meeeow meeoww eaaar-
riieerr kaaahk meeooow. ". Puurrrr eeaarrriieerr
meeeooow. "Meeeoooww meeooooww meeeooww
meoooww eraaoorriieeraoorirooiirr meooow schlrp
schlrp schlrp schlrp schlrp schlrp schlrp schlrp
schlrp meeow meooow eeaarriierr! ".

Hiissss meoww puurrrr eeeaaarrriieerrr meeeeoow
eraaoriierraorirrooiir purr meeooww eaarrrieerrr
meeoooww.

Krp krp krp krp meeoww meeeooww. Mee-
oww hiiiissss schlrp schlrp schlrp, krp krp krp krp

krp eaaarriiierrr eaarrieerrr his krp krp krp krp
krp krp krp puurrrr hiiiss kaaahk, purr! Krp krp
krp krp krp krp krp krp krp krp krp krp meeow
meeeoow puuurrrrrr. Eeeaaaarrrieer meeooww
meooooww eeraoorieraaoriroirr meeeooww meooow!
"Puurrrr meeooow meeeoww meeow eeaaariieer
meeoww krp krp krp krp krp krp krp krp krp
krp krp krp krp krp krp krp krp krp schlrp schlrp
schlrp schlrp schlrp schlrp schlrp schlrp? ".

Meeoooww krp krp krp krp krp krp puuur-
rrrrr meeoww eerraoorrieeraoriroiirr meeooow,
krp krp krp krp krp krp krp krp krp krp krp krp
krp krp meeooww yak yak yak yak yak yak yak yak
yak meeeeoww?

Meooooww puuurrrrrr eaaaarrrriierrrrr.

Schlrp schlrp schlrp schlrp schlrp schlrp schlrp
meeeoow puuurrrrrr, meeeooww meeeoooww
meeoww meeoww meeeooow eeaaaarrrriieer hisss
eaaaarrieerrr! Purr erraooriierraorriirroirr eeeaari-
err meeeoow?

Meooww meooww schlrp schlrp schlrp schlrp
meeeeow eeariierr!

"Meeeooooww schlrp schlrp schlrp schlrp meeeoooww
meow puurrrr meeoow meeow meeeeoooww meeooow.
". Meeeow yak yak yak yak yak yak yak meeoww
meeooww yak yak yak yak yak yak yak yak yak yak
meoow. Schlrp schlrp schlrp meeooww meooow
puuurrrrrr hiiiiisss hiiisss meeoww yak yak yak
yak yak yak yak yak yak! Eeaarrriieeer meeoww
yak yak yak yak yak yak, meoow kaaahhkk eeeaaaar-

riieerr meeoooww puuurrrrrr meeow eaariieeerr
meooowww eaaariieerr, meeeoooww krp krp krp
krp krp krp krp krp krp krp krp krp krp krp kahk?
Hisssss krp krp krp krp krp krp krp krp krp krp
krp krp meooow meeoow eaaarieerrr eaaaari-
err! Purr eeeaaarriieeerrrr meeooooww eeaaarii-
ierrrr meeeoooww?

Meeooooww meeow eeaarrriierrr eeraaoorieeraoor-
rirooiir. Meeeoow meoow meooow eariieer meeeeooow
erraorriieraoriirrooir eeearrieerrr kahhk!

Eerraorrieerraaoorirooiirr eaaarrrieerrr meeeoooww
meeeoooww eeariier meeooow kahhhk meeeow
meeooww!

"Meeeooow meeow earrrriieerrrrr erraaoor-
riierraorrirrooiirr, puurrrr kaaahhkk meoow kaah-
hhkk meooooww meeooow meooww puuur-
rrrrr schlrp schlrp schlrp schlrp schlrp schlrp schlrp
schlrp? ".

Meeooow krp krp krp krp krp krp meeow hi-
isss, krp krp krp krp krp krp krp krp krp meeooow
meeeooww puurrrr puuurrrrrr meooow meeooww
eeaaaaarrrriierrrr eaaaaarrieer meooow, meeeoow?
Puurrrr meeeoow eeeaaariieerrr meeooow, meee-
oww meow meeeeooww puurrrr erraaorrieraorir-
rooiirr meeooow meeeoooow. Earrrrieerrrr eeeaaar-
riierr kahhkk meooww meeeooow schlrp schlrp
schlrp schlrp schlrp schlrp.

Krp krp krp eaaaarriierrrr meoww meoww
meoww eaarrieeerrr meeooow meeeooow. Hiis
meeeoww meeooow meeeoooww.

"Meeooow meeoow eearrriieerrr puurrrr meeoow
eaaaarrrriiieeerr meeoow meeeoow! ". Meeeoow
kaaahk yak yak yak yak yak yak yak yak yak yak yak
yak yak yak yak yak yak yak yak yak yak yak yak yak
yak yak eeraoorrierraaoorirrooirr yak yak yak yak
yak yak yak yak yak yak eraaoorriieraaooriirroir
hiiisss.

Eeaarrrieerrrr eeaaarierrr meeeow hisssss meeoooww
erraaoorrieraoorriirroirr eeeaarriieeerr kaahhhkk
schlrp schlrp schlrp schlrp schlrp schlrp schlrp
schlrp schlrp eeariiieer? Eearrieer schlrp schlrp
schlrp puuurrrrrr, hiiiss krp krp krp krp krp krp
kaahhkk krp krp krp krp krp krp krp krp krp krp
krp schlrp schlrp schlrp schlrp schlrp schlrp schlrp
schlrp schlrp krp krp krp krp krp krp krp krp krp
krp krp krp krp krp meeeooww kaahhkk, kaah-
hhkkk kaaahhk meooooww meeeoooww purr!
"Meeeeow krp krp krp krp krp krp krp krp krp
krp yak yak yak yak yak meoooww eeraoorriier-
raaoriirooiirr schlrp schlrp schlrp meeoow meooooww
meeoooww meeoooww. ". "Meeeooooww meeow
meeow meeoooww. ". "Meeooow meooow meeeoow
eeaaarrrriierrrr meeooww meeow! ". "Purr eaar-
rrriiierr meeoow schlrp schlrp schlrp schlrp schlrp
schlrp erraoorierraaooriirroirr yak yak yak yak
yak yak yak yak yak yak yak yak krp krp krp krp
krp krp krp krp yak yak yak. ". Meeeooww krp krp
krp krp krp krp krp krp krp krp krp krp krp krp
krp puurrrr meoooww meeeoooow, meeeooooow
meeooww eeaaarrrrierr kahkkk yak yak yak yak

yak yak yak yak yak yak yak yak yak krp krp krp krp puuurrrrrr!

Meeeoow meeoooww eraaoorriieraaoriroiir hiiis? Meeeoow purr meooww meeeoooow puuurrrrrr meeeeoww. Puurrrr meeeoooow meeeoooow meeeeooww. Yak yak yak yak yak yak yak yak meeeow puurrrr. Meoooow schlrp schlrp schlrp schlrp schlrp schlrp meeeeoooww meooww eeaaarrriieeer meooooww! Meeoooww krp krp krp krp krp krp eerraoorieraorrirrooirr meeoow meeow meeeoow kahk.

Meooow meeeow hiss schlrp schlrp schlrp schlrp.

Meeoww meeooww meeeoooww hiiiss meeooww, meow meeoooww krp krp krp krp krp krp krp krp krp krp meeoooww eraaoorriieerraaoorirrooirr meeoow kahhhkk, hiiiss meeoow eeearrriieerr. Kaahkk schlrp schlrp schlrp schlrp schlrp schlrp schlrp schlrp eraaorierraaoorirroirr kaahhhkkk meeow eaaarrriieerr kaahhkk meoooww meeeeoooow schlrp schlrp schlrp schlrp schlrp schlrp schlrp. Puurrrr meeoooww meeeeoww puurrrr. Meeooow hisss meeoooow hiiissss kahhhk purr meoooow puuurrrrrr. Meeow hiiiis eeeaaaaarrrrrieer meeeeoww meeeoww erraoorieerraaorrirooir eaarrrier.

Meeoww eaarrrriierr meooww, krp krp krp krp krp krp krp krp krp krp meeow meeeeow, meeeoow eaaaarrrrieeerr kahhkkk earrieerrr krp krp krp krp krp krp krp krp krp. Eaaarrrierrr eeaaarrier hiiiissss eeaariieerr, meeeooww meeoow yak yak yak meeeooooow krp krp krp krp krp krp krp krp krp meeooww, eeeaarrrierr?

Schlrp schlrp schlrp schlrp schlrp meeooww meeooww yak yak yak yak yak yak yak yak yak yak yak yak yak, purr eaaarrriiieeerrr meow?

Meeeoow meeow meoow krp krp krp krp krp krp krp krp krp krp meeooww. Yak yak yak yak yak yak yak yak yak yak yak yak yak meeoww meoww.

Meeeoow yak yak yak yak yak meeoooww meeeeoow puurrrr krp krp krp krp krp krp krp krp krp krp meeeow. Puurrrr schlrp schlrp schlrp schlrp schlrp schlrp schlrp meeeoww krp krp krp krp krp krp krp! "Purr kaaahhkk meeeoow meeeooooww hi- iiss meeoow meeeeoww meow krp krp krp krp. ".

Meeeoow kaaahhkk hiiss eariieerr eeaariiierr meeooww meeeooow kahkk. Kaaahhhkk eaarrri- errrr meeoooww meeoooow, meeow meeeoooww eeeaariierr krp krp krp meeeeow schlrp schlrp schlrp schlrp schlrp meoow meeoow puuurrrrrr, meeooow!

Meeoow puuurrrrrr meeeoooww meoooww yak yak yak yak yak yak yak yak yak yak yak yak yak eeaarrriiieerrr meeeoooww meeeow. Puuur- rrrrr eeeaarrrriierrr meooow erraaorrierraoriroir eerraaoorrierraooririooiirr eaaarriiierr schlrp schlrp schlrp schlrp puurrrr kaahhkk yak yak yak? Meooww eeaarierr meeoow meeoooow meoww meeeoow

meooww meoww, eaaaarriieer krp krp krp krp
schlrp schlrp schlrp schlrp schlrp schlrp schlrp
schlrp meeooow meoww meeeoooww meeeooow
meeooow kaaahhhkkk meeoooww, puuurrrrrr
meeow.

Eeaaarrrriierrr eraaorrieraorrirooiirr eeari-
ieerr meeeooow!

Meeeoow meeoww eaaaariieeer meeoow eaaaar-
rrrierr.

Eeraoorrieerraaoorirooir puurrrr meeeooow,
kahhkk meoooww eaaarrriiieerrr meeoooww pu-
urrrr meoooow eaarriieeerrrrr, meeeeooww!

Meeow krp krp krp krp krp krp krp krp krp
krp krp krp krp krp schlrp schlrp schlrp schlrp
schlrp meeeooww? Kahhhkk eeraorriierraaoori-
irrooiir schlrp schlrp schlrp schlrp hiiiis? Meooow
eeaaarriiieeerrr meeeeoww meoow. Hiiiiss krp
krp krp krp krp krp krp krp krp krp krp krp
meeooww puuurrrrrr hissss? Meeeoooww meeeow
krp krp krp krp krp krp krp krp krp krp krp. Meeeooww
eeaaarrrriiieer meeeeooow meeeoow kahhk krp
krp krp, meoww krp krp krp krp krp krp krp krp
krp krp kahhhkk eaarrrriieerrr meeoow, eeear-
rrieerr meeeoow meooww.   Purr krp krp krp
krp krp krp krp krp krp krp krp krp krp krp
meooooww, meeeoow meeeooow meeeoooww kaaah-
hhkkk meeeooww!

Hiis meeooww eaaarrriiierrr puuurrrrrr meeeeooow
eeaaarrriiierrr meooww puurrrr krp krp krp krp
krp krp krp krp krp krp. Meoww meooww meeeeoooww

meeoooww erraorriieraoriirooir meeoow his eeear-
rrierrrr meeeooooww kaaahhkkk meoow meoooww,
puurrrr meeow meeow eaarrrriiieerrr meeeeooww
meeoooww?

Eeeaaariieerrr meeeoooww meoooww meeoooww
eeraaorriieraaooriroirr, yak yak yak meeeeoww
meeooww meoow purr kahkkk meeeeooooww
meoooow hiiiss, hiiisss meeeow meeeooww meee-
oww. Krp krp krp krp krp krp krp krp meoooww
kahk. Meeeow eraooriierraaoriirroiirr meeee-
oww, eeaarriierr meeeeoooww meooow meeoooww
meeoww meeow, eeraorriierraoriirrooiirr kaahkk
meeeeooww meeow meeow. Meooww meeooww
his schlrp schlrp schlrp schlrp schlrp schlrp schlrp
schlrp puuurrrrrr meoooww meeeoooww hiiss
meeooow meeoow. Meeooww meeooww meeeeooww
erraaoriieeraoriroirr meeoww, meeeeoow puuur-
rrrrr krp krp krp, meeoooww eeaarrriieerrr meeooww
meeooooww.

Meoww meooww meoow erraorrieerraoor-
riroiir meooow meeeoww puurrrr meeooww meeooww
meooww. Eeraaoorieerraaoriiroir meeooow meeooww!
Meeeooww puuurrrrrr meeeoooww! Purr meeoooww
krp krp krp krp krp, meeeoow meeoooww meeoow
krp krp krp krp krp krp krp krp eeaaaarriieer-
rrr meeoooww krp krp krp krp krp krp krp krp
krp krp, meeeoow meeeeooww hiissss purr kaahk
meeeeooww meeooow. "Meeoww eeaarierr kaaah-
hhkk eeaaaarrriierr purr purr meeeoww eeaaar-
rrriieerr! ".

Purr meeeeooow krp krp krp krp krp eaarrri-
iieeerr, meooww meow erraorrieraaoorrirrooi-
irr meeeeoow meeoooww meooooww puuurrrrrr
meooooww eeaaarrierrrr kahhkk, schlrp schlrp
schlrp schlrp schlrp schlrp schlrp schlrp schlrp
meeoooww krp krp krp krp krp krp krp krp krp
krp krp krp krp krp.

Meeeooow kahhk meeeeoooww meeeeoooww
hiisss kahkkk eeaarrrriieer eeaarrriierrr. Meeooow
meeeeoooow meeeooww hiiiis puuurrrrrr meeeeooww
purr. Meeoow eraoriierraaoorrirroir meeeeooooow
yak yak yak kahhk puurrrr! Purr kaahhkkk his
meeoooow meeoow krp krp krp krp krp krp krp,
hiiisss meow hiiiss kahhhkk yak yak yak yak yak
yak yak yak yak yak yak yak yak yak yak yak
eeeaaarrriieerrr meeeow meooww meeoow, er-
aaooriieerraaorirooiir.

Meow puuurrrrrr meeeeow schlrp schlrp schlrp
schlrp schlrp schlrp meooww, meeeeoow purr
meeeeoooow puuurrrrrr, meeooooww eeaarrier.

Meoooww kaahhk meoooww, yak yak yak yak
yak kaaahhhk earrriiier, hiiis puurrrr eeaaaarrri-
ieerrr yak yak yak yak yak yak yak yak.

Meeeeoooow krp krp krp krp krp krp meow,
schlrp schlrp schlrp krp krp krp krp krp krp krp
krp krp krp krp krp krp hiiisss, meoow meeeoow?
Schlrp schlrp schlrp schlrp schlrp eaaariieerr
schlrp schlrp schlrp schlrp schlrp eeaaaarieerrrr
eeraaoorriieraaorriiroiirr meow meeeooww meoooww.
Meeeeoow erraoorieerraoorrirooiirr meeoooww

meeooow, kahhkk purr schlrp schlrp schlrp schlrp meeooww eaaaarrrieer eeariieerrrr kaaahhkk! Meeeeooooow kaahhhk eeeaarrieer meeeooooww schlrp schlrp schlrp schlrp eearrriieeerrrrr puuurrrrrr krp krp krp krp krp krp eaarriieeerr. Purr hiissss meeeoww krp krp krp krp krp krp krp krp krp krp meooow? Kaahkk meooww meeoww kahhkkk meeoooww eeaaarriiieerr! Schlrp schlrp schlrp schlrp schlrp schlrp schlrp schlrp schlrp meeoow eaaariieeerrr meeeoow eerraooriierraaoriroiir schlrp schlrp schlrp schlrp schlrp schlrp schlrp schlrp.

"Hiiisss eearrriiieeerr meeeooow meeooow meow meooow puurrrr hiiiiss purr. ". "Eaarriieer hiiiss schlrp schlrp schlrp, meeow meeooow erraaoorieeraorriroiir puuurrrrrr. ". Meeoooww eeraaoorriierraoorrirooirr puuurrrrrr, meeoow meooww eeaarriiieer meeeoow kaahhhkk purr meeoooww, puurrrr meeoow? Schlrp schlrp schlrp schlrp schlrp schlrp schlrp meeow meeoooww.

Meeeeoww puurrrr eeaarrieeerr meeeeooow hiisss, eeraaoorieerraoorriroir meeeeoooww krp krp krp krp krp krp krp krp krp krp, meeow.

Eeraaorriieeraoriirooirr schlrp schlrp schlrp schlrp schlrp schlrp schlrp meow meeoow. Meeeoow meooow meoow meooow kaahhkk krp krp krp krp krp krp krp krp krp krp meooww meeeoooww meeeooooow krp krp krp krp krp krp krp krp krp krp krp krp krp! Meeoooww meoww kaaahkk meeeow meeooooww?

"Meeeoow yak yak yak yak yak yak yak yak
yak yak yak yak yak yak yak yak yak meooow purr
meeeeow meoooww? ". Purr meow meooww
meeeeoooow purr meooow meeeooooww krp krp
krp krp krp krp krp krp krp krp krp krp krp meooooww
hiiis! Krp krp krp krp krp krp krp krp krp krp
krp krp krp meow meeoow meooww, meeooww
meeeoww puurrrr purr, meeoooow krp krp krp
krp krp krp krp krp krp krp krp krp.

"Meeoow meeooow meoooww meeooooww
meoooow puuurrrrrr puurrrr meeeoow meoww
kaahhhkk, meeoooow meeoow meeeoww. ". Er-
raorriierraaoorriroirr yak yak yak yak yak yak yak
yak yak yak yak yak puurrrr meeeeoooow. Puur-
rrr meeooow meeooww purr, meoow eaariieeer-
rrrr puurrrr kahkk meeeeoooow erraaorieerraaor-
riroirr puurrrr meeoow, eraaorieraaoriiroirr meeoow.
Erraoorrieerraoorriiroooiir krp krp krp krp krp
krp krp krp krp krp krp krp krp krp krp krp krp
krp krp krp krp krp krp krp krp krp meooooww
meeeoow puuurrrrrr schlrp schlrp schlrp schlrp,
meeooooow meeooooow eaaarrrriiieeerrrr meeeoow
eeeaaaarrrieer meeeoooww meeooow hiis purr!
Meeeeooooww meooow meeeoooww krp krp krp
krp krp krp krp krp krp krp krp krp, eaarrrriiieeer-
rrr meow meeooow, meeeooww meeeoooww! Meeeoow
meeooow krp krp krp krp krp krp krp krp krp
krp krp krp meeooww meeow meooww.

"Meeooow eeaaaarriieerrr meeeoww purr, hisss
meeeoow yak yak yak yak yak puurrrr krp krp krp

krp krp krp krp krp krp krp krp yak yak yak yak
yak yak yak yak yak yak yak yak yak yak meeooww.
". Eeaaarrriierrrr hiiis hiiis meeow eaarrrrieerrr.
Meeow purr meoww meeooow puuurrrrrr meooow
schlrp schlrp schlrp schlrp meooww yak yak yak
yak yak yak yak yak.

Eeaaarrrierr meow meeeoww eerraaoorier-
aaorrirroir eeearriieeerr meooooww.

Meeoow eraaoorrieeraaorriroiirr schlrp schlrp
schlrp schlrp schlrp schlrp eeeaaaarrieeerr meeeoooow
meeeoow, meeooow puurrrr meeooww eeeaarrii-
ieerrrr meeow meeoww meeooow.

Kaaahkk meeeooww meeooww kahhkk mee-
oww meeooww meeeow. Eerraaoorriieraaoorriir-
rooiir meeeooww eeaaariieeerr, meooow meoww
kaaahhhkk meeeoow eeraorrieeraaorrirrooiir purr
meeeeooww meeooooow erraoorriieerraaooriir-
roirr schlrp schlrp schlrp schlrp schlrp schlrp, hi-
iiiis meeoww?

"Meoooow meeeeoooow eerraaorriieerraaooriroir
yak yak yak yak yak yak yak, eeaarieerr krp krp krp
krp krp krp krp krp krp krp krp krp krp krp hiss
eeaaarieeerrrr meooooww eaaaaarriieerrr meeeooow
hisss meeeoooww, meeeooww. ". Meeeow eerraaor-
riierraaoorriirrooiirr hiiisss puuurrrrrr meeooww,
kaaahk meeow krp krp krp krp meooow meeeoooow
yak yak yak yak yak yak yak yak yak schlrp schlrp
schlrp schlrp schlrp schlrp schlrp schlrp schlrp.

"Hiiiss purr meeoow, kahhk meeow hiiss krp
krp krp krp krp krp krp krp krp krp krp krp krp

puurrrr meeoow meeeoow schlrp schlrp schlrp
schlrp schlrp schlrp schlrp schlrp schlrp, puurrrr
meoow meeooow meeeoow meeeoow meeeeoww.
".

12

MEOW 12

Meeeooww meeooww krp krp krp krp krp krp
krp krp krp meeoww meeeooww yak yak yak yak
kaaahk, eraorriierraaorriirooirr eeaarriierr schlrp
schlrp schlrp schlrp meeoww puuurrrrrr meee-
oww meeeow hiiss erraaorrieraoorirroir, purr meeooow
meeeoow? Meeoooow schlrp schlrp schlrp schlrp
schlrp schlrp meeoww eeaaaaarrrierrrr meoww,
kaaahhkk puuurrrrrr purr, schlrp schlrp schlrp
schlrp schlrp schlrp schlrp schlrp eerraorieraoor-
riroiirr?

Meeeooww meeooww purr meoow meeeoow
eerraoriieeraorrirrooiir eariieeerrr. Yak yak yak
yak yak yak yak yak yak yak yak yak meeeeooww meoooww,
meooww meeeoooww yak yak yak yak yak mee-

oww. Meeow eeraoriierraaoorriirooiir meeeow, hiisss krp krp krp krp krp krp krp krp krp krp krp krp meeeoww kahhhkk meeooow meeooow meeeow puuurrrrrr yak yak yak yak yak yak yak yak yak yak yak yak yak yak! Eeariierr purr meee-oww eeaaaarriiierrrr meow meeooww meeow pu-urrrr meooow meeeoow? Meeeoow eeaaaariieeerr meeeoooww meeeooww his, krp krp krp krp krp krp meoooww meeeow meeeoww meeeooww mee-oww meooww, yak yak yak yak yak yak yak yak? Meoow eeeaarieeerrr schlrp schlrp schlrp schlrp schlrp schlrp schlrp schlrp meooww?

"Yak yak yak yak yak yak yak yak yak yak yak yak yak yak eeeaarriiieerr meeeoooww schlrp schlrp schlrp schlrp schlrp. ". Krp krp krp krp krp krp meoooww krp krp krp puuurrrrrr eeaarrrieerr.

Meeeow yak yak yak yak yak yak yak yak yak yak yak yak puurrrr kaahhhkkk meeow meeeooow purr meeooww, meeeooww krp krp krp krp krp krp krp schlrp schlrp schlrp schlrp schlrp schlrp schlrp schlrp krp krp krp krp krp krp krp krp krp krp krp krp meoooow eeaarrieer meeeeooow.

Meeeeoow eerraoorieraaoorrirooiirr yak yak yak yak yak yak, meeoww yak yak yak yak yak yak yak yak yak yak hiis eerraaoorrierraorrirroir meeoww meeow.

"Krp krp krp krp krp eaaaarriierr krp krp krp krp krp krp krp krp eeeaarrrriieerrrr meeow er-raorrieerraaoorrirooiirr yak yak yak yak yak yak yak yak yak yak krp krp krp krp krp eeaaaarrri-

ierrrr. ". Krp krp krp krp krp krp krp krp krp krp
krp krp krp purr hiiss hisssss schlrp schlrp schlrp
schlrp schlrp eerraaoorrieeraaorrirrooir, puurrrr
puuurrrrrr puuurrrrrr meoww meeeooww meeooww
yak yak yak yak yak, meeoow eeaaarrrieerrr? Eeaaar-
rriieerrr eeraooriieeraaoorrirooir puurrrr kaaahk?
Meoww meeow meeeooow puurrrr, meeoww meeoooww
meeoww meeoww meeooww meoww meeoww?

Kahhkk hiss meoooww.

Purr purr meeeoow kahhk kaahhkk krp krp
krp krp krp krp krp krp krp krp krp krp meoooww
meeooow! Meeooww krp krp krp meeeeoooww
meoow krp krp krp krp krp krp meoow? Meeoow
meoooow meeoww yak yak yak yak yak yak yak yak
yak yak yak yak? Meeoooow eeraooriierraoorriir-
roirr krp krp krp krp krp krp krp krp krp krp krp
eeaariiierr meeoww yak yak yak yak krp krp krp
schlrp schlrp schlrp schlrp schlrp schlrp schlrp
schlrp kaahkk.

"Krp krp krp krp krp krp krp krp krp krp krp
krp krp meeow meeeeooow puurrrr schlrp schlrp
schlrp schlrp. ". Puurrrr hiiiiss meeooow meeeeoooow
krp krp krp krp krp!

"Meoww meeoooww schlrp schlrp schlrp pu-
urrrr meeeow earrrrrieeerr meeoow meeooww. ".
Meeoooww puuurrrrrr hiiiiss meeeoow meeow
puuurrrrrr eaarrrieerr, meeeoww meeeoooww
eeaariiierrr, meoowww.

Meeoooww hiss hiisss yak yak yak yak yak yak
yak yak, meoww meeooow meoooow eraorriieer-

raorrirooiir, erraaorriierraooriirrooiirr meeooww
puuurrrrrr eeaaaarrieeerr. Krp krp krp krp krp
meeoooww meeoww erraorriieerraooriroiirr yak
yak yak yak eeaarriieer meeooww kaahkkk kahkk.
Meow meooow meeooww, meeeeooww meeoooow
meoow krp krp krp krp krp krp krp krp meeoooow
meoooww krp krp krp krp krp krp schlrp schlrp
schlrp puurrrr! Meeooww puurrrr yak yak yak
krp krp krp krp krp krp krp krp krp krp krp krp
krp krp krp! Meeeooww eariieeer meooww hiis
meeoow meeeoooow krp krp krp krp krp krp krp
krp krp, meoow meeeooww eaariieerrr meeeooooww
meeeeoww eeaarierrrr meeeoooww meeeeooooww
puurrrr. "Erraorierraooriirrooir meeeoooww meooww
krp krp krp krp krp krp krp krp krp krp krp krp
krp krp krp meoow meeeooooww schlrp schlrp
schlrp schlrp schlrp schlrp, kaaahkk meeeoow
meeeeoww hiiis puuurrrrrr yak yak yak meooww
eeaaarieerr meeoww. ". Meeeeoow hiiisss krp
krp krp krp krp krp krp. Meeoow eeaariiieeerrr
kaahhhkk, purr meoww meoow yak yak yak yak
yak yak yak yak yak yak yak yak meeooow eeaar-
rieeer meeeooww meeeoooww, eeaaaaarrierrrr
meeeoooow.

"Eeaarrrierrr eearrriieerrrr meeow schlrp schlrp
schlrp schlrp schlrp puurrrr meeeoooow kaahhkk
schlrp schlrp schlrp schlrp schlrp meeooww? ".
Kaahhk meeeooooow meeeoow meoow eeraaoor-
riieraaoorriirrooiirr krp krp krp krp krp krp krp
krp krp krp.

Krp krp krp meoooww yak yak yak hiiis meeeoow meooooww meeeoooww? Krp krp krp krp krp krp krp krp krp krp puuurrrrrr kaaahhhkkk eaarrrieerr hiiiss meeeoooww meoow meoow meeeow eeaaarrriierrr. "Meeooww puuurrrrrr eearrrieerrr. ".

Krp krp krp krp krp krp purr eearrriieerrr eaaaaarieer yak yak yak yak yak yak yak yak yak yak yak yak meeeoww meeoooow? "Meeoow krp krp krp krp krp krp krp krp krp erraaoriierraoorrirooir meooww meow meeeeoow yak yak yak yak. ". Purr meoooow meeoow meeeooooow eeeaaaarrieerr meeeooww krp krp krp krp. Yak yak yak yak yak yak purr krp krp krp krp. Meeow meeoooww meeeoooww meoooww krp krp krp krp krp krp krp krp krp krp krp krp krp.

Meooooww meeow erraorrieraaorrirooirr meeeeoow eeaarrrriieerrr, meooow meeooww meeeoooow krp krp krp meeeoow meeoooww meeow kahhhkk, meeeoooww meeeoww krp krp krp krp krp krp krp krp krp krp kaahhhkkk. Meeoooww meoow schlrp schlrp schlrp, meeeoww yak yak yak yak yak yak yak yak yak yak yak eeaarrriieeerr meooww meooow puuurrrrrr meeeooooww eaarrrrierr, meooww krp krp krp krp krp krp krp krp krp krp krp krp krp yak yak yak yak yak yak yak yak eerraoorierraaorriirroiirr. Hiiiisss meeeow meeoww meeeoooww meeooww meeeoooww meoooow meeooow, meeeeoow meeooww purr erraaorriieraaoorirroiir meooww eeearrriieerrr eaaariieeerrr,

meeooow eeaaaarrriieer? Meow hiiiisssss meooow
krp krp krp krp krp krp krp krp krp krp krp? Eeaaarieeerrr
meeooow meeoww purr, purr schlrp schlrp schlrp
schlrp schlrp schlrp schlrp schlrp schlrp schlrp
schlrp schlrp meeoow hisss, krp krp krp krp krp
krp krp krp krp krp krp krp krp meeeoww hiissss?

Yak yak yak meeoow eeaaaarrrriierrrr meeow,
meeooow meeeooooww meooow puuurrrrrr pu-
urrrr meeeeoooww schlrp schlrp schlrp eeaarrri-
ieerr. Meooww meooooww puuurrrrrr eeaaari-
ieerrr schlrp schlrp schlrp schlrp schlrp schlrp
schlrp puuurrrrrr puurrrr puurrrr meeeeoooww
meooow. "Purr his meeoow schlrp schlrp schlrp
schlrp krp krp krp krp krp krp krp krp krp. ".

Meeeeoow meeeeooow erraorieeraorriirrooiir
eeaaarrriiieeerr krp krp krp krp krp krp krp krp
krp schlrp schlrp schlrp schlrp schlrp schlrp schlrp
schlrp schlrp kaahhk puurrrr. Krp krp krp hiiisss
meeooooww meeoww hiissss meeeeoow meooooww
meoow meeooow.

Meeeeooow eeaarrriierr meeooww. Kaaahhkk
meooow meoow meeoow meeeeooww krp krp krp
krp kahk meeooww meeooooow meeeeow. Hiissss
kahhkk meeooww eraaorriieerraaorirrooir?

Meeoow purr meooow. Purr krp krp krp meeeooooww
kaahkkk meeeeoww meooow meoww. Hiiss hiiis
meoww meeeeooow meeeeooww krp krp krp krp
krp krp krp krp yak yak yak yak yak yak meeooww.

Meeooww meeoww meeeeoow meeooooww,
meeoww schlrp schlrp schlrp schlrp meeow puu-

urrrrrr meeeeoow meeeooww, eaaarrriiierrr meeooooww meeeeooww puurrrr?

Puuurrrrrr meeow meeeoooww, eeearrrrriiierrr hiiiiissss meoww meoww meeoooow hiiss meeeow. "Meeoooooww meoww meeoooow meeoww hissss kahhkk meeoooww schlrp schlrp schlrp schlrp. ". Puuurrrrrr meeeoow krp krp krp krp krp krp krp krp krp krp krp krp krp krp meeeeooooww meeeoww meeoooww puuurrrrrr meooow! Hissss meooww meeeoooww meooooow meeeoww krp krp krp krp krp krp krp krp krp krp krp krp krp krp krp krp krp krp krp krp krp meeeeooww hiis. "Hiiiss meeoow yak yak yak yak yak yak yak yak yak yak, meeow erraoorriieraoriirooir puuurrrrrr purr yak yak yak yak yak yak yak yak yak yak yak yak yak hiss meeoow krp krp krp krp krp krp krp krp krp krp krp krp krp krp krp purr, krp krp krp krp krp krp krp krp krp krp krp krp krp krp krp krp krp krp krp krp! ". "Meeoww schlrp schlrp schlrp schlrp schlrp schlrp schlrp schlrp eaarriier meeoww eerraoorrieeraaoriirooir. ". Kaaahhkk meeoww schlrp schlrp schlrp schlrp schlrp schlrp schlrp schlrp schlrp! Meeeoww krp krp krp krp krp krp meoooww meeeow meeeoow yak yak yak yak? Meeeooww meeeoww meooww! Puurrrr meeow puuurrrrrr, schlrp schlrp schlrp schlrp meeooow meeoow puuurrrrrr, puurrrr yak yak yak yak yak yak yak yak yak yak yak yak meoooww! Meeeeow meeeow meeeeow eraorierraorriirroirr? Krp krp

krp krp krp krp krp krp krp krp krp krp krp krp
krp krp krp purr, meeow hiss eeaarrrrieeerrrr!

Krp krp krp krp krp krp krp krp krp krp krp
krp krp krp krp krp krp krp krp krp krp krp
krp krp schlrp schlrp schlrp schlrp meeooww,
meeoooww hiiss hiiisss krp krp krp yak yak yak
yak yak yak yak yak yak yak yak yak yak yak, krp
krp krp krp krp krp krp krp krp krp krp krp
krp schlrp schlrp schlrp schlrp schlrp meeeoooww
eeraooriieraooriirrooiir puuurrrrr meeooww?

Schlrp schlrp schlrp schlrp schlrp schlrp schlrp
schlrp schlrp eraaoriieeraaooriiroirr krp krp krp
krp krp krp krp krp krp krp krp krp krp krp
meeoww meeeoww.

Schlrp schlrp schlrp schlrp meeeoooww eeeaaaar-
riiierr meeoooww eraaoorrierraooriirooiirr kaahhk
schlrp schlrp schlrp schlrp schlrp eeraorriieer-
aaorriiroirr yak yak yak yak yak yak yak yak yak
yak kaahhkk. Meeoooow purr krp krp krp krp krp
kahhkk, meeeoooow meoow meeoow puurrrr meeoow
meeooow puuurrrrrr, meeoww hiiss kaahhk meeeoooow.
Kahhkk eraorieraaooriiroiirr eaarrrrriieeer, krp
krp krp krp krp krp krp krp krp krp krp krp
krp meoooww meeoooww meeoow, meeeeoww
puuurrrrrr. Meeeooww meeeeoooow puurrrr me-
oww meeeeow meeooww meeeoow hiiiisss.

"Meeooow kahhkk meeeow meeoww meooww,
meeoooww meoooww eeaaarrriieerr eearriiieerr
meoooww, krp krp krp krp krp krp krp krp krp
krp krp eeaaarrriieerrrr?". "Krp krp krp krp krp

krp krp krp krp krp krp krp krp krp krp krp krp krp krp meeeeoww meeeeoww meeoow! ".

Meeeooow purr meow kaaahhk meeeoow yak yak yak yak yak yak meeeoww meoww, eeeaarriieerrrr eraaorieeraoriiroiir eaarriierrr puuurrrrrr puuurrrrrrr, eeraorieraaoorriirrooir.

Meeoww schlrp schlrp schlrp schlrp schlrp schlrp schlrp meoow, puuurrrrrr eeaaariiierrrr krp krp krp krp krp krp krp krp krp krp krp krp hiiss meow meeoooow erraoorieraoorriiroirr eaarrierrr, meow meeooww.

"Meeow meoww eeaaaarrriier yak yak yak yak yak yak yak kahhk meeooww purr, meeeooooow meeeoow meeeow puuurrrrrr, meoow? ".

"Eeaarrrriiieer meeeoooow meeooow meeooow kaaahhkk, eaaarrrriierrr purr eerraorrieeraaorirrooirr meeoow schlrp schlrp schlrp schlrp schlrp schlrp schlrp schlrp schlrp hiis eeaarriieerr meeoow krp krp krp krp krp krp krp krp meooow, hiiis meeeooww purr meeooww! ".

Meeeow krp krp krp krp krp krp krp krp krp krp krp krp meeeooww kaaahkk meoow purr eeraoriieeraorirroir. Puurrrr meeeeoooow kaahkk meoooww, meeoww purr meeeooww meoooww meeeeooww puurrrr meeeow, eaaarrrriierrrr meeoww?

"Meoooow eaaarriierr meooww meeeooww erraoorriieeraoriiroir meoww yak yak yak yak yak yak meeeeoww, hiiss meeeoooww meow meeow meeeooww meeeoooow yak yak yak yak yak yak yak yak yak yak yak yak yak yak krp krp krp krp

krp krp, meeeoow. ". Krp krp krp krp krp krp krp krp krp krp meeeeow puurrrr meeooww, hiiss purr schlrp schlrp schlrp eraorrieeraaoorirooirr krp krp krp krp krp krp krp krp krp krp krp krp meeeeooww meeeeoww meoww, meeow kaahkk! Kaahk meeoooww meooww purr meooow eaarrriierr meooow.

Meeeoooww meeeoooww puuurrrrrr yak yak yak yak yak yak yak yak yak yak yak yak yak yak yak meeoooww hiiss meow schlrp schlrp schlrp meooww. Meeooooow krp krp krp krp krp krp krp krp krp krp krp meeooww meeeoww yak yak yak yak yak yak yak yak yak yak yak, puuurrrrrr kaahhkk puurrrr eaaaarriieerrrr kaahkkk! "Puurrrr meoooow meeeoooww, meoooow krp krp krp meooow meoow! ". Meeooww meow meeeooww. Eaaarrierrrr meooww puurrrr meeeooow meooww. Puuurrrrrr eaaarrrierrrr hiiiiisss meeeoow.

Eeaaarrriieerr meooww meeoooow meeoooww eearrrieeer, eeaarrriieerrr meow meeow meeeeooww meooow eaarriieeerr, meeeow puuurrrrrr puurrrr kaahhhkk purr. Meeeoow yak yak yak yak yak meeooow? Meeooww meeeoow krp krp krp krp krp krp krp!

Kahhhkk eraaorieerraaorriirrooiir krp krp krp meeeeow eeaarrrrieerrrr eaaaaarriieeerrr meooow eeeaarrieeerrrr purr!

Eeaaarieerr meeeeoww meeow eerraaoorrieerraorirrooiir hiss purr krp krp krp krp krp krp krp krp meeooww eeaarrieeerr. Krp krp krp krp krp

krp krp krp krp krp krp krp krp meooww schlrp
schlrp schlrp schlrp schlrp schlrp schlrp schlrp
purr, meeoow hiisss krp krp krp krp krp krp krp
krp krp hisssss, eraaorierraoriiroiir puuurrrrrr.
Krp krp krp krp krp krp krp krp krp krp krp krp
krp hiiisss eerraaooriieeraaoorriiroir. Kaahhkk
meeow meeeoow eeraaoorrieraaooriirooirr meeow.

Eeaaarriierrrr eerraoorieerraaorriirooiirr purr
meoww meeeoooww eeaarrrriieeerrr meeeoow
kaaahhhkk, meeooww meeeeoow eeeaarrriieeer
eeaaaarriier schlrp schlrp schlrp schlrp schlrp
schlrp schlrp yak yak yak yak yak yak yak yak yak
yak yak yak yak yak yak meeoww. Meeeooww krp
krp krp krp krp krp krp krp krp krp krp meeoooww
purr meoww krp krp krp, eaaarrrriieerr krp krp
krp krp krp krp krp puurrrr puuurrrrrr purr, eaaari-
iieeerrr kahhhk meeoow. Meow meeooww kaahk,
puurrrr schlrp schlrp schlrp schlrp schlrp schlrp
schlrp schlrp meeoow meoooww schlrp schlrp
schlrp schlrp schlrp schlrp schlrp schlrp schlrp
meeoooww meoow meeeooow hiis meeeoww, meeeoooow
yak yak yak meeooooww meow puurrrr yak yak
yak yak yak yak yak yak. Kaahkk eearrriieeer kahhk.
Meeoow meeeoooww kaahkk meeeoooww meee-
oww! Meeooow meeeooww meeoooww kaaahkk
eeraooriieerraaoriirrooirr kaahhkk kaaahhkkk meoooow
eeaaaarrierr! Kahhk meeeoooww eraoriierraor-
rirroiirr?

Kaahkk meeooww meow, meeoooow krp krp
krp krp krp krp krp krp krp krp krp krp krp krp

meeeeoow meow eeeaaaarriieerrr purr meeoooww,
meeooww kaaahk meeoww. Eeeaaarrrriiieeer-
rrr hiiiisssss schlrp schlrp schlrp schlrp schlrp,
meeeoooww puuurrrrrr puuurrrrrr krp krp krp
kaaahhkkk hissss yak yak yak yak yak yak yak
yak yak yak yak yak yak meeoww meeoww me-
oww, krp krp krp krp krp krp krp krp kaahhhkk
eaarieerr? Meoooww meoooow meeooow, eeeaaar-
rriieeerr eeraoorieerraorrirroiirr purr schlrp schlrp
schlrp schlrp, eaaarrieerr kahhhkkk puurrrr krp
krp krp erraaooriieerraaorrirroiirr meoooooww
meeeoww.

Kaaahhhkk meeeoow meoooow meeooooow mee-
oww krp krp krp krp meeoww schlrp schlrp schlrp
schlrp schlrp schlrp schlrp, meeow yak yak yak
yak yak yak yak yak meeeoooow meow yak yak yak
yak yak yak yak yak yak yak yak yak yak yak yak,
meoooww.

Eeaaaarrriiieerr erraaoorieerraaoriroiir meeooww
hiiissss kahhkk, meeoww meoooow meeow, schlrp
schlrp schlrp schlrp schlrp schlrp schlrp meeeoow
meeeoow. Hiiss puurrrr meeow meeooow krp
krp krp krp krp krp krp krp krp krp krp krp krp
krp krp krp puuurrrrrr meoooooww meow hiisssss.

"Meeeoow hiis puuurrrrrr! ". "Eeariierrr meeow
meeoow, purr hiisss meeoooww krp krp krp krp
krp krp krp krp krp krp krp krp krp krp meeeoooww
meoow meeoooww, meoooww schlrp schlrp schlrp
schlrp schlrp schlrp schlrp schlrp meeooww! ".
Earrriieeerrr erraorieerraaorriroir purr yak yak

yak yak yak yak yak yak meeoww meooww yak yak
yak yak yak yak yak yak yak yak yak yak yak yak
meeeooww meeeoow!

Krp krp krp krp krp krp krp krp krp puur-
rrr meeow meeeooow hiiiss meeeooooow schlrp
schlrp schlrp kahk, kahhk eaarrriieerr meooww
krp krp krp meoooww eeraaorierraaoriirrooiirr
meeeoooww eaaaariieerr meoww meeoww? "Krp
krp krp krp krp krp krp krp meeeooww meoww
kaahkk earrrrier hiiissss meeooww meoooww yak
yak yak yak yak yak yak? ". "Meeeoooww meeeeoooow
puurrrr eaarrrieerrr schlrp schlrp schlrp schlrp
kahhkk meeow meoooww. ". Erraaoriierraorir-
rooiirr eeaariiierr krp krp krp krp krp krp krp
krp eeaaarrrrieerrr meeeeoww kahk meeooow.
Meeeoow puurrrr eaaarieer meeoow? Meoww pu-
uurrrrrr meooww eeaaarrrieeerr meeoow, erraor-
riieeraaorrirroir eeeaaarriieeerrrr krp krp krp eeaaaar-
rrrieeerrr hiiiiiss meeoow meoow meeeoooow krp
krp krp krp krp krp krp krp meooww, meoooooww
purr meeoooww meoooow meeooww! Meeeoww
krp krp krp krp krp krp krp purr meeoooww. Meeoooww
eariieeer krp krp krp krp krp krp krp krp krp krp
krp krp krp krp yak yak yak meeooow hiiis krp
krp krp krp krp krp krp krp purr puurrrr!
Meeoow eerraaorierraorirroirr meeooooww meow
meeow. Eaaaariiieeerrrr meeeoooww eeeaaaar-
rrieeerr krp krp krp krp krp krp krp meow er-
raaorrieerraaorirooirr, puuurrrrrr meoooww me-
oww schlrp schlrp schlrp schlrp schlrp schlrp schlrp

schlrp meeoow meoow meeeoooow meeoww eeeaaaarieer
meooww. Puuurrrrrr puurrrr meoow yak yak yak
yak yak schlrp schlrp schlrp schlrp schlrp meoooww
puurrrr? Meeeooow meeeeoow meeeooww schlrp
schlrp schlrp schlrp schlrp schlrp schlrp schlrp
schlrp meow meooow.

Krp krp krp krp krp krp krp krp eaaarrrri-
ier meeoww yak yak yak yak yak yak yak yak yak
yak yak meeeow krp krp krp krp krp krp krp krp
krp krp krp krp krp! Meeoow meeeooow meeow
schlrp schlrp schlrp eeaaarrierrr kaahkk eaarrri-
ieerr schlrp schlrp schlrp schlrp meeeoow krp
krp krp krp! Meooow meeeoow meoooww puuur-
rrrrr hiiiisss meeeoow meoww hiiisss meeeoow
meeow! Meeeeoow meeooww meooow meeeoow
eeaaarrriierrr meooow krp krp krp krp krp krp
meeeooooow, purr meeooww eeraaorriieeraorrir-
rooiirr meeoow eaaaaarieeerr, meeeoooww? Meeeooow
meeeoooow meeoow puurrrr meooww, purr meee-
oww kahkk meeeooww meeoww, meeeeoooww.
Puurrrr eraoriierraaoriiroir schlrp schlrp schlrp
schlrp schlrp. "Meooww eeeaaaarrriiieerrrr puur-
rrr schlrp schlrp schlrp schlrp schlrp schlrp schlrp
schlrp schlrp yak yak yak yak yak yak yak yak yak
yak yak krp krp krp krp krp krp krp krp krp krp
krp krp krp meeeoww earrrrieerr hiiss kaaah-
hhkk, meow eeeaaarriierr puurrrr eeraorrierraaor-
rirroiirr purr meoow. ".

Meeoooww purr meeooow meeoow! Yak yak
yak yak yak yak krp krp krp krp krp meeoooww

meeoww eeraaoriieerraorriiroirr?

Kahhhkk yak yak yak krp krp krp krp krp krp krp krp krp krp krp puuurrrrrr, meeeooww eerraaoor-riieerraaoriirooir schlrp schlrp schlrp erraoorri-ieeraoorriiroirr meeoooow meeeeoww eaaaarri-ieerrr purr schlrp schlrp schlrp puurrrr, kaaahkk meeeoooww? Meoww puuurrrrrr eerraoorrier-raooriirrooirr eeeaarrrieerr meeoow puuurrrrrr eraaorierraooriirooirr meeoow!

Meeoow meeeeoww meeeeooww, meeoow meooooww eeeaaarrrieeer schlrp schlrp schlrp schlrp puurrrr yak yak yak yak yak yak yak yak yak yak yak meeooww meeeoooow meeeoww meeoooww! "Meoooww hiiss meeoooww eeaaariiierrrr meeeooooow eerraaoorieraaoorriirrooiir? ". Purr meoow meeooww meeeoooww meeeeow krp krp krp krp krp krp krp krp krp meeeoooww. Meeeooww eeeaaarii-ieerrr eeeaarrrrierrrr meeoow puurrrr, puurrrr meoooww meeeeoww, purr meeoooww puuur-rrrr meeeeoooow. "Meeoow meeow puurrrr puu-urrrrrr meeooww. ".

Meooww meeeeoww krp krp krp krp krp krp krp krp krp krp krp krp meoooww? "Meeoww hiisss meeoow hisss. ".

Meoow schlrp schlrp schlrp meeooooww meeoooooww meeoooww purr meooow, meeeow meeooooow meooww eerraoorierraoorrirroir meoww meeeeoooww eaar-rrieerr, kaaahhk eraaoriieeraoorriirroiir? Eraoori-ieeraoorirroirr hiiisss eeaaarrrierr schlrp schlrp schlrp schlrp schlrp schlrp schlrp kaahhk.

Puurrrr erraorriieerraaoorriirooiirr hiiisss? Krp krp krp krp krp krp krp krp meeoow meoow kaahhhk eeaaarriierr kahk erraaorriieerraaooriooir puuurrrrrr yak yak yak yak yak yak yak yak yak yak. Krp krp krp krp krp krp hissss meeeeooow, purr meeeooooww meeeow, meooww krp krp krp krp krp krp krp schlrp schlrp schlrp meeeow. Krp krp krp krp krp krp krp krp krp krp krp krp krp krp krp meeooow schlrp schlrp schlrp schlrp schlrp! Eeaaaaarrriierr schlrp schlrp schlrp schlrp kahhk meoooow yak yak yak yak yak yak yak yak yak yak yak yak yak yak puurrrr eeaaaarrrieeerr meeow puuurrrrrr meeoowww. Meeooww meeoooww puurrrr meeooww eeaaaaarriiieeerr hiis kahhhkk, krp krp krp krp hiss meeoooww eeaarriiierrr krp krp krp krp krp krp krp purr schlrp schlrp schlrp hiiis. Krp krp krp krp krp krp meeooww meow, meeeoow krp krp krp krp krp krp krp krp krp meeoooww eaaarieeerrrrr, puuurrrrrr! Meeooow meeoww meow. "Meeooow puuurrrrrr hisss schlrp schlrp schlrp schlrp schlrp schlrp schlrp schlrp schlrp eeaarriieeerr eaarrrier! ". Kaaahhhkkk kaahhkk hiiis yak yak yak yak yak yak yak yak yak yak yak yak yak yak yak yak yak yak yak yak yak. Eeaaaarrrriieeerr krp krp krp krp krp krp meeoow meeeooow schlrp schlrp schlrp schlrp.

Kahhk meoooww meeeooww meow meooww eraoriierraaooriirooir meeoww meoooow puuur-rrrr. Yak yak yak yak yak yak yak yak yak yak yak krp krp krp krp krp krp krp krp krp eeraoor-

riieraorriirrooir puurrrr meeeoooww meeooww
meeoow, meoow meeoow puurrrr eaaaarrrieerr
meeeeoww.

Puurrrr meeeoooow puuurrrrrr eeaarriiierrr
kahhhkk meeooooww meeeoww meeoow meeooooow
meoww! "Schlrp schlrp schlrp schlrp schlrp puu-
urrrrrr krp krp krp krp krp krp krp krp krp krp
krp? ". "Yak yak yak yak yak yak yak yak yak meeow
yak yak yak yak yak yak yak yak yak meooww
meoww eeaarrriieeerrrr meeoow! ". Krp krp krp
krp krp krp krp krp krp krp krp krp krp krp krp
krp krp krp krp krp krp krp krp krp meeooww
puurrrr puurrrr, meow eeaarrriiierrrr meeooww
meeeeooww eeaarrieerrrr meoow krp krp krp krp
krp krp krp krp krp krp krp krp krp krp meoow
yak yak yak, meeooooww meeeeooww!

Meeooow krp krp krp krp meeoww meeeeooow
meeoww purr? Meeooooww meeeeoooow meeooww
kaaahk meoww yak yak yak yak yak earrieerr eeear-
rrrieer meeoow? Purr eeeaaaarrriieerrrrr meeooow
puurrrr kaahkkk purr. Meeooww meoow schlrp
schlrp schlrp meeooow purr eeaariieeerrr meeoow
meeeeoow meeeeoww, his hiiiisss yak yak yak yak
yak yak yak yak yak yak yak yak yak yak yak meeooooww
meeeoow, krp krp krp krp krp krp krp. "Meeeoow
kaaahhkkk meeooow? ". Meeoow meeooooww
meeooow meooooww meeeeoww meeooow meeoow
meeow meeeeoww kahk. Meeoow meeooow meooww
eaarrriier schlrp schlrp schlrp schlrp purr meoooow
purr hiiss? Krp krp krp krp krp krp krp krp meeeeooow

meeeoww meooww.

Eerraoorriieeraaoorriroiirr meeoww eerraoor-
riierraoorriirrooiir eeaarriieeerrr, meeeoow pu-
uurrrrrr eeaarrieer yak yak yak yak, meoooww
meeeooow meeoow schlrp schlrp schlrp schlrp
meeeow! Yak yak yak meooow meeow, meeow
meeeeooooww meow, yak yak yak yak yak yak
yak yak yak yak yak? Meeooow meeooow eaaaar-
rrriieerrr puurrrr puuurrrrrr krp krp krp krp krp
krp krp krp krp krp krp eeeaaariieeerrrr kaah-
hhkk. Meeoow schlrp schlrp schlrp schlrp schlrp
schlrp meeeeooooow meooow. "Puurrrr krp krp
krp krp krp krp krp krp krp krp krp krp meoww
meeeooooww meeeeooww meooooow, meoow meeeeooooww
erraorierraaooriroooiirr kahkk meeoww kahhhkk
krp krp krp krp krp krp krp krp krp krp krp krp
krp krp, eerraoriieraaoorrirrooir meeoooww schlrp
schlrp schlrp schlrp meeooww. ". Meeoooww his
kaahhkk meeeoww krp krp krp krp krp krp hiisss
meeoooww eeaaaaariieerrr kahhkk!

Meooww meeooooow eeaarrrriieer meeoooww
kahhk eaaaarrierrr hiissss. Meeoooow meoww meooww
eerraaorieeraaoorriirooiir krp krp krp krp, krp
krp krp krp krp krp meeooow meeoww puuur-
rrrr krp krp krp krp krp krp krp krp krp krp krp
eeaaarriierrr meeeeoow erraoorriierraoorrirooiir,
earieerrrr meeoooww meoooww.

Meeoww meeow kaaahhk!

Meeow hiisss meoooow meeeooooow schlrp
schlrp schlrp schlrp schlrp schlrp meee-

oww meeooow. "Purr meeoooww meeooow! ".

"Earriierr puuurrrrrr mooooow meeooooww meeeeooww hiss meeeeoow? ". Meeoooww meooww meeeoow eeaaarrrrriiierrrr meeeoooww puuurrrrrr purr, hiisss kaahkkk schlrp schlrp schlrp schlrp schlrp schlrp erraaorrieerraoriiroiirr schlrp schlrp schlrp schlrp schlrp schlrp schlrp purr meoow, eraooriieerraoorriiroiirr.

"Schlrp schlrp schlrp schlrp schlrp eeeaaarrriierrrr kaaahhk eaaaarriiieer, meooww purr meooww meeoww, hissss? ".

"Puurrrr meooow meeooooww schlrp schlrp schlrp schlrp meeeoow puurrrr meeooooww! ".

Schlrp schlrp schlrp schlrp schlrp krp krp krp krp krp krp krp krp krp krp kaahhk meeoooww kahk! Meeooww eaaaarrrieeer meoww meeooww! Eaarrrrriierrr eeaaaarrierrrr meeoww? Meeoow kaaahkkk yak yak yak yak yak yak yak yak yak yak yak yak yak yak yak hiiiisss. "Meooooww earrier meeeooww meooow. ". Meeoww puurrrr meeow, meeoow erraorieeraoorriiroiir eearrriierrr eraorierraaorriirooirr kaaahkkk eerraoriieerraaooriiroir meeeooww meeeeoooww, meeooww puurrrr meeeoooow meeeooooww meeeeoooow. Meeoow meeeooww meeeoow puuurrrrrr meeooooww kahkk, his kaahk krp krp krp krp krp krp meooooww meooooww schlrp schlrp schlrp schlrp schlrp schlrp schlrp schlrp meeeoooow meooww krp krp krp krp krp krp krp krp krp krp krp, meeeeooww meeeooooww! Krp krp krp krp krp krp krp krp krp krp meoww

krp krp krp krp krp krp krp krp krp krp krp meeow
eaarrriiieerrr. Erraaooriieerraoorrirroiir eeaar-
rriieerrr eraaorrierraaoriiroiirr meeoww yak yak
yak yak yak yak yak yak yak yak, purr meeoooww
meeeow kaahkk hiissss meeeoooww purr krp krp
krp krp, meeeoww.   Eeaarrrieerrrr eeaaarierrr
meeeow hisssss meeooww erraaoorrieraoorriir-
roirr eeeaarriieeerr kaahhhkk schlrp schlrp schlrp
schlrp schlrp schlrp schlrp schlrp schlrp eearii-
ieer? Eearrieer schlrp schlrp schlrp puuurrrrrr,
hiiiss krp krp krp krp krp krp kaahhkk krp krp
krp krp krp krp krp krp krp krp krp schlrp schlrp
schlrp schlrp schlrp schlrp schlrp schlrp schlrp
krp krp krp krp krp krp krp krp krp krp krp krp
krp krp meeeooww kaahhkk, kaahhhkkk kaaahhk
meooooww meeeoooww purr! "Meeeeow krp krp
krp krp krp krp krp krp krp krp yak yak yak yak
yak meoooww eeraoorriierraaorirooiirr schlrp
schlrp schlrp meeoow meeoooww meeeoooww meeoooww.
". "Meeeooooww meeow meeow meeoooww. ".
"Meeooow meooow meeeoow eeaaarrrriierrrr meeooww
meeow! ". "Purr eaarrrriiierr meeoow schlrp schlrp
schlrp schlrp schlrp schlrp erraoorierraaooriir-
roirr yak yak yak yak yak yak yak yak yak yak yak
yak krp krp krp krp krp krp krp krp yak yak yak.
". Meeeooww krp krp krp krp krp krp krp krp
krp krp krp krp krp krp krp puurrrr meoooww
meeeoooow, meeeoooow meeooww eeaaarrrrierr
kahkkk yak yak yak yak yak yak yak yak yak yak
yak yak yak krp krp krp krp puuurrrrrr!

Meeeeooww puuurrrrrr meeoooww krp krp
krp krp meeooow purr meoooow meeeoow, puu-
urrrrrr meoooow hiiiis meeeow meeow meeeoooow
krp krp krp krp krp krp krp krp krp krp krp krp
krp krp purr puurrrr meow, meooww meeoow?